Zu diesem Buch

«Haben Sie schon einen Hund? – Nein? Wenn Sie dieses reizende Büchlein gelesen haben, wünschen Sie sich wahrscheinlich einen solch krummbeinigen, durchtriebenen Hausgenossen und Freund wie den Langhaardackel Blasius. Er selbst erzählt die Geschichte seines Lebens ... Wer die Geschichte von Blasius liest, wird sich ein paar Stunden gut unterhalten.» *(Süddeutscher Rundfunk)*

Hans Gruhl, geboren am 25. Dezember 1921 in Bad Altheide/Schlesien, promovierte zum Dr. med. und Dr. phil. Der possierliche Zerstörungswahn seines Langhaardackels inspirierte ihn zu seinen vorliegenden, vielgelesenen Büchern. Die Einkünfte reichten hin, «um die notwendigsten Einrichtungsgegenstände zu ersetzen». Die geduldige Ausdauer seines Dackels zwang ihn jedoch weiterzuschreiben. Vor allem Kriminalromane. Hans Gruhl starb am 11. Oktober 1966 in München.

HANS GRUHL

LIEBE AUF KRUMMEN BEINEN
EHE AUF KRUMMEN BEINEN

DIE BEIDEN ROMANE IN EINEM BAND

rororo

ROWOHLT

Veröffentlicht im Rowohlt Taschenbuch Verlag GmbH,
Reinbek bei Hamburg, Juli 1991

Umschlag-Illustration Tilman Michalski
Satz aus der Mono Lasercomp Garamond bei LibroSatz, Kriftel
Druck und Bindung Clausen & Bosse, Leck
Printed in Germany
1000-ISBN 3 499 15228 2

LIEBE AUF KRUMMEN BEINEN

Ich heiße Blasius und stamme aus der Zucht Rohmarken, irgendwo in Bayern. Meine Erinnerung reicht nur bis zu einem bestimmten Punkt meiner Jugend zurück: Ich lag zwischen einem Bruder und zwei Schwestern am warmen Bauch unserer Mutter und trank.

Dieser Vorgang wiederholte sich so oft und so regelmäßig, daß er sich mir als erster einprägte. Die Lust am Fressen ist mir übrigens bis zum heutigen Tage geblieben.

Ich erinnere mich weiter an Frau von Quernheim. Ihr gehörte unsere Zucht. Sie tat alles für uns und achtete peinlich genau darauf, daß wir unseren Stundenplan einhielten. Sie war von großer, achtunggebietender Gestalt und trug Kleider aus schwerer Seide. Ihre Augen waren freundlich, aber sie sahen alles, und es fiel uns schwer, etwas vor ihnen zu verbergen. Sie konnte plötzlich und überraschend hinter einem stehen; oft war ich erschrocken, wenn sie mich mit ihrer mahnenden Stimme bei irgendeinem Unfug ausschimpfte. Nur an Festtagen hörte man sie von weitem, weil sie dann bunte, klappernde Steinchen auf der Brust trug.

Frau von Quernheim wohnte in einem weitläufigen Haus. Es enthielt viele Zimmer, in denen man sich verlaufen und viele Möbel, unter die man kriechen konnte. Alles roch alt und ehrwürdig, und in der vornehmen Stille klang unser Gebell aufdringlich und unangebracht. In der Küche, die bald zu unserem Lieblingsaufenthalt wurde, hantierte die dicke, gutmütige Angela. Frau von Quernheim schimpfte oft mit ihr, wenn sie uns mehr zu fressen gab, als wir kriegen sollten.

Das Haus lag in einem parkähnlichen Garten. Als wir größer geworden waren und uns daran gewöhnt hatten, unsere Geschäfte nicht mehr auf Frau von Quernheims echten Perserteppichen zu erledigen, sausten wir oft stundenlang durch Buschwerk und über üppige Rasenflächen. Herrlich war es, wenn das Gras an der Bauchhaut kitzelte. Bald kannte ich jeden Weg und jede Wurzel. Auf der Straße mußten wir an die Leine, weil Frau von Quernheim fürchtete, daß wir unter die Autos kämen. Auch mir waren Autos zuerst unheimlich, mit ihren glänzenden, starren Augen und ihrer lautlosen Schnelligkeit. Aber dann gefielen sie mir besser und besser. Es war ein eigenartiger, bezwingender Duft an ihnen, nach besonnten Polstern, edlen Zigaretten und dem merkwürdigen Stoff, von dem sie lebten. Wenn ich ihn witterte, stieg ein wunderliches Gefühl von Fernweh und Abenteuerlust in mir auf. Leider hat es sich später so gesteigert, daß ich verschiedentlich in fremde Autos eingestiegen bin, was einen Haufen Ärger nach sich zog.

Mit der Zeit lernte ich auch meinen Vater kennen.

Er kam immer mal zu unserer Mutter und schnupperte zärtlich an ihr. Er ist der schönste Langhaardackel, den ich je in meinem Leben gesehen habe, viel schöner, als ich heute bin. Sein Gesicht war schmal und klug und sein Fell goldbraun wie manche Blätter in unserem Park, wenn es kälter wurde. Auf der Brust hatte er einen kleinen weißen Fleck und an den Hinterbeinen langes, seidiges Haar. Seine Nase war von einem tiefen, glänzenden Schwarz, wie es meine niemals erreicht hat. Allerdings sollte sich das später zu meinen Gunsten auswirken.

Von ihm lernte ich, mich gelassen zu bewegen und in schwierigen Situationen die Ruhe zu bewahren. Er brachte mir bei, wie man den Schwanz hält und große Löcher in kürzester Zeit gräbt.

Wenn Gäste da waren, zeigte Frau von Quernheim die Preise und Medaillen, die er auf Ausstellungen gewonnen hatte, eine ganze Schublade voll. Er konnte auf ihrer flachen Hand aufrecht stehen wie eine Bildsäule. Ich war stolz, ihn in meinem Stammbaum zu haben.

Unsere Mutter war herzensgut, nur ein bißchen dick. Ich sah daran, daß mein Vater sie nicht nur wegen Äußerlichkeiten genommen hatte, und er stieg deshalb noch mehr in meiner Achtung. Es hieß, er hätte schon allerhand Frauen gehabt, aber zu meiner Mutter war er immer höflich und aufmerksam, er fraß ihr nie etwas weg und beschäftigte sich mit uns, wenn sie müde war und schlafen wollte.

Diese erste Zeit meines Lebens war überaus glücklich. Obwohl ich heute vollkommen zufrieden bin, habe ich manchmal Sehnsucht nach dem alten Haus mit seinen Möbeln und Plüschkissen und den hohen Laubbäumen im Park.

Eines Tages aber passierte etwas Furchtbares.

Es erschien ein alter Herr mit weißem Haar und zerknittertem Gesicht. Wir wurden ins Haus gerufen und in das Zimmer geführt, in dem er saß.

Frau von Quernheim sprach mit ihm über uns, und der Herr betrachtete uns reihum mit durchbohrenden Blicken.

«Nur ein Weibchen kommt in Frage», sagte er.

Ich verstand nicht recht, was das bedeuten sollte, aber es wurde mir bald klar: Er ergriff plötzlich meine Schwester Kyra am Kragen und hob sie hoch. Sie hing da wie ein Dieb am Galgen und schaute traurig und entsetzt herunter.

«Gut», sagte der Herr. «Ich nehme sie mit. Wieviel?»

«Einhundert, Baron», sagte Frau von Quernheim.

Das Weitere ging ganz schnell: Der Baron zog aus einer Ledertasche einige Papierscheine und zählte sie auf den Eichentisch, unter dem ich so gern saß. Unsere Herrin überreichte ihm ein zusammengerolltes Pergament. Es war Kyras Stammbaum.

Der Herr steckte ein Monokel in sein zerknittertes Gesicht und las lautlos und gründlich.

«Gut», sagte er wieder. «Eine Leine habe ich.»
Frau von Quernheim hakte sie an Kyras Halsband fest. Dann nahm sie meine Schwester hoch und drückte sie an ihr Gesicht. «Leb wohl, meine Kleine», sagte sie. «Laß es dir gut gehen.» Da verstand ich, was vorgegangen war.
Sie hatte Kyra verkauft, und sie mußte nun fort von uns. Zum Abschiednehmen blieb keine Zeit. Wir sahen fassungslos zu, wie der Herr Kyra auf den Arm nahm und mit ihr zur Tür ging. Frau von Quernheim öffnete und sagte: «Auf Wiedersehen, Baron.»
Dann verschwand er. Durch den Türspalt sah ich noch einmal Kyras traurige Augen. Sie waren das Letzte, was ich jemals von ihr gesehen habe.
Wir waren sehr deprimiert und gingen früh schlafen. Ich lag lange Zeit wach, und mir wurde klar, daß uns alle ein ähnliches Schicksal erwartete.
Merkwürdig, wie schnell man vergißt. Schon zwei Tage später vermißten wir Kyra nicht mehr und dachten auch nicht an die Gefahr, die uns drohte.
Meinen Bruder Ralf traf es als nächsten. Er geriet an ein nettes Ehepaar, auch für hundert Mark. Sie fuhren in einem offenen Sportwagen davon. Ralf saß auf dem Schoß seines neuen Frauchens. Seine Pfoten lagen auf der Türkante, und seine schönen Ohren flatterten im Wind, als der Wagen anzog. Ich glaube, er hat es gut getroffen.
Molly und ich blieben zurück. Molly war unserer Mutter sehr ähnlich, ein bißchen bequem und ein bißchen dicklich.
Fortan jagten wir allein durch den Park und bellten nur noch zweistimmig.
Einige Zeit geschah nichts, und ich begann schon zu glauben, daß ich meine Tage in meinem Geburtshaus beschließen würde. Fast überfiel mich etwas Ähnliches wie Eifersucht. Ralf und Kyra waren schon draußen in der großen Welt, und wir

blieben hier sitzen, erlebten nichts Neues und wurden immer älter. Aber eines Tages fuhr ein gewaltiges Auto vor. Ein Chauffeur in knapper Uniform riß den Schlag auf. Heraus rauschte eine ebenso gewaltige Dame und steuerte auf unsere Haustür zu. Ich saß hinter dem Zaun und sah sie kommen. Kurz darauf dröhnte Frau von Quernheims Stimme. Wir schlichen ins Besuchszimmer, setzten uns auf den Teppich, hielten die Schwänze still und blickten züchtig zu Boden. Die Dame thronte auf dem Besucherstuhl und klatschte furchtbar in die Hände, als sie uns sah.

«Gott, sind die süß», trompetete sie. «Nein, so was Herrliches!» Sie versuchte, sich vorzubeugen, aber sie schaffte es nicht. «Ja, wo sind denn die lieben Schnuckelchen? Ja, wollt ihr denn nicht mal zu Frauchen kommen? WoIlt ihr nicht?»

Den Teufel wollten wir.

«Sie sind noch sehr jung», sagte Frau von Quernheim. «Sie lernen es bestimmt.»

Du wirst dich wundern, dachte ich.

Die Dame lehnte sich zurück und redete weiter.

«Gott, sind die herrlich! Mein Mann sagt immer, Trudchen, sagt er, niemand hat so schöne Dackel wie die liebe Frau von Quernheim. Gott, was für ein Kleid Sie wieder anhaben . . . einfach himmlisch . . . er sagt, er fühle sich ganz verwaist, seit Flocki tot ist . . . wie der Mann an dem Hund gehangen hat . . . nein, Sie können es sich nicht vorstellen . . .»

So ging es etwa fünf Minuten weiter. Luft zu holen, schien die Dame nicht nötig zu haben. Ich schielte zu Frau von Quernheim hinüber, die immer sehr gegen unnötigen Zeitverlust war. Ich merkte, wie sie im Geiste die Hände rang.

«. . . ja, und nun hat er morgen Geburtstag . . . bis vor einer Stunde wußte ich noch nicht, was ich ihm diesmal schenken sollte . . . denken Sie, wir sind einundzwanzig Jahre verheiratet . . .»

Der arme Mann, dachte ich, und Frau von Quernheim und Molly schienen es auch zu denken.
«. . . da erinnerte ich mich an Sie und Ihre entzückenden Hundchen . . . Ist das nicht komisch . . .?»
Ich fand es nicht komisch. In mir reifte der Entschluß, mich vor den nächsten Omnibus zu werfen, wenn Frau von Quernheim auf die Idee kommen sollte, mich dieser Dame zu überlassen. Nur nicht zu der! Ihr Gerede würde mich zur Verzweiflung treiben, und binnen kurzem würde ich genauso dick sein wie sie. Ich wußte, was auf mich wartete: ein Kissen auf dem Sofa mit Blick auf die Vitrine, dreimal täglich auf die Straße und die restliche Zeit auf ihrem Schoß! Nein, dann lieber als Meldehund in die Fremdenlegion!
Es war, als ahnte Frau von Quernheim meine Gedanken. Sie faßte mich am Kragen und setzte mich auf den Schoß der Kundin, wahrscheinlich, um den Erzählungen ein Ende zu machen. Es roch dort nach Schweiß und Puder. Ihre fetten Finger tasteten an mir herum.
«Herrlich, entzückend! Und so nette Augen hat das Hundeli! Nur ein bißchen mager, finden Sie nicht?»
Sie hob mich hoch, bohrte ihre dicke Nase zwischen meine Ohren und nuschelte weiter.
«Hab nur keine Angst, mein Tierchen! Bei mir kriegst du immer feines Fresseli! Feines Fresseli! Jaaa!»
Nach einer Weile ließ sie mich los. Ich sprang hinunter und schüttelte mich gründlich. Frau von Quernheim sah mich tadelnd an.
Dann wurde meine Schwester Molly angehoben. Die Dame behielt sie länger auf dem Schoß als mich, und obwohl ich Molly nichts Schlechtes wünschte, frohlockte ich im stillen. Molly schien ihr mehr zu liegen. Heiliger Blasius, dachte ich, du hast mir schon so oft nicht geholfen, hilf mir wenigstens diesmal!

Molly wurde entlassen und setzte sich wieder neben mich.
«Nun», flötete Frau von Quernheim lieblich, «welchen darf ich Ihnen mitgeben?»
Jetzt kam's. Ich bemühte mich, eine trotzige Miene aufzusetzen. Molly behielt ihren ergebenen Blick bei, sehr zu ihrem Nachteil.
Die Fremde musterte uns abschätzend. Schließlich blieb ihr Blick auf Molly haften. «Ach Gott . . . man sagt doch, Weibchen wären zärtlicher . . . und anhänglicher . . . sie ist auch nicht so mager . . .»
«Sie haben vollkommen recht», sagte Frau von Quernheim.
«Nicht wahr . . . und dann . . . das Schnäuzchen . . . es ist so schön schwarz . . .»
Ja, Molly hatte ein süßes, schwarzes Schnäuzchen. Ich pries meine Ahnen, daß sie es mir versagt hatten. Noch einmal musterte mich die Dame. Meine Ohren zitterten. Ich schloß die Augen, um meine Unruhe zu verbergen.
Als ich sie wieder öffnete, war die Entscheidung gefallen. Der dicke Zeigefinger der Dame wies auf Molly. «Die nehm ich!» sagte sie.
Ich atmete auf. Man denke deshalb nicht schlechter von mir als nötig. Ich wünschte Molly nichts Übles. Aber für ein Leben bei der Riesendame schien sie mir eher geeignet zu sein als ich.
«Was muß ich bezahlen? «
Frau von Quernheim nannte ihr mit milder Festigkeit den unverschämten Preis von 150 Mark. Die Dame verzog das Gesicht, als hätte sie beim Hasenessen auf eine Schrotkugel gebissen. Aber sie zahlte.
Ich saß hinter dem Gartengitter, als sie fortgingen. Eine rote Leine baumelte zwischen ihnen, und beide wackelten mit dem Hinterteil und schwitzten. Der Chauffeur riß den Schlag auf. Molly sprang ohne Verzug auf den Vordersitz und rollte

sich zusammen. Ich glaube, sie schlief schon, bevor die Tür ins Schloß fiel.

Während der nächsten Tage ging es mir gar nicht gut. Ich fühlte mich verlassen und einsam. Und die Ungewißheit, wem ich in die Hände fallen würde, ließ mich nicht zur Ruhe kommen. Scheußlich!

Dieser Zustand endete zwölf Tage später. Ich trieb mich gerade im hinteren Teil des Gartens herum und erschrak furchtbar, als Frau von Quernheims Stimme erklang. Arge Befürchtungen stiegen in mir auf.

«Na los, los», rief sie, als ich den Weg herangezottelt kam, «willst du eine Extraeinladung?»

Ich drückte mich zögernd ins Verkaufszimmer und gewahrte einen Herrn von vielleicht dreißig Jahren. Er saß ziemlich lässig auf dem Kundensitz. Die würdige Umgebung schien ihm wenig zu imponieren. Er war lang und breit und hatte einen dunklen Indianerkopf. Seine Augen sahen aus, als wären sie aus braunem Samt, fast wie Hundeaugen. Sie gefielen mir. Er richtete sie auf mich, und ich erwiderte seinen Blick. Geraume Zeit sahen wir uns an.

Dann verzog der junge Mann das Gesicht. Kleine knittrige Falten erschienen in seinen Augenwinkeln, und die Grübchen neben seinen Mundwinkeln vertieften sich. Er lachte. Dann beugte er sich nach vorn und hielt seine große Hand dicht über den Teppich.

«Na, komm, Krummbein!»

Ganz gegen meine Gewohnheit setzte ich mich in Bewegung – in Richtung auf die ausgestreckten Finger. Kurz davor machte ich den Hals lang und schnupperte. Gut roch er. Ein bißchen nach Tabak, aber gut. Und während meine Nase seinen Handteller berührte, krabbelten seine Fingerspitzen ganz zart hinter meinem linken Ohr. Das ging mir durch das ganze Fell und rief ein wunderliches Gefühl von Geborgenheit und Zuneigung in mir wach. Ich möchte zu ihm, dachte ich. Ob er mich wohl nimmt?

Er richtete sich auf, und seine braunen Augen umfaßten die stattliche Figur meiner Herrin.

«Prima Tierchen. Gefällt mir. Was soll er kosten?»

«120 Mark.»

Frau von Quernheim brachte das so unbefangen heraus wie ein Schwarzhändler. Der Lange zog die Brauen etwas höher.

«Oh», sagte er. «Das hätte ich nicht gedacht. Bißchen viel für mich.»

Ich blieb bewegungslos sitzen, Zorn im Herzen. Frau von Quernheim, diese fleischgewordene Geldgier! Ralf und Kyra hatte sie für 100 Mark weggegeben, was schon nicht billig gewesen war. Der Dicken, welche die mollige Molly für 150 Mark eingehandelt hatte, war recht geschehen. Nun aber wollte sie für mich auch mehr herausschinden. Der Kunde sah nicht aus, als könnte er mit den Scheinen herumschmeißen. Er würde gehen und mich hierlassen, wieder in Ungewißheit und Sorgen.

«Hundertzwanzig», murmelte er vor sich hin. «Ich dachte, man bekäme sie schon für 50 oder 80 . . . aber 120 Mark . . .»

«Wir haben eine sehr alte Zucht», sagte Frau von Quernheim kühl. «Und Rüden sind immer etwas teurer», fuhr sie fort.

Lügen! wollte ich rufen, aber ich konnte nicht. O schlechte Welt, in der selbst die Adligen logen.

Der junge Mann rieb sein Kinn. Ich legte den Kopf schief und machte flehende Augen. Frau von Quernheim stand da in kalter Höflichkeit.

«Tja», sagte der arme Kunde nach einer Weile, «ich weiß nicht . . . kann ich mir die Geschichte noch einmal überlegen?» Überlegen! Seit zweitausend Jahren die Rede derer, die für irgend etwas kein Geld haben. Aber Frau von Quernheim

war nicht fürs Überlegen. Sie machte es ihm schnell klar. «Sehr gern. Aber aufheben kann ich ihn leider nicht. Wenn ein Kunde kommt . . .» Er nickte bekümmert. Wieder beugte er sich vor und hielt mir die Hand hin. Die letzte Chance! Ich leckte seinen Handteller und begann heftig zu wedeln.
«Blasius!» rief Frau von Quernheim mahnend.
Hol dich der Teufel, dachte ich, und wedelte weiter. Hier geht es um meine Zukunft. Mag er arm sein wie Hiob nach der Währungsreform, mir gefällt er.
Wieder erschienen die Fältchen und Grübchen in seinem Gesicht. Seine Pranke schloß sich um mein Rückenfell. Gleich darauf saß ich auf seiner Konfektionshose. Er streichelte mir die Seiten, und mein Herz klopfte. «Na schön», sagte er, mehr zu mir als zu Frau von Quernheim, «ich nehme ihn. Wird ein knapper Monat werden . . . darfst eben nicht so viel fressen.»
Ich wäre am liebsten mit allen vieren zugleich in die Luft gesprungen, aber ich hatte sowieso schon gegen meine sorgfältige Erziehung gesündigt. ‹Mein› Kunde setzte mich vorsichtig zu Boden und stand auf. Seine Brieftasche war flach wie ein Pfannkuchen. Er tat mir leid, als er die Scheine herauskramte. Währenddessen gab Frau von Quernheim ihm gute Ratschläge, wie ich zu behandeln sei. Wahrscheinlich wollte sie ihm klarmachen, daß ich trotz des hohen Anschaffungspreises im Betrieb billig wäre.
«Eine Mahlzeit am Tage genügt», sagte sie. Sie selbst aß fünfmal. «Allenfalls abends noch eine Scheibe Brot. Gegen die Staupe ist er schon geimpft . . .» Mit Entsetzen erinnerte ich mich an die lange Nadel in meinem Allerwertesten . . . «Und bürsten Sie das Fell täglich . . .» So sprach Frau von Quernheim und nahm mich noch einmal auf den Arm.
«Wiedersehn, mein Kleiner. Mach mir keine Schande. Wiedersehn.»

Als ich ihre Wange mit der Schnauze berührte, sah ich, daß ihre Augen feuchter als gewöhnlich waren, und ich vergaß allen Ärger über den Wucherpreis. Wie gut war sie immer gewesen! Sie hatte sich abgeplagt, uns großzuziehen, und etwas von ihrer Würde und Vornehmheit war auf uns übergegangen. Wie viele von uns hatte sie schon umsorgt und dann hergeben müssen. Kein Mensch fragte, wie ihr dabei zumute war. Mochte kommen, was wollte, diese schöne Zeit meiner Jugend würde ich nicht vergessen. Auch nicht Frau von Quernheim.

Mein neuer Herr steckte meinen Stammbaum an die Stelle, wo vorher sein Geld untergebracht war. Halsband und Leine besaß er noch nicht. Er verabschiedete sich von Frau von Quernheim. Ich trottete hinter ihm durch die Tür.

Im Garten saßen meine Eltern und schauten uns neugierig an. Ich beschnupperte sie zum Abschied. Meine Mutter sah ein wenig traurig aus, weil nun das letzte ihrer Kinder von ihr fortging. Ihre großen geduldigen Augen blickten mich an, als wollte sie sich mein Bild noch einmal und für immer einprägen, und mir wurde hundeelend zumute. So wenig hatte ich für sie getan, und sie so viel für mich. Fast wäre ich jetzt noch umgekehrt, und am liebsten hätte ich mich im Park versteckt, um nicht von ihr fortzumüssen. Aber es ging nicht. Mein Vater begleitete mich bis zum Tor. Als ich durch war, zwinkerte er mir zu, und ich zwinkerte zurück.

Auf der Straße nahm mich mein neues Herrchen hoch. Drüben, auf der anderen Seite standen, funkelnd und neu, ein Mercedes und ein BMW. Zwischen ihnen parkte ein unscheinbares Gefährt aus der Vorkriegszeit, dessen sich die beiden anderen offensichtlich schämten. Es sah aus wie eine verwitterte Hundehütte auf Rädern. Zuerst kam mir überhaupt nicht der Gedanke, daß es der Unsrige sein könnte. Ralf und Molly waren in neuen Wagen abgefahren. Wer gab sich heute noch mit so einem Schlitten ab? Zu meinem ungeheuren Entsetzen steuerten wir aber auf das Vehikel in der Mitte zu. Natürlich! Wie hatte ich auch annehmen können, daß er einen neuen Wagen besäße, da er kaum mich hatte bezahlen können.

Herrchen zog an der Klinke. Sie löste sich leicht aus der Tür, und er hielt sie in der Hand.

«Verflucht», knurrte er. Er mußte wohl spüren, daß mir die Sinne schwanden, denn er drückte mich begütigend, während er mit der anderen Hand die Klinke wieder in ihr Loch steckte.

«Mußt dir nichts draus machen», tröstete er. «Es ist eine alte Kiste, aber sie fährt. Werdet euch schon aneinander gewöhnen.»

Niemals, dachte ich. Dieses Ding ist meiner Rasse unwürdig. Alle ehrbaren Hunde würden in Zukunft einen Bogen um mich schlagen.

Mittlerweile hatte Herrchen die Tür aufgekriegt. Sie schwang mißtönend herum und gab den Blick in das Innere frei. Ich sah rissige, ölbefleckte Polster. Die Türen waren innen mit Sperrholz benagelt. Das Verdeck hing wie ein mittelalterlicher Baldachin über den Querstäben. Die Speichen des Lenkrades waren mit schmutzigem Leukoplast umwikkelt. Ein muffiger, öliger Werkstattgeruch drang in meine Nase.

Herrchen setzte mich auf den rechten Sitz. Ich sank augenblicklich mit den Hinterbeinen in die Roßhaarwolle ein. Er zog mich wieder heraus, und ich suchte mir eine Stelle, wo keine Löcher im Bezug waren. Als er sich selbst setzte, senkte sich das Gefährt mit einem Wehlaut auf die Achsen. Dann trat er auf den Anlasser. Die Bodenbretter bogen sich. Als der Motor ansprang, glaubte ich unsere Handmähmaschine zu hören, mit der der Gärtner jeden Donnerstag den Rasen geschoren hatte. Eine hellblaue Wolke hüllte uns ein. Mit Mühe konnte ich noch einmal unser Haus und den Garten erkennen, in dem ich so oft herumgetobt war. Dann fuhren wir mit einem Ruck an. Ich rutschte zum zweitenmal ins Roßhaar. Der BMW und der Mercedes blieben am Straßenrand zurück, und mir war, als grinsten sie höhnisch hinter unserer Arche her.

Nach wenigen Kilometern wurde mir schlecht. Ich hätte es nicht für möglich gehalten, aber es war so. Ich hatte geglaubt, für Autos geboren zu sein. Aber das Geschaukel machte mich fertig, und der Gestank gab mir den Rest. Ich fing an zu zappeln und zu schlucken. Dann passierte es. Obwohl ich nicht mehr sehr viel im Magen hatte, mußte der Rest unbedingt heraus. Herrchen sah die Bescherung und bremste. Er setzte mich auf die Grasnarbe am Straßenrand, und ich sah mit wässerigen Augen zu, wie er mit einem alten Lappen meine letzte Mahlzeit vom Sitz wischte. «Ja», sagte er. «Würfelhusten. Nicht so schlimm. In dem Karren ist schon ganz anderen Leuten schlecht geworden. Das vergeht.» Er wartete noch eine Weile, bis ich mich einigermaßen erholt hatte. Bevor ich einstieg, legte er eine alte Decke über den Sitz. Wirklich sehr aufmerksam.
Während der weiteren Fahrt warf er ab und zu einen besorgten Blick auf mich. Ein paarmal noch stieg mir das Wasser zum Gaumen, aber ich hielt aus. Dieses Auto sollte mich nicht mehr schwach sehen!
Etwa nach einer Stunde Fahrt hielten wir vor einem gewaltigen Kasten von Haus mit vielen Fenstern und Balkonen, die alle gleich aussahen. Ich war froh, aus dem Wagen rauszukommen. In einem Karussell konnte es nicht viel schlimmer sein. Unterwegs hatte ich die Nase aus dem Fenster

halten wollen. Es ließ sich nicht herunterkurbeln, wie auch die Knöpfe am Armaturenbrett nur zur Dekoration da waren und sich nichts ereignete, wenn man sie betätigte. Weiß Gott, ein Traumauto. Ich sprang auf die Straße und schüttelte mich gründlich. Mein Fell roch nach Zweitaktergemisch. Herrchen schloß den Wagen nicht ab. War auch nicht nötig. Wer den stehlen wollte, war selbst schuld.

Die Tür des Hauses schnappte auf, und wir betraten den Flur. Er war mit marmorähnlichen Platten ausgelegt und angenehm kühl. Auf den Treppenstufen mußte ich ziemlich hopsen, um von einer zur anderen zu kommen. Na, später würde es besser gehen.

Am Ende des Flurs war eine Kabine mit einer Schwingtür. Herrchen nahm mich mit hinein und spielte an einer Knopftafel herum. Plötzlich fuhr die Kabine nach oben. Mir wurde wieder flau, aber glücklicherweise war der Magen jetzt leer. Nach einer Weile hielt das Ding mit einem Ruck. Wir gingen an ein paar Türen vorbei. Dann blieb Herrchen stehen. Ich sah das Schild unter der Klingel:

DANIEL NOGEES
Kriminalkommissar

«Ach, du lieber Gott. Ein Polizist. Ich sah mich schon als Polizeihund über Eskaladierwände klettern und scharfe Handgranaten apportieren.

Und Daniel? Komischer Name. Ich beschloß, ihn Dan zu nennen. Das war kurz und modern. Schließlich waren wir mit Amerika verbündet.

Wir betraten die Wohnung. Mit dem ersten Blick sah ich, daß sie in besserem Zustand war als unser Auto. Ganz so arm schien er doch nicht zu sein.

Von einem kleinen Vorraum mit hellen Wänden, eingebauten Schränken und Garderobenhaken gingen drei Türen ab.

Links das Bad und rechts die Küche, wie ich ohne weiteres am Geruch erkannte. Die hintere Tür führte ins Wohnzimmer. Es war größer, als ich erwartet hatte. Durch ein weites Schiebefenster, das von hübschen bunten Vorhängen eingerahmt war, konnte man den Balkon sehen. Links standen lederne, etwas abgewetzte Sessel um einen niedrigen Tisch. Wahrscheinlich geerbt. Zum Fenster hin schloß sich eine Couch an, deren Kissen recht brauchbar aussahen. In der hinteren Ecke stand das Radio auf einem kleinen schwarzen Schrank. Radios hatte ich schon bei Frau von Quernheim kennengelernt. Im Anfang war ich immer erschrocken, wenn plötzlich eine Stimme herauskam, und manche Arten von Musik taten mir so weh in den Ohren, daß ich heulen mußte. Der kleine Schrank entpuppte sich später als wichtigstes Möbelstück. Dans Flaschen standen darin.
In der rechten Fensterecke war ein kleiner Schreibtisch mit einem Lehnstuhl davor. Von einer Seitenwand ging noch eine Tür ab. Konnte sich nur um das Schlafzimmer handeln. Sehr vernünftig, nicht jede Nacht in seinem eigenen Tabaksqualm zu schlafen.
Ein paar Bilder waren an den Wänden, einige hingen auf dem Kopf. Wohl moderne Kunst. Bei Frau von Quernheim hatte es so etwas nicht gegeben, man hatte immer erkennen können, was es vorstellen sollte. Über dem Schreibtisch sah ich eine Tafel mit einem handgemalten Spruch.

«Ich wünschte, die Frauen glichen den Sternen –
die abends kommen und sich morgens entfernen.»

Hm. Ein Wüstling also wohl auch noch! Schlimm, schlimm. Mir war schon in den ersten Minuten klargeworden, daß hier mit einem Frauchen nicht zu rechnen war. Es hätte anders ausgesehen in der Bude und auch anders gerochen. Der Kriminalkommissar Daniel Nogees war Junggeselle.

Er riß alle Türen auf, warf sich in einen der Sessel und streckte seine langen Beine ins Zimmer. Mußte sich auch erst von seinem Auto erholen. Ich schnupperte in den Ecken herum und untersuchte alles. Der Zentralheizungskörper unter dem Schiebefenster schien ausreichend groß zu sein. Nichts stört mich außer Hunger mehr als Kälte. Der Teppich hatte niedliche Fransen. Würde nur eine Frage der Zeit sein, wie lange ich der Verlockung widerstehen könnte, einige von ihnen zu zernagen. Frau von Quernheim hatte fürchterlich geschimpft, wenn wir etwas zerfressen hatten, und seither nahm ich mich sehr in acht.

Im Schlafzimmer nahm ein breites, flaches Bett den meisten Platz weg. Nachttisch, eingebauter Schrank, aus war's. Ich schlenderte wieder hinaus und zum Flur. Die Küche war viel kleiner als die, in der Angela uns versorgt hatte. Die Tür zur Speisekammer hatte Dan leider zu öffnen vergessen. Ich schnupperte an der Ritze herum. Hm. Nichts Gewaltiges. Brot, Zucker, Maggi – alles nutzloser Ballast. Als ich mich enttäuscht abwandte, gewahrte ich den Eisschrank am anderen Ende. Die Gummidichtung der Tür ließ kaum einen Hauch heraus, aber mir war doch, als lagerten Fleischprodukte im Innern – die einzig vernünftige Nahrung. Meine Vermutung wurde bestätigt, als Dan in die Küche kam.

«Aha. Kaum drin, schon fressen. Mal sehen, was wir für deinen Einstand haben.»

Er öffnete den Schrank. Obwohl unten alles voller Flaschen stand, witterte ich den untrüglichen Geruch von Aufschnitt und Gehacktem. Er kam aus den oberen Regalen, die ich nicht sehen konnte. Gehacktes! Neben roher Leber meine Lieblingsspeise! Wie nett von ihm, es zu ahnen!

Er hielt mir den Teller hin, auf dem eine köstliche Halbkugel von gehacktem Rindfleisch glänzte. Ich tanzte auf den Hinterbeinen. Der Teller hatte den Boden noch nicht berührt, als ich zu schlingen begann. Ich schmatzte laut und schämte mich. Ich fresse sonst immer mit Bedacht und kaue langsam, aber bei Gehacktem kann ich es nicht. Binnen weniger Sekunden war es weg. Ich leckte auf dem leeren Teller herum, bis er wie aufgewaschen aussah. Dan klatschte mir noch eine Scheibe Mortadella auf die Nase. Sie ging den Weg allen Fleisches. Als ich den Kopf hob, sah ich Dans Grinsen. Auch ich versuchte es und wedelte dabei.

Dan zog einen flachen Einsatz aus dem Schrank und warf ein paar Eiswürfel in eine Glasschüssel. Dann nahm er noch eine Seltersflasche mit und knallte die Tür zu.

«Na komm», sagte er.

Ich warf schnell noch einen Blick durch die Tür gegenüber. Baderaum.

Waschtisch, Dusche, Toilette und viele weiße Kacheln. Für mich weniger interessant.

Im Wohnzimmer saß Dan auf seinem alten Platz. Er hatte Eis und Selters in einem Glas und goß gerade aus einer dunkelglänzenden Flasche etwas dazu. Sie trug ein weißes Etikett. Zwei Hunde waren darauf, ein weißer und ein schwarzer, wie ich sie noch nicht gesehen hatte. Sofort verbreitete sich ein Geruch im Zimmer, den ich nicht kannte. Ganz alt, etwas rauchig, eine Mischung von gutem Tabak und edlem Holz und einem Schinken, der weit weg war. Es war etwas Aristokratisches daran. Ich hob die Nase und schnupperte.

«Whisky», erklärte Dan. Er griff mich am Kragen und hob mich auf seinen Schoß. «Auch einer gefällig?»

Er hielt mir das Glas unter die Nase. In der Nähe wurde der Geruch so stark und stechend, daß mir schwindelte. Außerdem prickelte das Selterswasser. Ich schüttelte mich.

«Prost», sagte Dan, und das war das Wort, was ich fortan in dieser Wohnung am häufigsten hören sollte. «Dein Wohl, alte Fledermaus!»

Ich räkelte mich in seinem Schoß und schloß die Augen. Ich war satt und zufrieden. Der Whiskydunst machte, daß ich mein eigenes Gewicht nicht mehr spürte. Dans Finger krabbelten in meinem Fell herum.

«Siehst du, mein Guter», sagte er, «so leben wir. Klein, aber allein. Niemand stört uns und niemand kümmert sich um uns. Manchmal freue ich mich, daß ich allein bin und frei, und manchmal wünsche ich, jemand wäre für mich da.»

Ich hörte, wie er einen Schluck nahm.

«Weißt du, mit Frauen ist das so eine Sache. Sind ja sehr nett und auch sehr nötig. Aber sie wollen einem immer einreden, man müßte heiraten – und wenn man sagt, es nähme einen niemand, dann wissen sie auf einmal jemanden. Immer allein ist nichts – aber immer zu zweit sein müssen, ist auch nichts für mich – bis jetzt wenigstens.»

Er zog mich an den Ohren.

«Wollte gern Lebendiges in meiner Hütte haben. Deshalb habe ich dich eingehandelt. Reiner Egoismus, wie du siehst. Bist zwar verflucht teuer gewesen. Glaube, deine Alte hat mich ganz schön eingeseift. Adel schützt vor Geldgier nicht. Für uns wird die Fastenzeit vorverlegt. Gehacktes gibt's nur noch an Feiertagen. Und am Fuße dieser Whiskyflasche beginnt für mich die alkoholfreie, die schreckliche Zeit. Wenn du ein Mann wärst, würde ich dich anpumpen.»

So sprach Dan und leerte das Glas.

«Vom vorletzten Geld werden wir morgen ein Halsband für dich kaufen. Sollst es nicht schlechter haben als andere Mistviecher.»

Ich sah vorwurfsvoll drein, aber Dan bemerkte es nicht. Draußen war es dunkler geworden, alle Gegenstände im Zimmer schienen weiter weg zu sein.

Dan schwieg und trank und streichelte mich, bis wir beide im Finstern saßen. Dann rutschte er unter mir weg und machte

Licht. Wir blinzelten mit den Augen und streckten uns. Dan zog seine Jacke an.
«Wie ich vermute, mußt du noch mal.»
Er vermutete richtig. Wir fuhren nach unten und Dan schlenderte bis zur nächsten Ecke. Die Straße war ruhig, und die Fenster glänzten im Laternenlicht. Als wir zurückkamen, war mir bedeutend wohler.
Dan zog sich aus und ging ins Bad. Ich hörte die Dusche rauschen und ihn singen, verhalten, aber voller Inbrunst. «Heiiiimat, wann werde ich dich wiedersehn?» Währenddessen suchte ich mir einen Platz zum Schlafen. Ich probierte die Sessel nacheinander, kam zu keiner Entscheidung und prüfte die Couch. Nett, aber etwas hart. Ein Kissen mußte her. Ich zog mir eins vom Kopfende in die Mitte und stupste es zurecht. Gerade als ich mich niederließ, erschien Dan im Bademantel.
«Ah, der Herr haben schon Platz genommen? Bedien dich ruhig. Das Kissen war Muttis bestes. Nein, was wird sie sich freuen, wenn sie das sieht!»
Ich blieb mit ängstlicher Miene liegen.
«Ja, ja. Warum haben wir auch kein Körbchen. Kriegst eins, wenn wir besser dastehen.»
Er packte ein zweites Kissen auf mich drauf und streichelte mich. Dann öffnete er das Fenster, um den Qualm rauszulassen und ging ins Schlafzimmer. Die Tür blieb offen. Ich hörte die Bettfedern knirschen, bevor das Licht erlosch.

Ich mußte sehr schnell eingeschlafen sein, wachte aber plötzlich wieder auf. Das Kissen, mit dem Dan mich zugedeckt hatte, war heruntergefallen. Ich fror.
Ringsum war tiefe Nacht. Es dauerte eine Weile, bis ich die Möbel und die Umrisse des Zimmers erkennen konnte. Ich schüttelte mich und sprang herunter.

Durch das Fenster strich kalte Luft herein. Der Vorhang schaukelte hin und her. Ich fand Dans Sessel und sprang hinauf. Die lederne Sitzfläche war noch kälter als die Couch. Vor allem blieb der Rücken kalt. Ich kehrte zur Couch zurück und rollte mich auf meinem Kissen wie ein Igel zusammen. Eine Weile ging es gut. Dann kam die Kälte wieder und verscheuchte den Schlaf.
Ich setzte mich auf und starrte in die Dunkelheit. An Schlaf war unter diesen Umständen nicht zu denken. Schon immer war ich empfindlich gegen Kälte, besonders nachts.
Ich sprang runter, lief ein bißchen herum, sprang wieder rauf. Nichts zu machen. Es wurde immer kälter. Ich begann zu zittern und war sehr traurig. Nicht einmal eine Decke hatte er für mich.
Eine kleine Weile fror ich noch standhaft vor mich hin. Dann stieg ein Gedanke in mir auf und reifte zum Entschluß. Einmal mußte es entschieden werden. Probieren kostet nichts. Mehr als mich rauswerfen konnte er nicht. Das mußte er doch einsehen.
Ich verließ die Couch und schlich vorsichtig über den Teppich. Mein Herz klopfte. Vor der Schlafzimmertür verhielt ich und sammelte Mut. Dann tastete ich mich über die Schwelle. Rauhe Atemzüge klangen vom Bett her. Der hatte es gut!
Ich trat so behutsam auf wie möglich. Keine Katze hätte mich gehört. Warum eigentlich, wo er doch gleich wach werden würde?
Die Seitenwand des Bettes tauchte vor mir auf. Langsam kroch ich darunter entlang, bis die Schnarchtöne über meinem Kopf erklangen. Ich setzte mich und wartete, ohne Bewegung.
Sollte ich?
Ja. Feigheit war unserer Rasse unwürdig. Ob er wütend wur-

de? Ach was. Wenn überhaupt eine Chance war, dann heute. Am ersten Tag konnte er mir nicht böse sein.
Gut, daß das Bett so flach war. Ich hätte sonst nicht bis rauf gelangt. Ich drückte mich mit den Vorderpfoten ab, und im nächsten Augenblick lagen sie auf der weichen Bettkante. Aufatmend blieb ich auf den Hinterbeinen stehen. Nichts passierte.
Ich streckte den Kopf vor und schnupperte. Ganz stark roch es nach Dan. Gleich darauf stieß meine Nase gegen seinen Unterarm. Ich leckte, stupste ihn an und klopfte mit der Pfote auf das Bettuch.
Eine Weile dauerte es, bis Dan sich regte. Dann konnte man merken, daß er ein Polizist war. Er blieb ganz ruhig, schrak nicht auf und machte keine unnötigen Bewegungen. Sein Kopf drehte sich auf dem Kissen herum, und er atmete tief. Ich spürte förmlich, wie er erwachte.
Er zog seinen Unterarm weg, und gleich darauf strichen seine Finger über mein Fell. Ich begann so heftig zu wedeln, daß mein Schwanz auf den Boden trommelte.
«Na, alter Eisbär», sagte Dan schläfrig, «was willst du denn? Kalt?»
Ich wedelte weiter und wartete. Was hätte ich sonst tun sollen? Dan mußte fühlen, wie kalt ich war. Seine Finger schlossen sich. Ich schwebte in der Luft und gleich darauf lag ich über seiner Brust. Ich fuhr ihm vor Freude mit der Schnauze ins Gesicht.
«Bah», machte er. «Pfui! Was sind das für Geschichten!»
Er drückte mich und rieb mich, daß meine Haut heiß wurde und mein Fell knisterte. Ich rutschte in die Lücke zwischen seinem rechten Arm und seiner Brust, und mein Kopf lag auf seiner Schulter. So blieb ich liegen, bis ich so warm war wie Dan und das Zittern aufhörte.
Ich merkte, daß er noch nicht wieder eingeschlafen war. Ob

ich wieder raus mußte? Ich bemühte mich, so zu tun, als ob ich gar nicht vorhanden wäre.
«So», entschied Dan plötzlich. «Hoffe, daß sich der Herr erwärmt hat. Aber so geht's nicht. Runter mit dir ans Fußende!»
Er hob die Bettdecke an. Blitzschnell kroch ich hinunter in die Wärme. Ich streckte mich lang aus und rollte mich an sein Bein heran. Dann atmete ich tief und schloß die Augen. Gewonnen! Ich war in seinem Bett! Er hatte mich nicht rausgeworfen. Ob ich jetzt immer bei ihm schlafen durfte?
Ich begann zu verstehen, warum die Menschen das Bett so liebten. Wunderbare Erfindung. Zum erstenmal merkte ich es.
Bei Frau von Quernheim wäre ich niemals dazu gekommen. – Nur ganz kurz konnte ich mich über mein Glück freuen, so schnell schlief ich ein.
Ich lag noch auf demselben Fleck, als ich erwachte. Auch Dan hatte seine Lage nicht verändert. Nett von ihm, daß er so ruhig schlief und nicht dauernd auf mir herumgetreten hatte. Es verging noch einige Zeit, bis er sich regte. Ich hörte ein herzhaftes Gähnen. Dann streckte er sich, daß das Bett krachte. Das verleitete auch mich dazu; ich drückte das Kreuz durch und stemmte die Pfoten gegen seinen Schenkel. Jetzt schien er erst zu merken, daß ich noch da war.
«Wünsche wohl geruht zu haben! Komm rauf, Bursche!»
Ich kroch nach oben und landete an der alten Stelle, zwischen Brust und Arm. Die Morgensonne staute sich hinter dem Vorhang, und durch das Fenster drang munterer Straßenlärm. Ich gähnte und streckte mich noch einmal. Dan tätschelte meinen Rücken.
«Möchte wissen, wer dir beigebracht hat, nachts in fremde Betten zu steigen.»
Niemand, dachte ich. Reiner Instinkt.

«Werde es deiner vornehmen Zuchtmutti erzählen.»
Dan richtete sich auf und sah nach der Uhr.
«Halb neun. Auf, auf, Kameraden!»
Er schlenkerte die Decke zurück und stieg über mich hinweg. Ich rollte auf den Rücken und blieb liegen. So also schliefen die Menschen. Nicht schlecht. Man fühlte sich ihnen gleich ähnlicher.
Dan ging ins Badezimmer, zog sich an und hantierte anschließend in der Küche. Kaffeeduft quoll durch alle Ritzen.
Wenig später kam er mit einem Tablett herein und rief mich. Ich verließ das Bett mit Bedauern und schlängelte mich ins Wohnzimmer. Das Radio spielte gedämpft heitere Weisen, und zwischendurch sagte ein Herr, daß es jetzt schon wieder später wäre.
Dan löffelte an seinem Ei herum und strich sich ein dickes Butterbrot. Ich setzte mich vor ihn hin und starrte ihn an. Betteln wollte ich nicht direkt. Vielleicht merkte er es auch so. Nach einer Weile erwiderte er meinen Blick.
«Blasius», sagte er mit ernster Miene. «Weißt du nicht, was Frau von Quernheim gesagt hat?»
Ich wußte es wohl. Eine Scheibe Mortadella konnte trotzdem nicht schaden. So fuhr ich fort, ihn anzustarren.
Er strapazierte meine Geduld beträchtlich und tat, als wäre ich nicht vorhanden. Schließlich wurde er doch weich und reichte mir eine Scheibe herunter.
Na also, dachte ich, und fraß. Reine Nervensache.
Während Dan eine Zigarette rauchte, ging ich auf den Balkon hinaus. Die frische Luft vertrieb den Rest von Müdigkeit aus meinen Gliedern. Noch erreichte die Sonne unseren Balkon kaum, aber zu Mittag würde sie ihn voll treffen, und man würde wunderbar in ihrer Wärme ausruhen können.
Dan baute unser Bett und räumte auf. Dann band er sich eine Krawatte um und zog die Jacke an.

«Auf geht's», sagte er.

Ich folgte ihm hinaus auf den Flur und in den Fahrstuhl. Auf der Straße stand unser Vehikel, wie wir es verlassen hatten. Ich warf einen Blick voll Verachtung darauf. Dan machte keine Anstalten einzusteigen. Er ging vorbei, die Straße hinunter, und ich blieb dicht hinter ihm. Nach einiger Zeit wurde der Betrieb lebendiger, und der Lärm vermehrte sich. Dan nahm mich hoch, als wir die Straße überquerten, und ließ mich nicht mehr herunter. Ich sah viele Gesichter vorbeihasten, fröhliche und mißmutige, und blickte in gewaltige Schaufenster mit komischem Zeug, das mir unbekannt war. Manchmal lächelte ein Mädchen mich an, und dann grinste Dan, obwohl er gar nicht gemeint war, und das Mädchen hörte auf zu lächeln und sah wieder weg.

Wir blieben vor einem glasglänzenden Laden stehen. Ich sah schwere Lederkoffer und Handtaschen. Aha: das Halsband vom vorletzten Geld!

Der Ledergeruch im Innern des Ladens schlug alle anderen Gerüche zu Boden. Eine strenge schwarze Dame, die aussah, als hätte sie ihre Zukunft schon hinter sich, empfing uns. Sie hielt ihr Gesicht dicht vor meine Nase.

«Ach, bist du ein Süßer! Womit kann ich dem Herrn dienen?»

Der Herr wollte ein Halsband und eine Leine.

«Bitte, dort hinten.»

Dort hinten wartete ein blondes Mädchen auf uns. Dan betrachtete es mit Wohlgefallen, ehe er mich auf den Ladentisch setzte. Dann wiederholte er seine Wünsche.

Das Ledermädchen entschwand und kehrte mit einem Haufen von Halsbändern und Leinen zurück. Unter dummen Witzen zogen sie mir ein Halsband nach dem anderen über den Kopf. Das Mädchen schleppte einen Spiegel herbei, und ich sah mein trübseliges Gesicht und meine großen Ohren im Schmuck der Lederkragen.

Ein paar Verkäuferinnen, die nichts zu tun hatten, sammelten sich um uns, klatschten in die Hände, riefen: «Gott, wie süß!» und gaben gute Ratschläge. Dan stolzierte wie ein Hahn zwischen ihnen herum. Schließlich schwatzten sie ihm ein Ding auf, dessen Anblick mich mit Entsetzen erfüllte: ein weißes Halsband mit einem kleinen viereckigen Ledertäschchen, das für die Steuermarke bestimmt war, dazu eine schlohweiße Leine.

«Italienisch», sagte die Direktrice, die sich jetzt auch noch dazugesellt hatte. «Trägt man jetzt viel!»

‹Man› bin ich, dachte ich wütend. Ihr müßt nicht damit herumlaufen.

Dan war entzückt. Allerdings verzog er das Gesicht, als sie ihm holdlächelnd den Preis von 15 Mark 70 nannten, aber er zahlte. Geschieht ihm recht, dachte ich. Austrocknen soll er. Auf der Straße warfen die Leute teils bewundernde, teils mitleidige Blicke auf uns. Der Markenbehälter baumelte mir zwischen den Vorderbeinen herum, und wenn ich den Kopf senkte, schleifte er auf dem Pflaster entlang. Ich mußte die Nase in die Luft halten und breitbeinig watscheln. Ein wahrer Jammer. Eine Dame kam mit zweien meiner Artgenossen vorbei. Sie hatten dezente grüne Halsbänder. Ich merkte, wie sie kicherten.

Wir gingen nicht heim. Dan zog mich sachte vorbei, als ich zur Tür hinein wollte.

An unser Haus schloß sich ein großes, unbekanntes Grundstück an. Am Ende des Zaunes stand ein kleiner würfelförmiger Bau mit einem flachen, vierkantigen Dach. Im Näherkommen gewahrte ich ein trauliches Schaufenster und darüber mit großen Buchstaben die Inschrift «Bierklause». Aha, die Zuflucht der einsamen Männer. Dan drückte die Tür nach innen.

In meine Nase drang der Geruch von verdunstetem Bier, Gulaschsuppe, warmen Würstchen und kaltem Tabakrauch. Ich sah an den Wänden ein paar Bänke mit stabilen Tischen davor, einen Zigarettenautomaten und einen anderen, ähnlichen, mit Zahlen und Knöpfen. Kurz hinter dem Eingang stand ein buntschillernder Glasschrank mit allerhand merkwürdigen Stangen und Rädern darin.
Dan zog mich zur rechten Seite des Raumes. Hier stand, quer zum Fenster, ein länglicher Tisch, der meinem Herrchen fast bis zur Brust reichte und vorn eine glatte Wand hatte. Oben herum lief eine silberne Stange. Davor standen hohe Stühle mit einem Bein und dicken, roten Lederpolstern. Hinter dem Tisch war ein hohes Regal mit vielen, vielen Flaschen und noch mehr Gläsern. Noch nie hatte ich so viele Flaschen auf einem Haufen gesehen. Die Vormittagssonne glitzerte auf ihrem Glas und tauchte den ganzen Raum in ein träges, staubiges Licht.
Zwischen Regal und hohem Tisch, die Arme auf dessen Platte gestützt, lehnte ein Mann. Außer ihm und uns war niemand im Raum. Ich sah nur seinen Oberkörper und seinen Kopf. Er war etwas kleiner als Dan und wohl auch jünger. Aber er hatte einen ähnlichen schwarzen Zigeunerkopf wie mein Herrchen, und als sie sich die Hände schüttelten, lachte er fast so, wie Dan es konnte.
«Grüß dich, Eugen!»
«Grüß dich, Daniel!»
Dan bückte sich und hob mich mitsamt meinem kostspieligen Brustbeutel hoch. Er setzte mich auf einen der roten Stühle und hakte die Leine ab. Ich blickte etwas ängstlich nach unten. Eugen lehnte sich über die Platte und betrachtete mich neugierig.
«Ja, was ist denn das?»
«Das ist mein neuer Untermieter», erklärte Dan. «Darf ich

bekanntmachen – Blasius von Rohmarken, Langhaardackel – Herr Eugen Schwarz, Bieresel.»
«Das freut mich aber wirklich sehr», sagte Herr Eugen Schwarz, der Bieresel, und nahm meine Pfote in seine Hand. «Hoffe, daß es dir bei uns gefällt, Blasi. Das ist also der Langersehnte. Was trinken wir denn?»
«Wir werden von nun an nichts mehr trinken können», seufzte Dan voller Trauer. «Der Hund hat mich zerrüttet, und das Halsband hat mich ruiniert. Wir wollten nur . . .»
Aber Eugen hörte gar nicht mehr hin. Er war schon beim Einschenken. Mit beträchtlicher Geschwindigkeit zauberte er zwei schaumgekrönte Biere her und stellte zwei langstielige Schnäpse daneben. In Dans Augen trat ein verzückter Ausdruck. Dann blickten sich die beiden Männer ernst ins Gesicht. Sie ergriffen die Schnapsgläser und gossen deren Inhalt in sich hinein, ohne eine Miene zu verziehen. Mit gemessenen, exakten Bewegungen setzten sie die leeren Gläser nieder und ergriffen die vollen. Das Bier lief lautlos durch ihre Kehlen, bis der Schaum sich auf den Boden der Gläser gesenkt hatte. Dann setzten sie gleichzeitig ab und strahlten sich an.
«O Eugen», sagte Dan, «es ist, als ob ein Engel auf Samthosen die Kehle runterrutschte. Noch einen, und es wird mir leichter fallen, dich um zwanzig Mark anzupumpen. Geht das?»
«Sehr schlecht», erwiderte Eugen. «Es gibt nur eine Möglichkeit: Wir müssen so lange saufen, bis ich zwanzig Mark verdient habe. Die pumpe ich dir. Geht das?»
«Das wird gehen», meinte Dan. «Die beste Idee, von der ich jemals hörte. Außerdem kann ich ausschlafen.»
«Geflogen?»
«Noch nicht. Paar Tage Resturlaub.»
Eugen füllte die Gläser unauffällig. Dann öffnete er den

zweiteiligen Eisschrank, der neben dem Regal in der Ecke stand, und kam mit einer mittelgroßen Bockwurst wieder. «Komm, wir wollen deine Ankunft nicht allein feiern.»
Ich schnupperte und nahm die Wurst vorsichtig zwischen die Zähne. Ich wollte runterspringen, aber der Stuhl war mir zu hoch. Dan grinste nur dumm, statt mir zu helfen. Da nahm ich die Wurst zwischen die Pfoten und knackte mir ein Stück nach dem andern davon herunter, ohne Rücksicht auf das rote Leder.
«Gelernter Barhocker», lobte Eugen. «Der Apfel fällt nicht weit vom Pferd.»
«Reiner Instinkt», sagte mein Herr.
Nach dieser tiefschürfenden Erkenntnis nahmen die beiden die nächste Runde zu sich. Inzwischen hatte ich meine Wurst verschlungen und leckte mir die Schnauze. Eugen schien wirklich ein guter Mensch zu sein. Er brachte noch eine Schüssel mit Milch an und stellte sie vor mich auf den Bartisch. Gespannt verfolgten sie, wie ich mit den Pfoten auf der silbernen Stange die Milch ausschlabberte, ohne die Schüssel umzuschmeißen. Eugens Gesicht spiegelte Anerkennung.
«Sehr brauchbares Tier. Säuft wie ein Alter. Meinen Glückwunsch, Daniel. Du hast den richtigen Griff getan. Wo hast du ihn her?»
Dan erzählte kurz, wie er an mich geraten war.
«120 Mark?» staunte Eugen. «Sind 240 Halbe. Oje!»
«Daher die Pleite», fuhr Dan fort, als er sich den Schaum vom Mund gewischt hatte. «Ich dachte, höchstens hundert. Mit den restlichen zwanzig wäre ich hingekommen.»
«Die Welt ist voll von Leuten, denen immer gerade zwanzig Mark fehlen», sagte Eugen. «Wo läßt du ihn, wenn du wieder deinem Broterwerb nachgehen mußt?»
Dan betrachtete mich sinnend.
«Dachte an Gerda. Sie wollten sich doch auch einen kaufen.»

«Hab davon gehört.» Der emsige Eugen füllte die vierte Runde ein.
«Sie waren im Urlaub. Müßten eigentlich jetzt zurück sein.»
«Morgen geh ich hin. Gerdas gutes Herz wird sich erweichen lassen.»
«Bestimmt. Sie ist eine liebe Seele. Paul hat einen seltenen Fang mit ihr gemacht.»
Jetzt kommt der Schluck auf Gerda, dachte ich.
Er kam.
«Trinken wir auf die Familie Gilbert!»
Nach dieser Handlung kramte Dan das Kleingeld aus der Tasche, das ihm nach dem Kauf meines Halsbandes verblieben war. Er warf eine Münze in den Zigarettenautomaten, eine in den, der so ähnlich aussah, und zwei in den schillernden Glaskasten neben der Tür. Als er seine Zigaretten herausgezogen hatte, drückte er an dem zweiten Kasten einen Hebel herunter und wartete. Hinter der Scheibe liefen summend bunte Zahlen vorbei und blieben mit leisem Schnappen stehen.
«Nichts», sagte Dan, als das Summen verstummt war. «Möchte wissen, wann aus dieser Sparbüchse jemals was rauskommt.»
Er trat zu dem Glasschrank und spielte an einigen Knöpfen. Als er wieder neben mir stand, setzte Musik ein. Dan und Eugen grinsten sich an.
«Dixieland Stomp», sagte Eugen. Ich spitzte die Ohren.
Aus dem Kasten kamen wehmütige, hingehauchte Trompetentöne, mühelos und glasklar, und andere liefen darüberhin und nebenher. Wie ferne Jahrmarktsmusik, die der Wind herüberweht. So gut paßte diese Musik zu dem hellen, faulen Vormittag, dem Bierdunst und den trinkenden Männern, daß ich mich auf meinem Stuhl zusammenrollte und mit geschlossenen Augen lauschte. Die Trompete stieg hoch und

fiel ab, eilte voraus und blieb zurück, und plötzlich war mir, als wäre ich ganz woanders, weit weg in einem anderen Land, das ich noch niemals gesehen hatte.
Die Musik hörte auf. Ich hörte den Bierhahn zischen, dann Eugens Stimme:
«Was macht Rita, der Goldfisch?»
«Liebt mich fortwährend. Außerdem kommt sie heute nachmittag.»
«Wann heiratest du sie?»
«Nach deiner Hochzeit.»
«Meinst du, mich nimmt jemand?»
«Kann es mir schwer vorstellen», sagte Dan.
«Also wird auch aus deinem Glück nichts. Mensch, und das viele Geld! Wir könnten die Bude zu einem fünfstöckigen Hotel umbauen lassen.»
Aus der folgenden Pause schloß ich, daß sie die fünfte Runde eröffneten. Ihre Begeisterung steigerte sich.
«Mit Kellerbar?»
«Und Dachgarten?»
«Und eingebautem Orchester?»
«Und allen Getränken der Welt?»
«Und einem Cadillac, so groß wie'ne Lokomotive?»
«Und eigenem Ballett?» Sie tranken, es gluckste, und dann atmeten sie tief.
«Tja», sagte Dan ergriffen, «das viele schöne Geld! Das ist es ja eben, Eugen, mein Freund. Sie ist ein lieber Kerl. Aber sie hat zu viel Geld. Der Mammon hat sie verdorben. Sie kann nicht mehr anders denken als in Brillanten und Biarritz. An eine goldene Kette käme ich. Ich dürfte keine Spitzbuben mehr fangen, müßte bei ihrem Alten in der Fabrik herumlungern und so tun, als verstände ich etwas davon. Beim Gongschlag müßte ich zu Mittag essen und abends die Gäste unterhalten – jeden Abend jemand anders. Einmal im Jahr

gäb's Urlaub. Capri, Monte Carlo, St. Moritz und dann wieder Capri. Immer im ersten Haus am Platze, und mit 120 Koffern. Weihnachten im Schoße der Familie. Und für Nachwuchs müßte ich sorgen, damit das Geld in der Sippe bleibt und Schwiegermama was zum Spielen hat.»
«Daniel, der Sorgende», sagte der auf seinen Tresen gestützte Eugen.
«Hübsch ist sie», murmelte mein trunksüchtiges Herrchen. «Möchte wissen, was sie an mir findet.»
«Das möchte ich auch wissen. Bei Frauen kennt sich der Teufel aus.»
«Willst du sie nicht nehmen? Wir waschen dich schön, ziehen dir einen Frack an . . .»
«Umsonst», sagte Herr Schwarz. «Ich glaube kaum, daß sie mich meinen Tresen in ihrem Salon aufbauen lassen würde. Und dann meine Rosel! Sie ermordet mich, noch bevor ich die Mitgift verschleudert habe.»
Unter diesen Reden goß er noch eine Runde ein. Ich setzte mich aufrecht und blickte vorwurfsvoll auf die beiden.
«Soeben hat dein Dackel Blasius den Trunkenbold in uns erkannt», sagte Eugen.

Allmählich wurde mir die Trinkerei langweilig. Ich duselte ein. Da sprang plötzlich die Tür auf, und herein stürzte ein Mann mit schwarzem Bart. Hinter der Brille hatte er durchdringende, aber gute Augen. Sein Hemd und seine Hose waren mit Farbe beschmiert, und dazu trug er altersschwache Sandalen.
Er faltete die Stirn und schaute mit wildem Blick auf Dan, Eugen und mich.
«Habt ihr schon wieder ein Gelage? Was ist das für ein Tier?»
Dan stellte mich vor. Ich erfuhr, daß es sich bei dem wilden Mann um Herrn Otmar Stadler handelte, Maler und Graphiker.

«Ich werde ihn porträtieren», versprach er, «ich werde sein Wesen aus ihm herausholen.»
«Ich werde ein Bier für dich herausholen», sagte Eugen, «obwohl ich weiß, daß du erst morgen bezahlst.»
Otmar richtete seine blitzenden Augen auf ihn.
«Was sagst du da, Schurke?»
«Du hast immer erst morgen bezahlt», antwortete Eugen ungerührt. Dan schlug dem Maler auf die Schulter.
«Tröste dich, Raffael! Mir geht's genauso. Unsere Amme stillt uns aber auf Kredit.»
Die Amme stellte ein Bier und einen Schnaps für den Bärtigen hin. Betreten blickte ich von einem zum anderen. Ein armer und durstiger Haufen zugleich, in den ich da geraten war! Würde wohl doch das beste sein, wenn Dan Rita, die Reiche, heiratete.
Der Maler goß sein Bier mit großer Geschwindigkeit hinunter. Schaumflocken benetzten seinen Bart.
«Dank dir, du Edler! Übermorgen bezahle ich, bei meinem Barte!»
«Morgen läßt er sich rasieren», spottete Dan.
«Nimmermehr! Bedenkt außerdem: ich stifte die Getränke für unseren nächsten Skatabend. Seid ihr pünktlich?»
Sie versprachen es. Otmar schüttelte ihnen die Hände und streichelte mich so heftig, daß ich beinahe vom Hocker fiel. Dann stürzte er wieder hinaus.
Dan sah zur Uhr.
«Mein teurer Eugen», sagte er, «der Hunger treibt mich heim.»
«Na, noch eine Runde?» fragte Eugen.
Dan sah mit Abscheu auf den Verführer.
«Zum Teufel fehlen dir nur noch die Hörner. Gut, meinetwegen noch eine.»
Sie tranken auch diese noch. Eugen reichte einen Schein über die Theke.

«Da, du Pleitegeier. Möchte nicht, daß der arme Hund Hungers sterben muß.»
Dan dankte ihm ergriffen. Eugen nahm meine Pfote und drückte sie. Dann traten wir in die pralle Mittagssonne hinaus. In einem Laden gegenüber kaufte Dan ein. Anschließend gingen wir heim. Dan war in eine zarte Bierwolke gehüllt.
Bevor wir den Aufzug erreichten, stieß ich auf eine Katze, die auf dem Flur herumlungerte. Ich schoß auf sie los und wollte sie am Kragen fassen, aber sie schmierte mir eine, daß mir die Augen tränten. Donnerkiel, was für ein Untier! Ich war wütend und schimpfte aus vollem Halse. Dan faßte mich und hielt mich hoch über die bucklige, fauchende Hexe.
«Laß dich nicht mit Weibern ein, Blasi», sagte er. «Sie gehört der Hausmeisterin. Von der hat sie's.»
Noch im Aufzug bellte ich wütend vor mich hin.
Wir aßen zu Mittag und legten uns nieder. Aus dem Schlafzimmer klang bald Dans Schnarchen. Der Straßenlärm verschwamm mehr und mehr vor meinen Ohren.
Ich erwachte, weil jemand mein Kissen unter mir wegzog. Ich rollte auf den Rücken und sah Dans Gesicht vor mir, lachend und frischgewaschen.
«Auf, Faultier! Wir kriegen Besuch!»
Ich gähnte herzzerreißend. Besuch. Kein Grund, mich aus dem besten Schlaf zu reißen.
Aber Dan mußte etwas daran liegen. Er fegte in der Wohnung herum, verteilte den Staub mit einem winzigen Lappen und rückte sämtliche Gegenstände hin und her. Ich sah neugierig zu, wie er die polierten Gläser gegen das Licht hielt und die Blumen ein dutzendmal umordnete. Dann band er sorgfältig seinen Schlips und zog die Jacke an. Er hauchte ein paarmal in die hohle Hand, verzog das Gesicht und aß Pfefferminzbonbons. Jede Minute sah er zur Uhr.

Eine Weile passierte nichts, und ich war gerade dabei, wieder hinüberzuschlummern, als es klingelte. Energisch und lange. Dan sprang mit einem Satz aus dem Sessel. Ich folgte ihm. Wir kamen zur gleichen Zeit an der Korridortür an. Ich schnupperte an der Ritze und nahm zum erstenmal den Geruch wahr, der später so wichtig werden sollte. Eine süße Wolke, wie der Duft überreifer Sumpfblüten, eine Spur zu weich, um zu erfrischen, und eine Spur zu schwer, um nicht lästig zu sein. Ein Duft, der sich aufdrängte und einen nichts anderes riechen ließ.

Dan riß die Tür so heftig auf, daß sie mir fast an den Kopf knallte. Draußen stand ein Mädchen, nein, eine Dame, nein, mehr eine Erscheinung. Es war etwas Überirdisches an ihr, aber es hatte viel Arbeit gemacht, wie ich später erkannte. Sie war elegant wie ein Mannequin gekleidet. Lang und schlank steckte sie in einem enganliegenden Kostüm und trug einen Hut mit einem Propeller wie ein Hubschrauber. Als sie über die Schwelle trat, verstärkte sich der süßliche Geruch.

«Tag, Rita», rief Dan. «Siehst ja wieder aus wie ein Filmstar!»

Sie lächelte schwach. Dan nahm ihren Schirm. Sie setzte den Hubschrauberhut ab, sah beträchtliche Zeit in den Spiegel und stöckelte ins Zimmer. Ich wunderte mich, wie man mit solchen Schuhen gehen konnte, aber sie konnte es.

Dan rückte ihr einen Sessel zurecht. Ich blieb in einiger Entfernung auf dem Teppich sitzen und starrte sie an.

Schön war sie schon. Sattes Blond und Sternaugen. Aber der Glanz, der von ihnen ausging, war ein wenig zu kalt. Außerdem war sie mir zu mager. Als sie mich musterte, hatte ich die Empfindung, sachlich und teilnahmslos als vorhanden registriert zu werden. Nichts zog mich zu ihr hin, ich blieb auf meinem Fleck sitzen.

Dan jonglierte inzwischen mit der Flasche. Er gab Rita Feu-

er. Sie tat einen Zug, blies den Rauch über den Tisch und fragte: «Dein neuer Freund?»
«Ja», erwiderte Dan fröhlich. «Komm her, Blasi.»
Ich sprang auf seine Bügelfalten und setzte mich so, daß ich Rita genau im Auge hatte.
«Seit wann schwärmst du für Hunde?»
«Immer schon. Hat einen ungeheuren Vorteil. Er schweigt.»
Ihre Brauen hoben sich ein wenig.
«Ist das alles?»
«O nein. Weißt du – ein guter Hund ist so, wie ein Gentleman sein sollte. Er sucht sich seine Freunde selber und behält sie. Er hat seinen eigenen Willen und tut nichts, nur um zu gefallen. Er bleibt bei dir, auch wenn es dir dreckig geht. Wenn du ihn um Verzeihung bittest, trägt er dir nichts nach, und wenn er spürt, daß du keinen Wert auf seine Gegenwart legst, geht er dir aus dem Weg. Er ist immer einfach und klar und kennt keine Falschheit. Er verstellt sich nicht, gibt nicht an und jammert nicht über jeden Dreck. Ich wünschte, alle Leute wären so.»
Dan hatte sich in Begeisterung geredet. Ich freute mich.
Rita nippte an ihrem Glas und sagte spöttisch:
«Bist du ein Gentleman, Dan?»
«Ich weiß nicht», sagte er. «Weißt du es?»
«Ein Kind bist du. Aber ein nettes.»
«Schönen Dank. Möchtest du ihn mal?»
«Nein, bitte – nicht auf meinen Rock! Um die Haare wieder abzukriegen, kann ich mich zu Tode bürsten.»
Na, ich legte auch keinen Wert darauf. Ihr Parfum war zu stark und ihr Gesicht zu kühl. Kein Frauchen für mich. Wenn Dan die heiratete, hätte ich nichts zu lachen. Heute früh hatte er noch so getan, als käme das überhaupt nicht in Frage. Jetzt, da sie ihm gegenübersaß, sah er weniger sicher aus.
«Tust du zur Zeit nichts?» fragte sie.

«Nein. Resturlaub vom vorigen Jahr. Verfällt sonst wie eine Kinokarte.»

«So. Und was machst du mit dem diesjährigen?»

Ich spürte, wie Dan die Schultern hob.

«Weiß noch nicht. Irgendwo in die Gegend. Muß auf meinen Wagen Rücksicht nehmen. Viel kann man ihm nicht zumuten.»

«Hör zu», sagte sie. «Nächste Woche kriege ich den neuen Wagen. Mein Urlaubsziel kann ich mir aussuchen. Die Eltern fahren aufs Gut ins Allgäu. Ich habe mir Frankreich und Spanien vorgenommen.»

«Caramba», rief Dan.

Sie beugte sich etwas vor.

«Hättest du Lust mitzufahren? Ich kann mich nach deinem Urlaub richten.»

Dans Hände strichen an mir herum. Er war aufgeregt. Und nicht abgeneigt. Er trank einen Schluck, bevor er antwortete.

«Das wäre nicht schlecht», sagte er langsam. «Wirklich, nicht schlecht. Und du hast keinen Besseren zum Mitnehmen?»

In ihrem Gesicht mischten sich Zuneigung und leiser Vorwurf.

«Das weißt du doch!»

«Das ist wirklich prima von dir», sagte Dan. «Aber was sagen deine Eltern, wenn wir vier Wochen lang zu zweit allein durch die Gegend fahren?»

«Sie kennen dich doch. Außerdem tue ich, was ich will.»

Natürlich, dachte ich. Anschließende Verlobung unausbleiblich. Oh, Daniel, laß dich nicht einfangen!

«Ich weiß», sagte Herrchen. «Vollkommen zwecklos, dich von irgend etwas abbringen zu wollen.»

Er hob meine Ohren an wie zwei Tragflächen. «Würdest du diesen Herrn auch mit auf unsere Reise nehmen?»

Eine Spur von Abwehr huschte über ihr Make-up.

«Bin ich nicht genug?»
«Ein Mädchen und ein Hund sind zwei verschiedene Dinge», sagte Dan etwas härter als vorher.
Sie begriff den Fehler sofort und lächelte.
«Natürlich, Dan. Aber sieh . . . wir gehen aus . . . werden eingeladen . . . machen vielleicht eine Seereise . . . Wo soll er denn bleiben? Es muß doch immer jemand auf ihn aufpassen . . .»
Dan streichelte mich und antwortete nicht. Sie legte ihre Hand auf die seine.
«Laß nur. Wir finden schon einen Weg. Wenn du unbedingt willst, nehmen wir ihn mit.»
Mir krampfte sich das Herz zusammen.
Eine Sommerreise zu zweit. Hochzeitsreise vor der Hochzeit. Sie würde ihn kapern wie einen alten Handelsdampfer. Und mich nicht mitnehmen! Nicht genug damit, daß sie mein Frauchen werden sollte – ich müßte auch noch warten, bis die Herrschaften von ihrem Urlaub zurückkehrten, und mich inzwischen mit fremden Leuten herumärgern. Wenn er schon auf die Reise hereinfiel, dann schaffte sie es auch noch, mich davon auszuschließen.
«Du sollst sehen, es wird wunderbar», flötete sie weiter. «In ein paar Tagen kommst du mal zum Essen zu uns, dann besprechen wir alles . . .»
Mir schwante Fürchterliches.
Dan schenkte noch einmal ein. Er sagte nichts mehr, aber er rang mit sich. Dann legte er eine Platte auf. Als die Musik einsetzte, zog er Rita aus ihrem Stuhl und tanzte mit ihr. Ich war heruntergesprungen und beobachtete sie. Sahen gut zusammen aus, das mußte man ihnen lassen. Ritas blonder Scheitel reichte gerade bis zu Dans Nase. Ich merkte, wie er ihr Parfum in sich hineinsog. Ein paarmal tanzten sie dicht an meinem Platz vorüber. Am liebsten hätte ich in Ritas nahtlose Nylons gebissen – wenn ich mich getraut hätte.

Die Musik setzte aus. Sie blieben einen Augenblick stehen und sahen sich an. Dann zog Dan sie an sich und küßte sie ziemlich lange. Ich konnte schon nicht mehr hinsehen. Rita schloß die Augen und schmiegte sich an Dan. So. Jetzt würde auch er drei Wochen nach diesem Parfum riechen!

Von nun ab tanzten sie öfter und küßten sich häufiger. Dan vernachlässigte mich. So sind Männer. Über ein paar Küssen vergessen sie ihre Freunde.

Als es dämmerte, hatten sie die Flasche fast geleert. Rita hatte einen kleinen Schwips. Nach einem wilden Gedudel, bei dem sie ziemlich herumgehopst waren, fielen sie auf die Couch nieder. Dan wühlte in ihrem Haar herum und küßte sie wild.

«O Dan», flüsterte sie, als sie den Mund frei hatte, «du Lieber! Nun muß ich aber gehen!»

«Warum?» fragte er.

«Weil ich sonst kein anständiges Mädchen bleibe.»

«Ist das so wichtig?» fragte mein Herrchen kühn.

Sie antwortete nicht direkt, sie streichelte sein Haar. «Die Eltern erwarten mich zum Essen», sagte sie. «Aber wir haben ja noch so viel Zeit. Alles kann schön werden, wenn du willst.»

Beide sahen etwas zerwühlt aus. Rita brauchte eine Viertelstunde vor dem Spiegel, um alten Glanz neu aufzufrischen.

«Ich bring dich runter», sagte Dan.

Er rief mich, und wir fuhren im Aufzug abwärts. Rita ging zu einem gewichtigen Auto. Sie verabschiedete sich so zärtlich von Dan, daß die Leute sich umdrehten; mich streichelte sie kurz, aber huldvoll. Dann rauschte sie ab.

Oben roch es wie in einer Parfümerie. Dan pfiff vor sich hin, als er aufräumte.

Sie hatte ihn schwer angeschlagen, das merkte ich. In ein paar Tagen kam das Familienessen. Und dann? Dann würde er die Reise perfekt machen, und schon war's um ihn geschehen.

Was konnte man nur tun? Wenn irgend jemand ihm zugeredet hätte – aber ich, ein Dackel von zwölf Pfund, was sollte ich machen? Von schweren Gedanken bewegt ging ich zu Bett.

Am nächsten Tag machten wir uns gleich nach dem Frühstück auf. Dan hakte mich an die Leine. Die ganze Bude roch immer noch nach Rita, die Erinnerung an sie brachte mir Herzklopfen. An Eugens Kneipe waren die Rolläden noch heruntergelassen. Wir gingen um ein paar Ecken und kamen in eine ruhige, schmale Straße. An einem freundlichen Haus klingelte Dan.

An der Wohnungstür schnupperte ich wie immer an der unteren Ritze herum. Plötzlich wurde mir schwindelig. Ein Geruch war das, so vertraut, so heimatlich, so schön, daß ich am liebsten unter der Tür durchgekrochen wäre. Gleichzeitig vernahm ich ein leises Trippeln, wie es nur Hundepfoten auf Linoleum hervorbringen. Ich spürte, daß auf der anderen Seite der Ritze auch einer herumschnupperte. Die Tür öffnete sich: Ich stand vor meinem Bruder Ralf! Die nächsten Minuten verliefen äußerst turbulent. Wir kugelten im Korridor herum, sprangen mit allen vieren zugleich in die Luft und stießen schrille Freudenschreie aus. Es war ein Höllenlärm. Aus einer Tür kamen zwei Kinder heraus, und jemand schrie: «Was ist denn das für ein Krach, zum Teufel?»

Dan erwischte mich und hob mich hoch. Ralf sprang wie ein Irrer an ihm empor und versuchte, mich an den Ohren zu ziehen. Endlich beruhigte auch er sich.

Vor uns stand eine kleine niedliche Frau. Wie ein Porzellanpüppchen. Sie war es, die damals Ralf abgeholt hatte.

«Sieh, Mutti, genau wie unserer!» riefen nun ihre Kinder.

Jetzt erst kam Dan dazu, sie zu begrüßen. Anschließend traten wir in das Zimmer, aus dem die zornige Stimme gekom-

men war. Auch den Mann am Schreibtisch erkannte ich wieder. Das also war Paul Gilbert. Er war genauso klein wie seine Frau. Sein Kopf war das Größte an ihm; aber in seinem zerfurchten und faltigen Gesicht hatte er so kluge und gute Augen, daß mir warm ums Herz wurde.
«Tag, Daniel», sagte er und deutete auf mich, «Quernheim?»
«Ja. Der Letzte seines Stammes.»
Im Laufe des Gesprächs erfuhr ich, daß Ralf dieselben Unarten hatte wie ich. War auch kein Wunder.
«Wenn das so ist, seid ihr ja Kummer gewohnt», meinte Dan. «Ich wollte euch nämlich bitten, ihn tagsüber zu euch zu nehmen. Wenn ich ihn allein lasse, frißt er mir die Tapeten von den Wänden.»
«Gern», sagte Gerda. «Einer von uns ist ja immer zu Hause. Außerdem können sie im Garten herumtoben.»
«Ja», fügte Paul hinzu, «zu zweit werden sie auch mit dem Ausgraben der Tulpen schneller fertig.»
«Ihr nehmt eine schwere Sorge von meinem Herzen», sagte Dan. «Werde mich ununterbrochen erkenntlich zeigen.»
Paul und Gerda sahen sich an.
«Du kannst gleich damit anfangen», meinte Paul. «Wir müssen nachher mit den Kindern in die Stadt. Ausverkauf. Für Ralf ist das Gedränge nichts. Würdest du ihn mitnehmen?»
Selbstverständlich wollte Dan.
«Gut. Kannst ihn ja heute abend mit zu Otmar nehmen?»
«Und er kann dich von dort nach Hause bringen», sagte Gerda. «Wird wahrscheinlich nötig sein.»
Paul würdigte sein Weib keines Blickes. Ich schloß aus dem Einwurf, hier auf einen weiteren Trunkenbold aus Dans Kreisen gestoßen zu sein.
Und ich freute mich. Ralf ganz in meiner Nähe! Wie gut hatte er es hier. Nur die Kinder waren sicher ein wenig anstrengend. Kinder sind immer anstrengend. Sie sind unberechen-

bar und machen hastige Bewegungen. Aber er würde sich schon daran gewöhnen. Und ein Garten zum Graben! War das eine Wonne!

Gerda bestaunte das Täschchen an meinem Hals.

«Hast du denn auch seine Adresse drin?» fragte sie.

Dan schüttelte den Kopf. «Adresse? Wieso?»

«Na, das ist doch der Sinn der Sache. Wenn er mal verlorengeht. Und zwanzig Pfennig zum Telefonieren.»

«Recht hast du.»

Dan schrieb etwas auf eine Visitenkarte und schob sie mit zwei Groschen in meine Brusttasche. Ich fühlte mich gleich sicherer.

Nach einer Weile verabschiedeten wir uns. Dan hatte jeden von uns an einer Leine und schimpfte, wenn wir nach verschiedenen Richtungen zogen.

Meinem Bruder Ralf blieb das Gebell im Halse stecken, als er den Lift in unserem Haus sah. Erschrocken zog er den Schwanz ein, während der Aufzug nach oben schoß. In der Wohnung suchte Dan nach Zigaretten und fand keine. Er zog seine Jacke wieder an, drehte sich an der Tür noch einmal um und warnte uns: «Macht keinen Unsinn, ihr Böcke!»

Dann verklangen seine Schritte auf dem Flur. Ralf und ich tranken Wasser in der Küche und schnüffelten am Eisschrank herum. Leider bekamen wir ihn nicht auf. Dan ließ lange auf sich warten. Ich zeigte Ralf unsere Wohnung. Wir hopsten auf die Couch, auf alle Stühle und auf das Bett. Schließlich hatten wir jeden Winkel besichtigt und jede Ritze berochen, und Dan war immer noch nicht da. Ich ahnte schon, woran es lag. Er hatte bei Eugen Zigaretten geholt, und nun lehnten sie über der Theke und tranken Bier. Das nannte er nun «sich um uns kümmern».

Heute weiß ich nicht mehr, wie es losging. Wir wußten vor Langeweile nicht mehr, was wir tun sollten, und fingen an, uns zu balgen und im Zimmer herumzurasen. Ich verfolgte Ralf auf die Couch, er sprang auf das Fensterbrett und warf dabei die Vase mit Ritas Nelken herunter.

Der Anblick des zerbrochenen Porzellans nahm uns die letzten Hemmungen. Wir schossen durch die Wohnung wie zwei Iltisse im Hühnerstall. Die Vorhänge gerieten ins Flattern, und die Kissen fielen von der Couch herunter. Ralf packte eins davon und schlenkerte es wild hin und her. Ich faßte den anderen Zipfel, und dann zerrten wir unsere Beute knurrend und fauchend über den Teppich. Es kam, was kommen mußte. Der Bezug zerriß kreischend, und eine Wolke von Federn hüllte uns ein.

Das raubte uns den letzten Verstand. Wir zerfledderten das Inlett in tausend Fetzen. Die Federn wirbelten in der Gegend herum. Wir sprangen in die Luft, schnappten danach und jagten sie durch alle Winkel. Im Handumdrehen war der Fußboden davon übersät. Der Kampf beschäftigte uns so sehr, daß wir Dans Eintritt nicht bemerkten. Mit einemmal stand er in der Tür, hatte beide Arme in die Hüften gestemmt und brüllte: «Seid ihr denn von allen guten Geistern verlassen, ihr Mistviecher?»

Wir hielten inne und blieben wie angewurzelt sitzen. Das zerrissene Kissen lag vor Dans Füßen. Die Federn senkten sich wie zarte Schneeflocken auf uns nieder. Es war, als säßen wir im verschneiten Winterwald. Ralf hatte eine große Feder auf der Nase und sah unglaublich komisch aus.

Dan starrte mit wütenden Blicken auf die Federn und auf uns. Jetzt wird es die erste Dresche geben, dachte ich. Es war das gute Kissen von seiner Mutter.

Aber dann veränderte sich Dans Gesicht. Die Falten um die Augen vertieften sich. Er fing an zu lachen. Erst glucksend, dann lauter und lauter. Er ging zu einem Sessel, wischte die Federn vom Sitz, ließ sich hineinfallen und lachte schallend.

Wir sahen uns an. Er konnte sich nicht beruhigen, schlug sich auf die Schenkel, und seine Augen füllten sich mit Tränen. Das hatten wir nicht erwartet. Wir waren auf Schimpfworte und Hiebe gefaßt gewesen, und nun setzte er sich hin und lachte!

Ich wurde wütend. Ralf schien dasselbe zu empfinden. Wir fingen gleichzeitig an zu bellen. Der Lärm verstärkte sich. Zuletzt schrie Dan vor Lachen, und wir saßen vor ihm und schimpften aus vollem Halse, als hätte er das Kissen vernichtet und wir ihn dabei erwischt.

Schließlich fiel er zurück und japste. Auch uns ging die Luft aus. In der nun folgenden Stille hörten wir, wie unten gegen die Decke gebumst wurde. Dan kümmerte sich nicht darum. Er faßte uns an den Ohren.

«Habt ihr ein bißchen gespielt, ihr Guten? War's euch zu langweilig? Ach, und die vielen feinen Federn!»

Er lachte noch einmal zwei Minuten lang. Dann war endgültig Ruhe.

Wir sahen zu, wie er die Federn und Scherben zusammenkehrte. Die Blumen kamen in eine andere Vase und das Kissen in den Mülleimer. Dann briet Dan in der Küche das Mittagessen, und wir aßen mit bestem Appetit.

Nach alledem waren wir rechtschaffen müde. Ralf und ich krochen auf die Couch zu den restlichen Kissen. Dan legte sich auf sein Bett. Ich hatte einen leisen Biergeruch an ihm bemerkt und pries im stillen Eugen, den Bieresel. Wer weiß, ob Dan ohne ein paar Halbe so gute Laune gehabt hätte?

Um halb acht machten wir uns auf den Weg zum Skat. Dan holte Eugen, der an diesem Abend keinen Dienst hatte, aus der Kneipe ab. Sie nahmen zwei Kästen Bier mit, luden sie in Dans Auto und stiegen ein. Ralf und ich saßen auf Eugens Schoß.

«Während des Frühschoppens haben sie mir ein Kissen aufgefressen», erzählte Dan.
«Daran mußt du dich gewöhnen. Übrigens – heute ist Johnny wieder da.»
«Ich weiß.»
Langsam fuhren wir unter dem bläulichen Licht der Bogenlampen dahin. Die Luft war warm und mild, und die Flaschen klirrten leise. Diesmal vertrug ich die Fahrerei schon besser. Auch Ralf war nichts anzumerken.
Wir hielten vor einem leicht verwahrlosten Haus. Auf das Klingeln kam Otmar herunter. Er sah genauso aus wie am Morgen im Lokal und musterte uns mit dem gleichen genialen Blick.
Ein Aufzug war nicht da. Wir rannten voran, vier Treppen hoch, und hinter uns schleppten sie die Bierkästen. Otmar wohnte unter dem Dach in einem Atelier, wie es sich für einen Künstler gehörte. Durch das breite Glasfenster konnte man die Lichter der Stadt sehen. Überall roch es nach Firnis und Farbe, und an den Wänden hingen seine unverkauften Werke. Verschiedentlich trat ich auf Pinsel und leere Farbtuben.
In der Mitte des Raumes stand ein nackter Tisch, umgeben von verschiedenartigen Stühlen und zwei Holzkisten. Otmar war etwas schwach möbliert.
Dan und Otmar stellten einen Kasten Bier in die Badewanne und den anderen neben den Tisch. Otmar riß mit gewaltigem Ruck eine Schnapsflasche auf. Unter einem Stapel von Zeichenpapier holte er Gläser hervor. Sie kippten einen hinunter. Als Otmar in den Kasten griff, um die Bierflaschen zu verteilen, klingelte es. «Paul», sagte er und rannte mit seinen klappernden Latschen hinaus.
Bald darauf erschien Paul mit zerknittertem Gesicht in der Runde. Ralf rannte auf ihn zu und umtanzte ihn fröhlich.

Paul bekam einen Schnaps, und die anderen tranken der Einfachheit halber noch einen mit. Dann knallten die Verschlüsse der Bierflaschen wie Flinten auf einer Treibjagd.
Ralf und ich drückten uns hinaus und inspizierten die Wohnung. Sie war größer, als ich vermutet hatte, und wunderbar verbaut. Überall herrschte eine grandiose Unordnung. In einem stockdunklen Raum stieß ich einen Bilderrahmen um. Er fiel mit Donnergepolter zu Boden. Otmar stürzte herein, machte Licht und maß uns mit fürchterlichen Blicken.
«Was treibt ihr da, ihr Unholde? Augenblicklich hinaus mit euch!»
Wir kehrten ins Atelier zurück. Die Schnapsflasche war schon zur Hälfte geleert. Als Otmar eine neue Runde ausschenkte, klingelte es abermals. Anklagend hob er die Augen zur Decke. Er kam mit einem jungen Mann herein, der überaus elegant gekleidet war und die Anwesenden mit lärmender Freude begrüßte.
Er war der letzte der Skatbrüder, Johnny Wieland. Er studierte Jura, allerdings schon ziemlich lange. Er hatte die Gebärden eines erfolgreichen Schauspielers und redete ununterbrochen. Ralf und mich neckte er und zog uns an den Schwänzen durch die Bude.
Sie fingen an, Skat zu spielen. Der Tisch zitterte unter den hingeschmetterten Trümpfen, der Qualm wurde immer dikker. Sie saßen in Hemdsärmeln herum und brachen in Geheul aus, wenn ein aufregender Stich gekommen war. Nach jedem zweiten Spiel beschimpfte einer den anderen, fragte, wie es möglich wäre, daß jemand sich so blöd anstelle, und nannte ihn ein saudummes Rindviech. Der zweite Bierkasten mußte herbei. Otmar öffnete eine weitere Schnapsflasche.
Bis dahin wußte ich noch nichts vom Alkohol. Heute weiß ich es, und ich habe mir geschworen, nie wieder einen Tropfen zu trinken.

Ralf und ich saßen neben Johnny Wieland. Er hatte seine Aktentasche neben sich. Als er gerade nicht spielte, holte er eine bunte Pappschachtel heraus. Niemand achtete auf ihn. Er hielt uns längliche Schokoladebohnen hin. Wir schnupperten und nahmen sie vorsichtig zwischen die Zähne. Als ich hineinbiß, spürte ich unter der Schokolade eine knusprige Zuckerkruste. Dann lief mir ein sonderbarer Saft über die Zunge, süß und brennend zugleich, und ich mußte niesen. Ich ließ das Ding fallen, leckte aber dann doch wieder daran. Ralf machte es genauso. Nicht übel. Man mußte sich nur daran gewöhnen.

Johnny grinste und gab uns noch eins. Diesmal brachte ich es schon schneller hinunter, bekam allerdings wäßrige Augen dabei. Wirklich nett von Johnny. Der einzige, der inmitten der Spielerei an uns dachte.

Er reichte uns noch eine dritte Bohne herab. Mir war, als hätte ich nie etwas Schöneres gegessen. Als er danach keine Anstalten traf, uns weiter zu versorgen, sprangen wir an seinem Stuhl hoch und klopften ihm mit den Pfoten auf die Knie. Darauf gab er uns mit listiger Miene noch zwei Stück. Dann war Schluß, weil er wieder eine Runde mitspielen mußte.

Inzwischen ging eine merkwürdige Veränderung mit mir vor. Plötzlich fand ich die entfesselten Spieler am Tisch weniger komisch, hörte den Lärm weniger laut, roch den Tabakrauch weniger deutlich. Ein starkes Gefühl der Lebensfreude überkam mich. Ich vergaß die Sorgen, die Rita mir bereitet hatte. Dazu fühlte ich mich leicht wie eine Maus und imstande, den Tisch mit meinen Pfoten umzukippen.

Ralf saß dicht bei mir, aber ich sah ihn wie durch einen Schleier. Er grinste dumm und wackelte mit dem Kopf. Dann sprang er wieder an Johnnys Knie hoch, aber er konnte nicht aufrecht stehen bleiben und rutschte seitlich ab. Was hatte er nur?

Die Runde ging unter Höllengelächter zu Ende. Johnny teilte die Karten aus. Danach beugte er sich hinunter: «Wie geht's euch denn, ihr Süßen?» fragte er.
Wir bettelten, und er kramte seine Schachtel wieder raus. Sechs Pralinen waren noch darin. Wir fraßen sie mit fabelhafter Geschwindigkeit.
Johnny warf die leere Schachtel hinunter. Ralf und ich fuhren mit den Schnauzen hinein. Wir kamen uns in die Quere. Ralf sprang mich an, und ich kugelte hintenüber. Wütend rappelte ich mich hoch und nahm Anlauf, aber ich konnte nicht richtig geradeaus laufen, verfehlte Ralf und warf Pauls Bierflasche um. Ralf schoß hinter mir her, und dann rollten wir unter den Tisch und stießen an Schuhe und Beine.
«Was ist denn mit den Viechern los?» fragte Paul. «Sind die auch schon besoffen?»
Sie wollten nach uns greifen, aber wir liefen davon und rauften uns weiter. Plötzlich ließ Ralf von mir ab, fing an, sich im Kreise herumzudrehen und schnappte nach seinem Schwanz. Mir wurde vom Zusehen so schwindlig, daß ich mich hinlegen mußte. Ich rollte auf den Rücken und versuchte vergeblich, wieder aufzustehen. Am Tisch wurden die Karten niedergelegt. Alle starrten erstaunt auf den närrischen Ralf und mich.
«Wir haben gesoffen, und die sind blau», sagte Dan.
«Nun sieh sich einer das an», rief Johnny mit geheuchelter Entrüstung, «meine Cognacbohnen haben sie aufgefressen! Da hört doch wirklich alles auf!»
Er zeigte die leere Schachtel vor, und die allgemeine Entrüstung war die Folge. Uns konnte nichts mehr erschüttern. Wir wankten im Zimmer umher und hörten aus weiter Ferne, wie die Stimmen in schallendes Lachen übergingen.
«Prost!» schrie Johnny. «Ich trinke auf zwei neue Säufer in unserer Runde! Sie leben hoch, hoch, hoch!»

Man schwenkte die Gläser gegen uns. Dan kam zu mir und hob mich hoch.
«Natürlich», sagte er. «Besoffen wie ein Kosak! Ein Säufer in meinem Hause! Morgen bringe ich ihn zurück und hole mir mein Geld wieder!»
Da hätte man dich schon längst zurückbringen müssen, dachte ich matt.
Genau kann ich nicht sagen, wie das Fest endete. Es wurde immer lauter und immer wilder. Ich wollte hinaus, fand die Tür nicht mehr, kämpfte mit einer Flasche und wurde mit Bier begossen. Ralf hatte die Karten beim Wickel und zerlegte sie in schmale Streifen. Zuletzt nahm ich noch undeutlich wahr, wie Otmar plötzlich versuchte, sein Bild fertigzumalen, dabei mit der Staffelei zu Boden ging und die Arme durch die Leinwand bohrte. Dann verschwamm mir alles vor den Augen. Gesichter, Lampen, Flaschen, Bilder, alles drehte sich schneller und schneller. Ein rasender Wirbel um mich her. Auf einmal war ich nicht mehr vorhanden.

Als ich erwachte, meinte ich, ich sei schon tot. Ich öffnete die Augen, erkannte die Umrisse unseres Zimmers und bedauerte im nächsten Moment, nicht gestorben zu sein. Ich lag, mit einem Handtuch unter mir, auf meinem Sessel. Mein Kopf erschien mir groß wie ein Waschtrog, und er schmerzte, als wäre ich gegen einen Omnibus gelaufen. Auf der Zunge hatte ich einen faden, fürchterlichen Geschmack, und mein Fell roch wie Eugens Kneipe. Gleichzeitig peinigte mich entsetzlicher Durst.
Ich versuchte aufzustehen, aber mein Schädel fing so an zu brummen, daß ich es aufgab. Eine Weile kämpften Durst und Kopfschmerzen in mir. Dann siegte der Durst. Ich sprang vom Sessel. Die Erschütterung verursachte solche Schmer-

zen, daß ich fast zusammenbrach. Ich schlich zur Küche und fand meinen Napf: Leer.

Niemandem kann ich die Höllenqualen schildern, die jetzt folgten. Seitdem weiß ich, was Durst ist. Oben klickerten die Wassertropfen in den Ausguß, und unten stand ich und konnte nicht leben und nicht sterben.

Johnny, dieser Schurke! Erst fütterte er uns mit Schnapspralinen, und dann behauptete er, wir hätten sie gestohlen! Ich mußte an Ralf denken und bedauerte ihn zutiefst.

Gebrochen taumelte ich ins Zimmer zurück. Nebenan schnarchte Dan. Ich fror und ging hinüber zum Bett. Er hatte den Kopf in das Kissen gebohrt, und sein zerwühltes Haar hing ihm über die Ohren.

Ich sprang am Fußende hoch und kroch unter die Decke. Wärmer wurde mir, aber der Durst verging nicht. Ich dämmerte ein und träumte von einem ungeheuren Eimer Wasser. Ich trank und trank. Das Wasser nahm kein Ende, und ich konnte nicht aufhören zu trinken. Dann erwachte ich wieder und fort waren Eimer und Wasser. Nur der Durst war noch da. Es verging eine endlose Ewigkeit, bis Dan sich regte.

Er schnaufte, brummte irgend etwas und stieß mit dem Fuß an mich. Mühsam kroch ich nach oben.

Dan war bleich und hatte kleine Triefaugen. Er roch genau wie ich.

«Na, du Saufsack», sagte er mit heiserer Stimme, «wie geht's?»

Miserabel, dachte ich.

«Scheußlicher Brand», murmelte er.

Er schlug die Decke zurück und stakte hinaus. Ich folgte ihm in die Küche und klapperte mit meinem Napf.

Dan trank einen großen Aluminiumtopf aus, und ich leerte meinen Napf dreimal. Mir wurde etwas besser. Wir gingen zurück ins Bett und schliefen sofort wieder ein.

Beim nächsten Erwachen war das Schlafzimmer von Sonnenlicht erfüllt. Meine Kopfschmerzen hatten sich gebessert. Dan nahm mich in seinen Arm. «Siehst du, altes Krummbein, so ist ein Kater. Schlimmer als ein lebendiger. Die Trunksucht hat schon ganze Provinzen entvölkert. Merk es dir und friß keine Cognacbohnen mehr!» Ich schwor es im stillen.
Es dauerte ziemlich lange, bis Dan mit dem Frühstück fertig war. Ich hatte keinen Appetit.
«Du mußt runter», sagte er, als er fertig war. «Und ich brauche ein Bier. Auf geht's!»
Eugen hing über der Theke und sah genauso verschwiemelt aus wie Dan. Er betrachtete mich schadenfroh. Dann griff er hinter sich und hielt mir eine Cognacbohne unter die Nase. Ich wich einen Meter zurück und schüttelte mich.
«Sieh an», sagte er, «der Blaukreuzler! Der Guttempler! Er trinkt nichts mehr. Mein Gott, hab ich über die Viecher gelacht. Einen Mordsrausch hatten die beiden!»
Während Dan und Eugen ihren Brand mit Bier löschten, setzte ich mich auf einen sonnigen Fleck und ließ mir das Fell wärmen.
Normalerweise hätte ich es so ausgehalten. Heute wurde mir der Bierdunst unerträglich, und ich schlich verstohlen zur Tür hinaus.
Draußen holte ich tief Luft und sah mich um. Die Straße war friedlich und still. Unser Vehikel war nicht da. Vermutlich hatten sie es bei Otmar stehen lassen, um Blechschäden zu vermeiden. Aber links, vor dem Buchladen, der an Eugens Ausschank grenzte, stand ein Wagen. Ein offener Volkswagen, schwarz, mit roten Polstern und einem Blumenstrauß hinter der Scheibe. Die linke Tür stand etwa um meine Breite offen. Vermutlich hatte der eilige Besitzer sie nicht richtig zugeknallt.
Ich weiß nicht mehr, wie ich dazu kam. Es war wohl die

Nachwirkung von Johnnys Schnapsbohnen: Ich trottete auf den Wagen zu und atmete den wonnigen Geruch von besonntem Leder und Gummi ein, der die Autos so liebenswert macht. Ich sah mich um. Niemand war in der Nähe! Mit einem kurzen Satz war ich im Wagen und auf den roten Sitzen. Sie rochen nach Parfum, aber anders als Rita, frischer und unaufdringlicher.
Der fremde Duft brachte mir das Unerlaubte meiner Handlungsweise zum Bewußtsein. Ich wollte aussteigen. Zu spät. Die Tür des Buchladens wurde aufgerissen. Ich sah den dunklen Kopf einer jungen Frau, die mit energischem Schritt auf den Wagen zukam. Heute preise ich die Furcht, die mich damals davon abhielt, hinauszuspringen. Ich quetschte mich zwischen den Sitzen durch und verkroch mich nach hinten. Im nächsten Augenblick flog ein Buch dicht an mir vorbei, dann ein Einkaufsnetz. Der Parfumduft verstärkte sich. Die Tür knallte zu.

Ich war zu Tode erschrocken, als der Motor losbrummte und das Auto abbrauste. Ich kippte um, geriet ein Stück weiter nach hinten und sah das dunkle Haar des Mädchens über der Lehne. Wunderbarer Hals. Schulterpartie in weißer Leinenjacke.
O Dan, dachte ich. Jetzt suchst du mich und machst dir Sorgen. Nichts als Ärger hast du mit mir. Ich bin ein blinder Passagier auf hoher See und kann nicht aussteigen . . . Der Fahrtwind pfiff mir um die Ohren. Das Mädchen zog den Wagen scharf um die Ecken. Wenn der Motor weniger laut gewesen wäre, hätte es hören müssen, wie ich zwischen dem Netz und dem Buch herumrollte. Und das mit meinem Kater! Hoffentlich ist sie nicht aus einer anderen Stadt, dachte ich. Oder die Frau eines Hundefängers.
Nach einiger Zeit hatte ich es raus, mich in die Kurven zu

legen. Aber diese Fertigkeit nützte mir nichts mehr. Sie bremste so scharf, daß ich mit Vehemenz gegen die Lehne knallte. Der Motor blieb stehen. Die Fahrt war zu Ende.
Ich hörte, wie das Mädchen die Handbremse anzog. Dann drehte sie sich um, und ich sah zum erstenmal in ihre wunderschönen hellgrünen Augen.
Geraume Zeit passierte nichts.
«Ja, wo gibt's denn so was?» sagte sie dann. «Wie kommst du hierher?»
Dreimal darfst du raten, dachte ich. Eingestiegen.
Sie streckte die Hand aus. Im allgemeinen lasse ich mich nicht von fremden Leuten anfassen. Jetzt wäre es aber die Höhe der Frechheit gewesen, sie obendrein noch zu beißen. Ihre schlanke, warme Hand strich über mein Fell. Sie lachte. «Du mußt erst mal mit raufkommen. Sonst brennt mein Braten an.» Sie nahm Netz und Buch und stieg aus. Ich blieb sitzen. «Na los, los! Wirst nicht gefressen.»
Widerstand war zwecklos. Ich sprang hinaus und schüttelte mich. Sie hielt die Haustür auf. Ich sprang hinter ihr die Treppen hoch und mußte mich anstrengen, mit ihr Schritt zu halten. Im zweiten Stock schloß sie ihre Wohnungstür auf, knallte Netz und Buch auf einen Stuhl und rannte weiter nach hinten. Ich folgte vorsichtig. Es roch schon ziemlich stark nach Braten. Aber nicht angebrannt. Ich hörte sie hantieren und herumlaufen. Dann kam sie wieder. «Komm, blinder Passagier!» sagte sie.
Wir gelangten in ein mittelgroßes helles Zimmer. Die Einrichtung war typisch weiblich. Ein Haufen Zeug, das Dan sich niemals angeschafft hätte.
Sie setzte sich und nahm eine Zigarette. Während sie rauchte, hatte ich Muße, sie zu betrachten.
Wirklich toll. Das schönste Mädchen, das ich mir vorstellen konnte. Ein Langhaardackel unter den Menschen.

Schwarzes Haar, wie die Federn eines jungen Raben. Helle Augen mit ganz feinen braunen Pünktchen darin, fröhlich und selbstbewußt. Beachtliche Oberweite, aber trotzdem schlank, und bildhübsche Beine. Sie schlug mit der flachen Hand neben sich auf die Couch. «Hopp – komm zu mir!»
Ich fügte mich, obwohl ich sonst kaum auf Kommandos reagiere. Sie zog noch einmal an ihrer Zigarette, legte sie weg und griff nach meinem Halsband. Ich dachte voller Dankbarkeit an Gerda Gilbert, Pauls reizende Frau, die Dan den vortrefflichen Rat gegeben hatte, einen Zettel mit meiner Anschrift in das Täschchen zu stecken. Das Mädchen las und lächelte über die zwanzig Pfennige. «Blasius heißt du also», sagte sie. «Herrchen wird dir deine Ohren noch länger ziehen.»
Das fürchtete ich auch.
Auf einem kleinen Sekretär hatte sie ein weißes Telefon. Sie wählte Dans Nummer. Die Scheibe drehte sich mit leisem Schnarren.
Nichts. Es meldete sich niemand.
Entweder suchte er in den Straßen unseres Viertels nach mir, oder er saß noch bei Eugen, dem Flüssigen, und war schon so blau, daß er mein Fehlen gar nicht bemerkt hatte.
Meine Gastgeberin legte den Hörer auf.
«Na – dann essen wir erst mal.»
Sie sagte das mit solcher Selbstverständlichkeit, als hätte sie jeden Tag fremde Hunde zu Gast. Der Anblick des Bratens hob meine Stimmung. Ich bekam eine ganze Scheibe, eine kleine Kartoffel und ein wenig Soße, was meinen Diätvorschriften ziemlich genau entsprach. Sie aß in aller Ruhe, rauchte noch eine Zigarette und rief wieder mein Herrchen an. Jetzt war Dan da. «Gengenbach», sagte das Mädchen, «Herr Nogees ... kennen Sie einen Herrn Blasius?
Ja ... bei mir ... in mein Auto gestiegen ...»

Dan redete anscheinend schnell und viel.
«Wollen Sie mit ihm sprechen?»
Sie hielt mir den Hörer ans Ohr. Ich vernahm Dans liebe Stimme.
«Du dreimal verfluchter Satansbraten», schimpfte er, «ich werde dich schlachten und ausstopfen lassen! Wir suchen uns dusselig, und du sitzt bei fremden Frauen. Du stehst morgen auf der Speisekarte, du Satansratte, so wahr ich . . .»
Den Rest seiner Ausführungen vernahm ich nicht mehr. Sie hörte wieder zu und lachte. Dann nannte sie die Adresse und hängte auf.
«Gleich kommt Herrchen angesaust», sagte sie. «Nette Stimme hat er.»
Sie stand auf und ging hinaus. Ich blieb nachdenklich sitzen und hörte sie draußen rumoren. Einmal kam sie herein und hatte einen weißen Kittel an. Sie arbeitete irgend etwas, aber ich fand nicht heraus, was es war. Immerhin: Berufstätig. Na ja, was ging es mich an?

Ich hockte allein im Wohnzimmer und döste vor mich hin. Durch das offene Fenster drang der Lärm von Autos und Straßenbahnen: Den Krach von Dans altem Karren hätte ich noch aus dem Geknatter von hundert Motoren herausgehört. Er trat noch einmal auf den Gashebel, wenig später schepperte die Tür. Ich sprang zu Boden und rannte auf den Korridor. Sie kam aus einem kleinen Zimmer heraus, in dem flache Schalen und Flaschen standen.
«Was ist? Kommt er?»
Ich schwänzelte und grinste sie an. Man hörte, wie jemand die Treppe dreistufenweise heraufsauste. Es klingelte fürchterlich. Sie öffnete, und Dan stolperte über die Schwelle. Er hockte sich nieder, und ich sprang ihm ins Gesicht und quiekte in höchsten Tönen. Er drückte mich, ich kam frei,

rannte im Kreis herum und sprang ihn wieder an. Er schwatzte dummes Zeug, mein Gequietsche schallte durch das Haus, und erst nach längerer Zeit erinnerten wir uns der Wohnungsinhaberin.

Sie stand an der Wand und betrachtete uns aufmerksam.

Dan richtete sich auf und strich sich seine zerwühlte Frisur zurecht. «Entschuldigen Sie», sagte er verlegen, «Nogees ... es war unsere erste Trennung, wissen Sie ... ich danke Ihnen, Fräulein ...»

«Gengenbach», half sie ihm.

Dan verstummte. Langsam schien ihm klar zu werden, was er da vor sich hatte. Er brachte den Blick nicht los von ihrem Gesicht. Ruhig sah sie ihn an. Ich setzte mich, guckte mit hängender Zunge von einem zum anderen.

Sie musterten sich so intensiv, daß mir war, als liefe ein knisternder Strom zwischen ihnen. Es wurde mir fast peinlich, daß Dan sie so anstarrte. Irgend etwas vollzog sich jetzt dort oben, von dem ich keine Ahnung hatte und nie eine haben würde.

Dan erwachte und nahm mich hoch.

«Hatten Sie Ärger mit ihm?»

Sie schüttelte den Kopf.

«Keine Spur. Fromm wie ein Osterlamm.»

«Möchte wissen, wie er auf die Idee gekommen ist», sagte Dan. «Zuerst sah es so aus, als hielte er nichts vom Autofahren. Wurde seekrank. Und nun ... aber ich möchte Sie nicht aufhalten ...»

Sie tat auch nichts, um uns aufzuhalten.

«Leider habe ich gleich Kundschaft», erklärte sie.

Heiliger Blasius. Jetzt mußte ihm etwas einfallen, sonst waren wir draußen und aus war's mit der Romanze.

Dan hielt mich in einem Arm und fingerte in seiner Tasche herum.

«Darf ich Ihnen das Telefongeld . . .»
Sie schüttelte leicht ihr schönes Haar.
«Das hatte er mit.»
«Wie? . . . Ach ja, das hatte er mit . . .»
Mein schüchternes Herrchen nahm die Hand aus der Tasche und verbeugte sich. «Nochmals vielen Dank», sagte er. «Ich kann Ihnen nicht sagen, was ich getan hätte, wenn er weg gewesen wäre . . .»
«Kann ich Ihnen nachfühlen», sagte sie. Ihre Hand strich über meine Schnauze.
«Wiedersehen, Blasius. Es war mir ein Vergnügen.»
Mir auch. Vom Braten erzählte sie kein Wort. Wunderbare Frau. Nie würde ich ihren Geruch aus meiner Erinnerung verlieren. Sie gab Dan die Hand. Als wir auf der Schwelle standen, drehte er sich noch einmal um.
«Ach . . . gnädiges Fräulein, ich sah, Sie sind Fotografin . . .»
«Ja.»
Gut, Dan, dachte ich. Nur nicht auslassen.
«Ich kenne nämlich sonst niemanden aus dieser Sparte . . . Ich wollte uns gern fotografieren lassen, Blasius und mich. Außerdem brauche ich Paßbilder. Machen Sie so etwas?»
«Im allgemeinen nicht . . .»
«Bezahlen muß ich in jedem Falle», sagte Dan. «Dann zahle ich schon lieber an Sie, die Sie unsere Familie wieder zusammengeführt haben.»
Jetzt mußte sie merken, daß er nicht verheiratet war. «Ich kann mich ganz nach Ihnen richten», stieß Dan nochmals nach.
Warum sollte sie nein sagen? Auch schöne Fotografinnen müssen Miete zahlen. Dazu kam Dans bittender Blick.
«Übermorgen abend um sieben?»
«Übermorgen abend um sieben. Fein!»
Dann waren wir endgültig draußen.
Prima, Dan. Man muß die Mädchen schmieden, solange sie

warm sind. Ich hätte mir die Pfoten gerieben, wenn ich es gekonnt hätte.
Am übernächsten Abend um sieben standen wir mit klopfendem Herzen vor der Tür der Fotografin. Dan hatte einen dunklen Anzug an und sah gut aus. Er war beim Friseur gewesen und hatte eine halbe Stunde lang seine Krawatten durchprobiert. Mich hatte er am Tag zuvor unter der Dusche mit Shampoolösung gewaschen und mir anschließend das Fell trockengerieben und gestriegelt. Jetzt sah ich aus wie gehäkelt und roch wie eine Parfumflasche.
Gut war außerdem, daß Dan erst gestern sein Gehalt bekommen hatte. Er führte drei langstielige, sündhaft teure Rosen mit sich. Als unser schwarzer Engel öffnete und wir eingetreten waren, wickelte er sie aus.
«Ach», sagte sie mit leichtem Stirnrunzeln. «Das wäre wirklich nicht nötig gewesen.»
«Das dachte ich auch», sagte Dan, «und habe es trotzdem getan.»
Sie lächelte und begrüßte mich. Ich schnupperte an ihrem weißen Kittel und wedelte fröhlich.
Die Fotografiererei ging äußerst sachlich vor sich. Fräulein Gengenbach bugsierte uns in einen Raum mit strahlend hellen Lampen. Zuerst kam Dan dran. Sie setzte ihn auf einen Stuhl, bestrahlte ihn aus verschiedenen Richtungen und bog seinen Indianerkopf so lange hin und her, bis sie seine beste Seite herausgefunden hatte. Anschließend drehte sie an ihrem Kasten herum. Dan mußte lächeln, und er machte es reizend. Trotzdem schimpfte sie mit ihm, als er in den Apparat gucken sollte und statt dessen sie ansah.
Darauf knipste sie uns beide zusammen. Ich kam auf Dans Schoß, meine Pfoten lagen auf seinem Unterarm, und unsere Köpfe waren dicht beieinander. Wir lächelten uns freundlich an, als der Verschluß klickte.

«Ist er fotogen?» fragte Dan.
«Sehr.»
«Ich hätte gern noch eine Aufnahme von ihm allein.»
Sie dachte einen Augenblick nach.
«Kann er aufrecht auf dem Tisch sitzen?»
«Kannst du aufrecht auf dem Tisch sitzen?» fragte mich Dan. Wenn ich gute Laune habe, kann ich alles. Sie schoben einen niedrigen, runden Tisch vor den Apparat und breiteten eine Wolldecke darüber. Solange unser Mädchen ihre Lampen einstellte, konnte ich sitzenbleiben. Dann wurde es erst ernst. «Mach schön, Blasi!» forderte mich Dan auf. «Mach schön! Wirst du wohl schön machen, du dickköpfiger . . .»
«Nicht schimpfen», sagte sie. Ich ließ Dan erst noch eine Weile zappeln, ehe ich mich dazu bequemte. Dann stellte ich mich aufrecht auf die Hinterbeine, ließ die Pfoten hängen und sah mit gelangweiltem Blick in die Linse. «Wunderbar», lobte Dan. Fräulein Gengenbach gab mir ein Kremhütchen.
«So», sagte sie munter, «das wär's dann. Was kann ich außerdem für die Herren tun?»
Oh, es gab eine Menge, was sie hätte tun können. Ich dachte aber nicht, daß Dan sein Laster so unmittelbar zu erkennen geben würde.
«Haben Sie was zu trinken?» fragte er. Ich schaute zu Boden. «Es war so heiß hier. Die vielen Kilowatt und der Konfirmandenanzug.»
«Genügt eine Coca?»
«Hier würde mir sogar Buttermilch genügen», sagte Dan. Wir gingen in das Zimmer, das wir schon kannten. Ich sprang auf die Couch. Dan blieb stehen. Sie verschwand und blieb einige Minuten weg. Als sie wiederkam, war sie ohne Kittel und sah bildhübsch aus. Sie brachte eine Vase für Dans Rosen. Dann nahm sie mich mit in die Küche, und während sie die Cocaflaschen aus dem Eisschrank holte und öffnete, trank

ich mit Behagen eine Tasse kalter Milch leer. Dan bekam seine Coca. Nur schwer konnte er seine Begeisterung verbergen, als noch eine kleine Flasche Rum auftauchte.

Ich beobachtete Dan. Sämtliche Sofakissen und die Tischdecke wollte ich fressen, wenn er nicht schon in unsere Fotografin verschossen war. Ritas Chancen wurden zusehends geringer. Dan begann Konversation zu treiben.

«Sie machen sonst keine Porträtaufnahmen?»

«Nein. Mode.»

«Aha. Süße Mädchen in Taft und Tüll. Wirklich nett, mit uns eine Ausnahme zu machen. Im Abendkleid hätten wir komisch ausgesehen.»

Sie deutete auf mich.

«Haben Sie etwas dagegen, wenn ich sein Bild an meine Redaktion schicke?»

«Gegen nichts, was Sie tun, habe ich etwas», sagte Dan. «Außerdem ist das der Weg zum Ruhm. Viele Filmstars stammen aus der Konfektion. Ich will seiner Karriere nicht im Wege stehen.»

Sie tranken auf meine Karriere.

«Ganz allein wohnen Sie hier?» fing Dan wieder an.

«Ja.»

«Mir geht's genauso. Blasius ist mein einziger Hausgenosse.»

«Wo haben Sie ihn her?»

Dan erzählte von Rohmarken und Frau von Quernheim.

«Wenn die wüßte, daß er in fremde Autos steigt! Sie würde ihn verleugnen.»

«Hat sie noch mehr?»

«Er war der letzte von seinem Wurf», sagte Dan.

«Aber da kommen bald neue.»

Das Mädchen blickte sinnend auf mich.

«Ich möchte auch einen», sagte es leise. Ich freute mich. Rita hätte das nie gesagt.

«Liebe Künstlerin», sagte Dan schließlich, «wann sind unsere Bilder fertig?»
«Freitag.»
«Wir möchten uns revanchieren. Geben Sie uns am Freitag die Ehre zu einem Junggesellenabend und bringen die Bilder mit?»
Sie sagte ja. O Wonne.
Wir gingen die Treppe hinunter, und Dan warf einen Blick zurück auf das Schild neben ihrer Tür.
«Eva . . .» murmelte er.
Eva, dachte ich.
Im Auto legte Dan kurz seine Hand auf meinen Kopf.
«Prima hast du das gemacht, mein Ohrenflattrich», sagte er lobend.

Der große Tag war da – Freitag. Um halb sechs kam Herrchen vom Einkaufen zurück, beladen wie ein Maulesel. Neunzig Minuten blieben uns noch Zeit, um die Wohnung herzurichten. Die Putzfrau war am Morgen schon dagewesen, hatte mich von einer Ecke in die andere gekehrt und über die verlotterte Junggesellenwirtschaft geschimpft. Jetzt begann Dan wieder die Wohnung zu schmücken. Mit Frohlocken bemerkte ich, daß er sich noch mehr Mühe gab als vor Ritas Besuch. Überall standen Blumen herum. Auf den Rauchtisch stellte er Gläser, Salzstangen und Zigaretten. Darauf begaben wir uns in die Küche. Dan zerschnitt einen Weißbrotknüppel und belegte die Scheiben mit verschiedenen leckeren Zutaten. Ich saß daneben und fing die Brocken auf, die er in erfreulich kurzen Abständen herunterwarf. Er hatte mir gerade einen Löffel Fleischsalat auf die Nase geklatscht, als es klingelte.
Dan hielt inne, und wir sahen uns an.

«Wer zum Henker ist das?»
Ich wußte es nicht. Dan legte die Butter hin und ging hinaus. Ich leckte den Fleischsalat notdürftig von meiner Nase und folgte ihm. Als ich vor der Tür angekommen war, roch ich Evas herbes, frisches Parfum und erinnerte mich im gleichen Augenblick, daß wir sie statt um sieben schon um sechs eingeladen hatten.
Dan öffnete. Draußen stand Eva. Ihr Cocktailkleid unter dem Mantel war ein einziger Sommertraum. Sie sah den hemdsärmeligen Dan, mit dem Messer in der Hand, und mich, mit der Fleischsalatnase. In ihrem Gesicht zuckte es.
«Gütiger Himmel», sagte Dan erstaunt, «ist es schon sieben?»
«Sechs», sagte sie.
«Sechs? . . . Ach, ich Riesenrindvieh! Kommen Sie herein, bitte!»
Sie tat es. Dan legte das Messer auf das Spiegelbord und half ihr aus dem Mantel.
«Das ist ja eine entsetzliche Pleite», stotterte er. «Bin ich denn schon so vertrottelt? In der Küche steht das halbfertige Abendbrot, und mein Bart knistert, wenn Sie drüberstreichen.»
«Ich mache lieber das Abendbrot fertig», sagte Eva entschlossen. «Sie rasieren den Bart ab, und nichts ist verloren.»
Sie ergriff das Messer. Dan öffnete wortlos die Küchentür. Ich drückte mich hinter Eva durch und ließ mich am alten Platze nieder.
Ihre Hände vollendeten das Werk spielend. Währenddessen hörten wir im Bad das Wasser rauschen und den Rasierapparat surren. Eva lächelte mich an und gab mir einen Wurstzipfel; ich strahlte zurück.
Sie trug die Platte ins Wohnzimmer. Unser Hausherr erschien frisch gewaschen.
«Der Bart ist ab. Und Sie sollte man in Platin fassen. Einen Cocktail für den Appetit?»

Sie nickte. Während Dan draußen mit den Flaschen klapperte, spielte sie mit mir. Sie zog mich sanft an den Ohren, und ich schlug mit den Pfoten nach ihrer Hand.
Dan füllte die Gläser. Er stellte sich neben seinen Sessel und hielt folgende Ansprache: «Verehrtes Fräulein Gengenbach! Herr Blasius von Rohmarken und ich erlauben uns, dem schönsten und nettesten Mädchen dieser Stadt zu ihrem ersten Besuch in unserer Hütte ein fröhliches Prost zuzurufen!»
Sie tranken. Eva spitzte die Lippen.
«Oh! Was ist da?»
«Daiquiri», erklärte Dan. «Der Cocktail Hemingways. Rum mit Fruchtsaft, in diesem Falle Ananassirup. Eiskalt.»
«Fein», sagte sie und trank das Glas aus.
Sie machten sich über die Platte her. Ich wurde von zwei Seiten gefüttert, und der Umfang meiner Taille nahm bedenklich zu. Dan räumte die Platte weg, holte Coca und Rum und stellte Musik ein. Eva ging einen Augenblick hinaus und hielt unsere Bilder in der Hand, als sie wieder hereinkam. Ich sprang auf den dritten Sessel, und wir rückten zusammen, um besser sehen zu können.
Dans Paßbilder waren gut, aber man sah gleich, daß ihm der nötige Ernst gefehlt hatte. Wir beide zusammen erweckten den Eindruck, als wären wir von einem Wanderzirkus, und ich sah aus wie mein eigenes Denkmal. Fehlte bloß die Inschrift.
«Fabelhaft», sagte Dan. «Keiner Ihrer Fachgruppe hätte es besser gekonnt. Und nun suchen Sie sich eins davon aus.»
«Nein.»
«Bitte!»
Sie nahm meins. Ich versuchte, in Dans Gesicht zu erkennen, ob er sich ärgerte, aber er verzog keine Miene.
«Richtig. Er ist der Bessere von uns beiden. Und wann kriegen wir eins von Ihnen?»
«Ich fotografiere nur andere Leute.»

«Ich habe einen alten Selbstauslöser.»
«Ich . . .»
Es klingelte.
Dan sah mit gequältem Gesicht zur Tür.
«Wer ist das nun wieder?»
«Die Dame, die Sie um sieben Uhr eingeladen haben», sagte Eva vergnügt. Dan sah mich besorgt an.
«Entschuldigung», sagte er.
Man soll einen Gast nicht allein sitzen lassen. Aber meine Neugier besiegte mich. Ich folgte Herrchen. Schon auf halbem Wege wußte ich, was los war.
Der Duft! Sumpfblüten, eine Spur zu weich, um zu erfrischen, und eine Spur zu schwer, um nicht lästig zu sein. Rita, die Göttliche. Na, dann gute Nacht.
Sie betrachtete erstaunt den aufpolierten Dan, der sichtlich um seine Fassung rang.
«Nanu! So gepflegt kenne ich dich ja gar nicht! Guten Abend!» Dan faßte sich schnell. «Bei mir ist Besuch», sagte er. «Aber deswegen sollst du nicht dursten. Tritt ein!»
Sie tat es. Sie trug ein himbeerfarbenes Gewand mit einem Glockenrock, dazu ein Barett wie ein Landsknecht. Auch in Himbeer. Eine einzige große Himbeere.
Dan blieb in der Tür stehen. Während sie vor dem Spiegel verweilte, warf sie schnelle Blicke auf Evas Mantel. Dann kam sie ins Wohnzimmer.
«Ich darf bekannt machen», sagte Dan mit Würde, «Fräulein van Eck – Fräulein Gengenbach.»
Die Damen reichten sich die Hände und musterten sich, blitzschnell, aus den Augenwinkeln heraus und zwischen den Wimpern hindurch, so wie es nur Frauen können, Angehörige eines Geschlechtes, das den eigenen Mitgliedern am wenigsten traut. Rita beschlagnahmte meinen Sessel. Ich sprang auf die Couch, um besser beobachten zu können.

Eva war lässig sitzen geblieben, wie ein schönes, träges Tier. Rita hielt das Kreuz steif, und als sie Dans Feuer entgegennahm, sah ich, wie ihre Hand mit der Zigarette ein wenig zitterte. Es machte ihr mehr Mühe, ruhig zu bleiben, als Eva. Dan goß ihr ein.
«Wenn ich gewußt hätte, daß du kommst, hätten wir mit dem Essen gewartet.»
«Ach wie nett», sagte sie spottend. «Dabei wollte ich dich gerade zum Essen einladen. Ich kam zufällig vorbei und mir fiel ein, dich zu fragen, ob du morgen zu uns kommen willst.»
Fauler Zauber. Ebensogut hätte sie anrufen können.
«Was gibt es?» fragte Dan unerschüttert.
«Steak mit Pilzen.»
«Wir kommen.»
Fein, wie elegant er mich mit einlud.
Ihr Blick wurde starr. Sie sah zu Eva, dann zu mir.
«Ach so. Ja, natürlich . . . bring ihn nur mit.»
Dan hob sein Glas und trank seinen beiden Frauen zu. Rita entdeckte die Bildertüte.
«Was ist das?»
«Das Werk von Fräulein Gengenbach.»
«Oh! Darf ich?»
Sie betrachtete unsere Bildnisse. Währenddessen sah Dan Eva lächelnd an.
«Such dir eins aus», sagte er.
Mir war vollkommen klar, welches sie nehmen würde.
«Das kleine stehle ich dir. So lange kennen wir uns schon, und ich habe noch kein anständiges Bild von dir.»
«Nimm hin», sagte Dan mit Gönnermiene, «unsere Leibfotografin muß sowieso noch Abzüge machen.»
Ritas Augen flirrten zu Eva hinüber.
«Sie sind Fotografin?»
«Ja.»

«Wie reizend. Darf ich auch zu Ihnen kommen?»
«Schon wieder eine neue Kundin», sagte Dan, bevor Eva antworten konnte, «und sie hat ungefähr vierhundert verschiedene Kleider. Fräulein Gengenbach knipst nämlich sonst nur Mannequins in Traumkleidern.»
«Ach», flötete Rita süß, «bist du ein Mannequin?»
Es begann brenzlig zu werden. Dan ließ sich nicht erschüttern. «Blasius ist eins. Ich bin nur aus Versehen mit drauf.»
Eva sah sie ohne eine Spur von Groll an.
«Von den Ausnahmen lebt man. Ich freue mich, wenn Sie kommen. Das, was ich von Blasius nicht nehmen konnte, muß ich eben bei Ihnen aufschlagen.»
«Kennen Sie ihn schon lange?» fragte Rita lauernden Tones.
«Wir sind alte Bekannte», erwiderte Eva. «Blasi – kommst du zu mir?»
Nichts lieber als das! Ich sprang mit einem Satz von der Couch, mit dem zweiten zu ihrem Sessel und mit dem dritten auf die warme Seide ihres Kleides.
«Wie süß», säuselte Rita. Der Zorn saß hinter ihrer Stimme.
Dan merkte es und erzählte meine Autogeschichte.
«Mein Schlitten ist ihm zu armselig.»
«Kann ich ihm nachfühlen. Ich nehme ihn mal im Mercedes mit.»
«Die Marke allein macht's nicht», warf Dan trocken ein.
Oh, oh. Er würde was zu hören kriegen, morgen.
Rita antwortete nicht, sondern sah nach der Uhr.
«Gott, ich muß weiter! Dan – morgen, kurz vor eins. Bist du pünktlich?»
«Bei Steak mit Pilzen bin ich immer pünktlich.»
Rita erhob sich. Die Damen verabschiedeten sich mit größter Liebenswürdigkeit voneinander, betonten, wie sehr es sie gefreut hätte und meinten, daß sie sich unbedingt wiedersehen müßten.

Dan ging mit zur Tür. Ich blieb auf Evas Schoß sitzen. Vom Flur her kam das Geräusch eines mittelschweren Kusses.
«Wiedersehen, Liebling! Bis morgen.»
«Ja», murmelte Dan. Die Tür fiel ins Schloß.
Herrchen blieb einen Augenblick draußen. Ob er sich den Lippenstift aus dem Gesicht wischen wollte? Dann kam er herein, setzte sich, atmete tief und nahm einen gewaltigen Schluck. Er sah angegriffen aus.
«Der Himmel prüft mich hart heute abend», stellte er fest. «Blasius – wir haben es mit zwei Damen auf einmal verdorben.»
Eva kraulte mich am Hals. «Er nicht», sagte sie.
«Dann ist er meine letzte Brücke zu Ihnen. Sehen Sie, so . . .» Er rückte näher an sie heran und klopfte auf sein Knie. Ich kam mit den Pfoten herüber, stand mit der einen Hälfte auf ihm und mit der anderen auf Eva, bis ich abrutschte und hinunterfiel. «Ja», sagte Dan und lehnte sich zurück, «das war Rita. Der Notgroschen für mein Alter. Die ewig gleichmäßig gute Partie. Es ist ein Jammer.»
«Was ist ein Jammer?»
«Daß ich sie nicht genügend liebe.»
«Warum nicht?»
«Sie ist blond.»
«Können Sie nicht vernünftig reden?»
«Nein», sagte Dan fröhlich und drehte am Radio, «nicht in Ihrer Nähe.»
Aus dem Lautsprecher kam irgendein schnelles Ding. Sie tanzten, und ich sah zu. Ich spürte förmlich, wie es Herrchen kribbelte, Eva zu küssen, aber er riß sich zusammen.
Allerdings nicht lange. Vier Tänze und drei Gläser noch. Dann zog er sie während eines zärtlichen Gitarrensolos an sich und küßte sie. Sanft, aber nachdrücklich. Mein Herz fing an zu hämmern. So ein Narr, alles aufs Spiel zu setzen! Ich

schloß die Augen und wartete auf den Knall der Ohrfeige. Nichts dergleichen. Als ich einige Zeit im Dunkeln gesessen hatte, öffnete ich die Lider. Dan stand vor ihr und streichelte ihr Haar.

Ich staunte über seine Courage. Alles hätte schiefgehen können, und ich hätte mir vor Wut den Schwanz abgebissen. Wer weiß, ob sie es geduldet hätte, wenn Rita nicht aufgetaucht wäre? Aber so ist das. Ein Mädchen treibt das andere an.

«Sind Sie böse?» fragte Dan mit geheuchelter Niedergeschlagenheit.

Sie schüttelte ihr schönes Haar.

«Nein. Aber nun muß ich gehen.»

Er war weise genug, nicht auf sie einzureden. Wir brachten sie hinunter zu ihrem Wagen.

«Eva», sagte Dan, «Blasi und ich sind ausgesprochen glücklich. Nichts auf der weiten Welt wird uns hindern können, ununterbrochen an Sie zu denken.»

«Sie werden Ihre Stellung verlieren.»

Eva öffnete die Wagentür. Ich sprang auf die vertrauten Polster. «Möchte wissen, warum ich für diesen Hund noch Steuern zahle», brummte Dan.

Eva kam von der anderen Seite und setzte sich ans Steuer. Dan stützte die Hände auf den Türrahmen.

«Eva – wenn Sie meinen Anblick in einer Woche schon wieder ertragen können – nächsten Sonnabend feiern wir ein Atelierfest bei einem Freund – Maler – mit Kostüm und Dekoration – Gäste sind erwünscht und willkommen. Fotografieren lohnt sich – wie ist es?»

Sie zögerte. «Sonnabend? Ich weiß noch nicht . . .»

«Blasius kommt auch mit», sagte Dan. «Ich reibe ihm die Ohren mit Stärke ein, dann geht er als Düsenjäger. Sein Bruder wird auch da sein. Also Männer genug, wenn Sie mich nicht mögen.» Immer wenn von mir die Rede war, gab

Eva nach. «Na, gut. Rufen Sie mich noch mal an, ja?» Sie sah zu ihm hinauf. «Kommt Rita auch?»
«Es wird sich nicht vermeiden lassen. Sie wollte Sie doch so gern wiedersehen. Machen wir ihr die Freude.»
Eva warf einen tadelnden Blick auf meinen Herrn. Dann beugte sie sich zu mir herunter, rieb mein Fell und gab mir einen leisen Kuß auf die Nase. Dan knirschte in gespielter Eifersucht mit den Zähnen.
«Nacht, Blasi.» Die nächsten Worte flüsterte sie so leise, daß nur ich sie verstehen konnte. «Herrchen ist sehr nett.» Ich bekam vor Freude eine Gänsehaut. Sie reichte mich durch das Fenster in Dans Arme. Er ergriff ihre Hand und hielt sie bedeutend länger fest als üblich.
«Gute Nacht, Eva. Fahren Sie schön langsam. Sie haben keine Zwillingsschwester!»
Eva nickte und zog davon. Wir winkten den Schlußlichtern nach.
Ich schwänzelte erhobenen Hauptes neben Dan auf unsere Haustür zu. Die Eroberung dieses Mädchens war einzig und allein mein Verdienst. Ich hatte sie entdeckt. Wer weiß, ob sie ihm nicht doch eine geknallt hätte, wenn ich nicht dabei gewesen wäre . . . Ich mußte Herrchen vor Ritas Schlingen bewahren.

Mit diesem Vorsatz stieg ich am nächsten Tag um halb eins ins Auto. Dan war gepflegt wie ein Heiratsschwindler und führte zwei Tüten Seidenpapier mit je drei langstieligen Rosen mit sich. Für ihren Preis hätten wir auch im Restaurant essen können. Aber es mußte durchgestanden werden. Wir gerieten in eine Gegend, in der die Häuser immer prunkvoller, die Autos immer dicker und die Kinder immer unartiger wurden. Jetzt war mir doch mulmig zumute, und auch Dan sah unlustig aus. Sie würden ihn fertigmachen und mich am Spieß braten.

Dan bog von der Straße ab und fuhr mit furchtbarem Gerassel eine geschwungene Auffahrt empor, die unter einem Säulenvorbau durchführte. Das Haus dahinter sah aus wie die Botschaft eines mittleren Staates. Dan ergriff seine Rosen und klingelte am Portal.

Nach einer Weile näherten sich gemessene Schritte. Ein schwarzgekleideter Herr öffnete. Er strahlte so viel Würde aus, daß ich nicht wagte, an seinen Hosenbeinen zu schnuppern.

Er warf einen prüfenden Blick auf uns.

«Herr Nogees? Das gnädige Fräulein erwartet Sie.»

«Das ist nett von ihr», murmelte Dan ergriffen. Wir durchschritten eine Halle mit Ebenholzwänden und vornehmer Stille und stiegen über einen Veloursläufer nach oben. Nach einigen Ecken witterte ich den ersten Hauch vom Sumpfblütenparfum. Das Verhängnis war nahe.

Der Haushofmeister klopfte an eine Tür, hoch wie der Eingang zu einem Dom. Ritas energische Stimme rief: «Herein.»

Wir betraten die Kemenate.

Der Raum war groß, und die Decke schien unermeßlich hoch über mir zu schweben. Sie war zartgrün, der Fußboden hellbraun, etwa meine Farbe. Tapeten und Gardinen hatten grelle, bunte Kleckse. Die Stühle bestanden aus verbogenen Stahlröhren mit farbigen Bespannungen dazwischen, und der Tisch sah aus, als hätte ihn jemand in die Länge gezogen und dann noch ein paar Kurven hineingedrückt. Stehlampen mit Schirmen wie Frühlingshüte standen herum. An der Wand war eine gläserne Hausbar, in deren Innerem ich freundliche Flaschen gewahrte, und dem Fenster gegenüber stand ein gewaltiger Fernsehkasten, von dem Frau von Quernheim immer gesagt hatte, daß so ein Ding nicht in ihr Haus käme.

Die blonde Rita lehnte in einem der Röhrensessel, umflossen von den Falten ihres Gewandes. Es paßte zu den Gardinen.
«Da seid ihr also», sagte sie.
«Da sind wir also», antwortete Dan, der mutige Ritter.
Er wickelte die Rosen aus dem Papier. Man küßte sich kurz.
«Martini vor dem Essen?» fragte Rita.
«So sei es», antwortete Dan.
«Tag, Blasius», sagte Rita zu mir, als sie zur Bar hinüberging.
Ich erwiderte ihren Blick freundlich. Warum sollte man unhöflich sein? Sie schien langsam zu begreifen, daß der Weg zu Dan über mich führte.
Sie ließen sich an einem kleinen dünnbeinigen Tisch neben der Bar nieder. Rita schwenkte einen klappernden Silberbecher und füllte die Gläser. Dan trank etwas hastig. Wahrscheinlich hatte er es nötig. Rita betrachtete ihn aus schmalen Augen.
«Noch gut amüsiert gestern?»
«Ach ja», sagte Dan leichthin.
«Sehr nettes Mädchen.»
«Sehr.»
«Nur ein bißchen langweilig.»
«So?»
«Findest du nicht?»
«Ach – ganz wohltuend, wenn eine mal nicht darauf gespannt ist, was sie im nächsten Moment sagen wird.»
«Dann kommt man selbst besser zur Geltung.»
«Natürlich. Hast du noch einen? Schmeckt ausgezeichnet.»
Rita schenkte nach.
«Habe gar nicht gewußt, daß du für Fotografinnen schwärmst.» Dan warf einen hilfesuchenden Blick zu mir. Ich lag auf dem Teppich und betrachtete meinen Herrn mit Sorge.
«Man kriegt die Paßbilder billiger.»

«Ist sie in dich verliebt?»
«Nein. In Blasius.»
«Glaub nicht, daß er ihr auf die Dauer genügt.»
«Würde er dir auf die Dauer genügen?»
«Kaum.»
Ich beschloß sofort, in diesem Zimmer irgend etwas zu zerknabbern.
«Na ja», sagte Dan. «Aber keine Sorge! Sie macht sich nichts aus mir.»
Rita setzte ihr Glas hart auf die Glasplatte.
«Rede doch nicht! Denkst du, ich habe keine Augen im Kopf?»
«Wo sonst?»
Der Narr mußte sie auch noch reizen.
«Ein Blinder konnte sehen, daß sie hinter dir her ist! Und du hinter ihr!»
«Wirklich?» Dan versuchte, seine Freude über diese Mitteilung zu verbergen, aber es gelang ihm nicht. «Sie wird dasselbe von uns beiden sagen. Außerdem gefiel sie dir doch so gut. Ihr könnt ja nicht mehr weiterleben, wenn ihr euch nicht bald wiederseht. Es hat mich unsäglich gefreut, das zu hören. Deswegen habe ich sie zu Otmars Fest eingeladen.»
Rita sah aus wie eine wütende Königskobra.
«Otmar wird sich schön bedanken.»
«Das glaube ich nicht. Er hat was übrig für branchenkundige Mädchen. Und sie kann dich knipsen, wenn du spärlich bekleidet bist. Nichts geht über liebe Erinnerungen.»
Rita stürzte sich auf ihn. Sie balgten sich eine Weile herum, bis er sie zu fassen kriegte und heftig auf den Mund küßte.
Ich setzte mich aufrecht und sah ihn mißbilligend an.
Ein Wüstling war er schon. Eva im Herzen und die andere auf dem Schoß.
Rita wechselte die Taktik und machte in schmollender Zärt-

lichkeit. Sie kam allerdings nicht weit damit, weil der Haushofmeister klopfte und meldete, es sei angerichtet. Das hörte ich gern. Schließlich waren wir zum Essen hergekommen und nicht zum Schäkern.

Rita stolzierte an Dans Arm hinunter, und ich trippelte hinterdrein. Wir gelangten wieder in die Ebenholzhalle. Der Geruch von Steaks war unverkennbar, wenigstens für meine Nase. Wir betraten einen großen Raum, in dem Ritas Eltern saßen. Er hatte weißes Haar und ein dickes rotes Gesicht mit gemütlichen Augen. Mit ihm würde man reden können. Sie war eine ältere Ausgabe ihrer Tochter. So würde Rita in fünfundzwanzig Jahren aussehen, immer noch schlank, aber eckiger, die grauen Strähnen im satten Blond übermalt, kleine Fältchen um die Sternaugen, feine Narben von der ersten Hautstraffung an den Haargrenzen und schärfere Linien im Gesicht.

Dan trat auf sie zu, küßte ihr die Hand mit Grazie und reichte ihr den Rest der kostspieligen Rosen.

«Oh», sagte sie mit Ritas Lächeln, «das wäre aber wirklich nicht nötig gewesen!»

Ganz meine Ansicht, dachte ich.

«Ich danke für Ihre Einladung», sagte Dan. Der Hausherr erhob sich und schüttelte ihm die Rechte.

«Nett, daß Sie uns wieder mal besuchen. Wie geht's?»

Dan sagte, es ginge. Ich war herangekommen und setzte mich in einigem Abstand auf den Teppich. Dan nannte meinen Namen und wies auf meine Ahnenreihe hin. Auf einen Wink des Hausherrn öffnete der Butler eine Tür: Herein stürzte ein schwarzer Pudel.

«Besuch, Moritz», sagte Herr van Eck.

Ich empfand Mitleid mit Moritz. Er sah aus, als wäre er unter die Straßenbahn gekommen. Auf dem Rücken hatte er überhaupt kein Fell, nur auf dem Kopf war ein steiler Rest

übriggeblieben. Um die Knöchel trug er die Locken wie Pulswärmer, und sein Schwanz glich einem Staubwedel.
Er blieb ruckartig vor mir stehen, und seine Haut zitterte, als ich an ihm schnupperte. Er konnte kaum zwischen seinen Stirnfransen durchgucken, aber seine schwarzen Augen waren sanft und gutmütig. Weder mir noch sonst jemandem würde er etwas tun.
Eine Flügeltür öffnete sich, und nebenan wurde der gedeckte Tisch sichtbar. Neben den Tellern glitzerte das Silber. Die Servietten bildeten kunstvolle Pyramiden. Mir wurde weh ums Herz, als ich an unser Tafelaluminium und die derben Teller dachte. Geld müßte man haben!
Dan bekam seinen Platz Rita gegenüber. Der Haushofmeister servierte mit lautloser Eleganz. Ich saß neben Moritz in gebührender Entfernung vom Tisch. Der Duft der Suppe ließ mir das Wasser über den Gaumen laufen. Aber Moritz blieb eisern sitzen, und auch ich wagte nicht zu betteln. Es hätte ein schlechtes Licht auf Dan geworfen. Also verharrte ich, Stolz in der Miene und Hunger im Bauch.
Nach der Suppe gab es duftende Pasteten mit Ragout. Moritz' Staubwedel fing an zu zittern. Eine Höllenqual! Sie wollten nur sehen, wer von uns zuerst weich werden würde, diese Bande.
Als nächstes erschienen die Steaks auf einer riesigen silbernen Platte. Mir begannen die Sinne zu schwinden. Dan belud sich schamlos den Teller mit Pilzen. Im nächsten Augenblick brach des Pudels Widerstand zusammen. Er stand auf, schnüffelte hörbar, tänzelte auf den Tisch zu und erhob seine Samtaugen zu Dan, der ihm am nächsten saß. «Na», fragte Dan mit Schadenfreude, «hast du Hunger?»
Frau van Eck blickte mit ärgerlicher Entrüstung auf ihr verschorenes Haustier.
«Moritz! Du bettelst doch nicht etwa?»

Nein, er will um deine Hand anhalten, dachte ich.
«Nimm dir ein Beispiel an . . .»
Zu spät! Auch mich hatte die Kraft verlassen. Die Steaks zogen mich zum Tisch wie ein Magnet eine Stecknadel. Immerhin hatte ich zehn Sekunden länger ausgehalten.
Jetzt erfaßte Herrn van Eck Mitleid mit uns. Er rief den Butler.
«Wolters – bewirten Sie die beiden Herren in der Küche!»
Wolters forderte uns mit höflicher Miene auf, ihm zu folgen. Wir trabten über eine kühle Treppe nach unten. Aus der Küche erscholl fröhliches Gelächter. Eine rundliche Köchin und ein Mädchen mit frecher Stupsnase und kessem Mundwerk begrüßten uns mit Freudengeschrei. Jeder von uns bekam einen Teller, fabelhaft garniert, fast wie die der Herrschaften. Fehlte nur noch, daß sie mir Messer und Gabel und eine Serviette gegeben hätten.
Während wir futterten, stärkte sich Wolters mit etlichen Cognacs aus einer Flasche seines Arbeitgebers. Ich nagte meinen Knochen ab, bis er aussah wie die Stoßstange eines Autos. Dann wechselten Moritz und ich die Plätze und inspizierten jeder den Teller des anderen. Aber da war nichts mehr zu holen.
Jeder trank etwa einen halben Liter Milch. Mein Bauch blähte sich auf wie ein Luftballon.
Oben schien man auch mit dem Essen fertig zu sein, denn Wolters entschwand, nachdem er einen Strich an die Cognacflasche gemacht hatte. Die Köchin stellte eine glitzernde Eisbombe in den Speiseaufzug. Dann begann es nach Kaffee zu riechen. Allmählich verstand ich, warum Dan sich Rita warmhielt. Nur von der Liebe konnte man nicht leben.
Wir verabschiedeten uns dankbar vom Küchenpersonal und zogen uns wieder in die oberen Gemächer zurück.
Man saß im Wintergarten hinter den Kaffeetassen. Dan

rauchte eine dicke Zigarrre. Er schien nach dem guten Essen etwas müde zu sein. Mir ging es ähnlich. Ich legte mich auf ein Eisbärenfell im Eßzimmer zur Ruhe. Durch die Tür konnte ich die Stimmen hören.
«Was sind Sie eigentlich jetzt?» fragte Ritas Mutter, so direkt, wie Frauen eben fragen.
«Kriminalkommissar», antwortete Dan.
«Wie interessant! Und was verdienen Sie da?»
«Wenig, gnädige Frau. Der Weg zum Polizeipräsidenten ist mit mageren Einkünften gepflastert.»
Frau van Eck schwieg, und dieses Schweigen schien mir ihre Geringschätzung für minderbemittelte Schwiegersöhne zum Ausdruck zu bringen. Sehr günstig!
«Wie alt sind Sie?»
«Zweiunddreißig», antwortete Dan wahrheitsgemäß.
«Über Dreißig und noch nicht verheiratet?»
«Es nimmt einen ja niemand», sagte Dan betrübt. «Und nette Schwiegermütter sind so selten.»
«Schwiegermütter», rief Herr van Eck fröhlich, «da fällt mir ein feiner Witz ein! Ein Mann kommt zum Tierarzt. ‹Herr Doktor›, sagt er, ‹morgen kommt meine Schwiegermutter mit der Hündin. Können Sie sie vergiften?› ‹Herr!› brüllt der Tierarzt, ‹wie kommen Sie mir vor? Und außerdem: wie soll das arme Tier allein nach Hause kommen?›»
Herr van Eck lachte am lautesten, Dan etwas verhaltener.
«Otto!» sagte die Dame des Hauses nur – und die Herren verstummten.
«Dan, hast du dir meinen Vorschlag überlegt?» fragte Rita mitten hinein in das Klirren des Porzellans. Ich schloß meine Augen, um besser hören zu können. Eva, steh ihm bei!
«Das habe ich», sagte Dan ruhig. «Um das machen zu können, müßten wir mindestens verlobt sein. Das sind wir nicht. Ich glaube, auch deine Eltern sind dieser Ansicht.»

Das war ein mannhaftes Wort! Ich hatte befürchtet, er würde herumreden wie die Katze um den heißen Brei und mit einem halben Versprechen den Rückzug antreten. Nichts davon! Mein Verdienst, und das von Eva! Ihr Bild saß wie ein Riegel vor seinem Herzen, und Rita samt all ihrer Pracht und Mitgift blieb draußen.
Herrchen hatte auch äußerst geschickt geantwortet. Sie konnten ihm schwerlich einreden, es sei nichts weiter dabei, sich mit Rita vier Wochen herumzutreiben. In ihren Kreisen ging das nicht so einfach. Vermögen hat auch Nachteile. Sie konnten ihn auch nicht zur Verlobung drängen. Das wäre demütigend für Rita gewesen. Außerdem hatte ich das Gefühl, daß Frau van Eck von dem Gedanken an eine Heirat nicht begeistert war. Dan gefiel ihr schon; aber Kaufleute bleiben lieber unter sich. Immerhin konnte man Dans Antwort so auffassen, als wollte er sich doch ganz gern verloben. Frau van Eck schien das herausfinden zu wollen, denn sie sagte: «Ja. Der Ansicht bin ich allerdings.»
«Siehst du!» Dan sprach zu Rita. «Du wirst wohl doch allein fahren müssen.»
Deutlicher ging es nicht. Mir tat Rita schon wieder leid. Sicher hatte sie sich ehrlich gefreut, und sicher liebte sie Dan auf ihre Art. Frauen sind komisch. Wenn sie sich einen Mann in den Kopf gesetzt haben, ist da nichts zu machen.
Eine peinliche Pause war entstanden. Herr van Eck beendete sie.
«Erlaubt ihr, daß ich mit Herrn Nogees einmal durch den Garten gehe? Die Viecher nehmen wir mit.»
«Ja, das ist recht. Euer Zigarrenqualm ist keine reine Freude.» Rita sagte nichts.
Herr van Eck rief uns. Moritz war eingeschlafen und rappelte sich mit verklebten Augen hoch. Vom Wintergarten aus konnte man durch eine Glastür ins Freie. Ich lief an Rita

vorüber. Ihr Gesicht war blaß und hochmütig, und ihre Mundwinkel zuckten ein bißchen.

Der Park lag in grüner Pracht. Er war etwa doppelt so groß wie der meines Geburtshauses, aber längst nicht so schön und verwildert. Die Luft war schwül, und es roch nach Regen.

Unsere Herren gingen qualmend einen sandigen Weg hinunter. Ich blieb in der Nähe, um verstehen zu können, was sie redeten. «Herr van Eck», fing Dan nach einer Weile an, «wenn ich Rita gekränkt habe, tut es mir leid. Ich lasse mich nicht gern heiraten. Diese Reise ist der Anfang davon.»

Der Fabrikant zog an seiner Zigarre.

«Rita ist ein gutes Mädchen», sagte er nachdenklich. «Bißchen dickköpfig. Hat sie von meiner Frau. Von mir natürlich auch. Einziges Kind. Schwer verzogen. Na, Sie wissen ja.»

Er schwieg. Dan wartete. Ich strich um sie herum wie eine Wanderratte.

«Sie hat einen Narren an Ihnen gefressen. Wo die Liebe hinfällt, da brennt's. Sie ist gewohnt, immer alles zu kriegen, was sie haben will. Vielleicht ganz gut, wenn sie lernt, daß es Dinge gibt, die man nicht kaufen kann.»

Schade um diesen Schwiegervater, dachte ich. Wer weiß, was Eva für einen anbringt. Zu dumm, daß nie alles Gute beisammen ist. Dan schien dasselbe zu empfinden.

Herr van Eck blieb plötzlich stehen. Er nahm seine Zigarre aus dem Mund, und das Lächeln verschwand aus seinem Gesicht. «Warum wollen Sie Rita nicht heiraten?» Ich kam näher, als müßte ich Dan helfen. Mein Herz fing an zu klopfen.

«Ich will meinen Beruf nicht aufgeben.»

«Brauchen Sie nicht.»

«Ich will nicht von Ritas Geld leben – beziehungsweise von Ihrem.»

«Sie kriegen keins.»
«Dann kriegt es Rita. Kommt auf dasselbe raus. Mit meinem Gehalt kann ich ihre Ansprüche nicht befriedigen. Sie wird ihren Standard beibehalten und meine Arbeit als Zeitvergeudung ansehen. Ich bin kein Prinzgemahl.»
«Das sind große Worte», sagte der Fabrikant.
«Mag sein. Das ist auch noch nicht alles.»
«Und?»
«Die Liebe langt nicht zum Heiraten.»
Herr van Eck stieß eine Rauchwolke von sich.
«Die Liebe, mein Junge, vergeht sowieso. Oder sie kommt mit der Zeit.»
«Wenn das so wäre, Herr van Eck», sagte Dan, «dann könnte sich Rita mit verbundenen Augen irgend jemanden aussuchen und heiraten. Dann braucht sie mich nicht.»
Der alte Herr sah ihn lange an. Sein Gesicht verzog sich, und er zwinkerte wie ein listiger Faun.
«So. Na, und wie heißt das andere Mädchen?»
Dans Mund öffnete sich ein wenig. Ziemlich einfältig sah er in diesem Augenblick aus. Dann lächelte auch er.
«Das andere Mädchen heißt Eva», sagte er leise.
Herr van Eck nickte schmunzelnd.
«Eva. Hm. Sie sind ein ehrlicher Kerl, Daniel. Ich freue mich, daß Sie so sind. Was glauben Sie, welchen Gestalten ich unter Ritas Verehrern schon begegnet bin: Abziehbildern und Mitgiftjägern.»
Sie setzten ihren Weg fort. Ich lief davon. Was ich hören wollte, hatte ich gehört. Dan war durch.
Ich kann nicht sagen, wie der Nachmittag noch verlaufen wäre, wenn ich mich nicht davongemacht hätte. Durch das, was mir geschah, zog ich die allgemeine Aufmerksamkeit auf mich und lenkte sie von Dan ab. Vielleicht war es gut so. Aber beinahe wäre es mein letzter Spaß geworden.

In der Mitte des Rasens stand Moritz. Er schwenkte seinen Staubwedel und grinste mich an. Dans Worte hatten mich in die beste Laune der Welt versetzt. Ich flitzte auf Moritz los. Er sprang zur Seite, und dann jagten wir uns im Kreise herum und durch das duftende Gras.

Ein paarmal blieb er plötzlich stehen und machte Front, und dann kugelten wir übereinander. Es war herrlich. Wir gerieten zwischen Bäume und Unterholz. Die Zweige schlugen uns um die Ohren, und der Sand spritzte unter unseren Pfoten. Moritz kannte das Gelände besser als ich, aber ich schlug geschicktere Haken. Gerade versuchte ich, wieder einige Locken aus seiner Schwanzquaste zu reißen, als ein kleines weißes Bündel an uns vorüberschoß.

Ein wildes Kaninchen!

Wir warfen uns herum und sausten hinterher. Die Jagdinstinkte meiner Ahnen erwachten in mir. Ich sah keine Bäume, keinen Himmel mehr. Nur noch einen roten Schleier und dahinter das Kaninchen.

Es schlug so wilde Haken, daß Moritz und ich mehrfach wie zwei Lokomotiven aufeinanderprallten. Das Karnickel gewann an Boden. Aber es war noch sehr jung und lief etwas planlos. Ich kam nahe heran und war drauf und dran, es zu schnappen, als Moritz, dieser Trottel, von der Seite auf uns losstürzte und mich über den Haufen rannte.

Wutentbrannt rappelte ich mich auf. Das weiße Bündel war etwa fünf Meter vor mir. Bevor ich heran war, verschluckte es der Boden wie ein Nachtgespenst.

Der Bau! Kruzitürken, jetzt war es weg!

Im nächsten Augenblick hatte ich die Röhre gefunden. Sie war lausig eng, aber ich hatte zu dieser Zeit meine volle Größe noch nicht erreicht. Ich tauchte hinein.

Es war stockfinster. Der Sand rieb sich von allen Seiten in mein Fell. Das Rohr lief flach unter dem Boden entlang. Ich

war etwa einen halben Meter drin, als ich auf einen eisernen Ring stieß. Ein Stück Ofenrohr! Ich wußte von meinem Vater, daß die Kaninchen alles mögliche in ihre Appartements einbauen. Es wurde noch enger und auch unangenehm kalt, aber der Geruch, den ich vor mir witterte, trieb mich voran wie einen Aal durch die Reuse.
Und dann war der Bart ab!
Ich stand in einer spindelartigen Erweiterung des Ganges. Vor mir führte ein einziges Rohr in die Tiefe. Es war halb mit Erde zugeschüttet, so daß ich nur mit dem Kopf hineinkam. Die Schultern gingen nicht durch. Ich fing an zu wühlen, preßte mich mit aller Gewalt hinein: Da krachte der Schacht zusammen, feuchter Sand sperrte mir die Luft ab.
Ich stemmte die Pfoten ein und schob mich zurück. Nichts wie raus!
Ja, Scheibenhonig. Ich stieß an die Ofenröhre. Von vorn war ich reingekommen. Mit dem Hinterteil zuerst ging es nicht. Ich versuchte es auf jede erdenkliche Weise. Nichts zu machen. Umdrehen konnte ich mich auch nicht. Durch den Sand, den ich hinter mich geworfen hatte, war die Röhre so eng geworden, daß ich nicht herumkam. Ich versuchte, ihn wegzuräumen, erreichte aber nur, daß er sich hinter mir anhäufte und das Ofenrohr noch mehr verstopfte.
Gute Nacht!
Ich hielt inne und kauerte mich zusammen. Erst jetzt ließ der Rausch des Jagdfiebers nach. Meine Lunge pustete wie ein Blasebalg, und das Herz dröhnte mir gegen die Rippen. Noch bekam ich genügend Luft, aber wie lange? Wenn der Rest des Schachtes einbrach, brauchte ich nur noch die Augen zuzumachen.
Ich verfluchte das Kaninchen und den unbegabten Moritz. Von draußen klang sein Gebell. Er hatte es gut, er stand in Licht und Luft, und ich saß hier drin wie ein Korken in der Flasche und konnte weder vor noch zurück.

Als mein Puls langsamer ging, versuchte ich noch einmal, rückwärts in das Ofenrohr zu kriechen. Vergebens. Ein Stück weit kam ich rein, dann war's aus. Der Sand rieselte bedrohlich. Die Luft wurde stickiger.
Mit einem Schlag verließ mich aller Mut. Wenn sie mich nicht rausholten, mußte ich ersticken. Diese Höhle würde mein Grab werden, und niemals würde ich die Sonne wiedersehen. Dan und Eva! Jetzt, wo alles in Ordnung war, jetzt sollte ich fort von euch. Warum nur?
Ich schloß die Augen, um sie vor den Sandkörnern zu schützen, und preßte mich zitternd auf den Boden. Wie lange würde der Schacht noch halten?
Durch Moritz' Gebell klang hastiges Stimmengewirr. Der Sand verschluckte die Worte. Ich konnte sie nicht verstehen. Dann kam ein anderes Geräusch, ein Kratzen und Wühlen. Sie suchten nach mir! Meine Furcht verschwand.
Eine Ewigkeit blieb ich bewegungslos sitzen und lauschte dem Knirschen des Sandes. Das Ofenrohr hinter mir bewegte sich und rutschte mit einem schleifenden Laut nach hinten. Ich stemmte mich mit aller Kraft zurück, bohrte mich in den Sand, kam nicht weiter. Der Schacht vor mir brach ein. Klebrige Erde preßte meinen Körper zusammen. Ich bekam keine Luft mehr. Wie ein donnernder Wasserfall brauste es in meinen Ohren. Das letzte, was ich fühlte, waren Dans große warme Hände, die mich umfaßten und aus der Klammer des Sandes rissen. Sie hielten mich noch, als ich wieder zu mir kam.
Dan hatte den Rock ausgezogen und preßte mich an sein weißes Hemd. Wir waren beide über und über mit Schmutz bedeckt. Es regnete in Strömen. Die Tropfen klatschten durch die Blätter auf mein Fell, in Dans Gesicht und über sein Hemd. Ich sah die aufgewühlte Erde und das Blechrohr. Dicht bei uns stand Herr van Eck unter einem Schirm. Er

hielt einen Spaten in der Hand, dessen Blatt unbenutzt und blank war. Dan hatte mich mit seinen Händen ausgegraben. Es dauerte einige Tage, bis ich mich von der Geschichte erholt hatte. Wie wir nach Hause gekommen sind, weiß ich nicht mehr. Ich war vollständig erledigt. Ich hatte mich erkältet, mußte andauernd niesen und träumte ständig von Kaninchen, drückender Erde und Sand in den Nasenlöchern. Dans Hemd war zum Teufel, und der Anzug mußte in die Reinigung. Dennoch hatte Herrchen nicht geschimpft und nichts gesagt. Ich nahm mir vor, ihm keinen Ärger mehr zu machen.

Genau eine Woche nach meinem Abenteuer im Kaninchenbau rüsteten wir uns für Otmars Fest. Wir waren großartiger Laune. Eva hatte zugesagt. Wir durften sie auch noch abholen, ihr Wagen stand zur Inspektion in der Werkstatt.

Dan hatte ein paar Schnäpse zum Anwärmen zu sich genommen. Er stand vor dem Spiegel und probierte sein Kostüm an. Er sagte, er ginge als Pariser Zuhälter, aber ich konnte mir darunter nichts vorstellen. Zu einer dunklen Hose trug er ein buntes Ringelhemd, darüber eine alte rotweinbekleckerte Frackweste und auf dem Kopf einen schäbigen Zylinder. Um den nackten Hals hatte er eine schwarze Fliege geschlungen. Die Zigarette steckte er schief in den Mundwinkel und versuchte, eine brutale Miene aufzusetzen. Ganz schaffte er es nicht.

Anschließend kam ich dran. Er zog mir eine Papiergirlande um den Hals und kreuzweise zwischen den Vorderbeinen durch und verknotete sie auf dem Rücken. Ich erhielt einen kleinen flachen Papphut, den ein Gummiband festhielt. An Stelle des Halsbandes hängte er mir eine Schokoladenschnapsflasche in Goldpapier um. Ich sah aus wie eine Schießbudenfigur. Das Gummiband unter dem Hals störte mich. Dan schob mir den Hut ins Genick, da ging es besser.

Es war halb acht. Dan goß noch einen gewaltigen Rum in sich hinein. Dann löschte er das Licht, und wir verließen die Wohnung.
Auf der Straße lachten ein paar Leute über uns. Ich würdigte sie keines Blickes.
Evas Fenster waren erleuchtet. Dan ließ seine heisere Hupe ertönen. Eva winkte herunter, aber es dauerte doch noch zehn Minuten, bis sie in der Haustür erschien. Sie trug ihren Mantel hochgeschlossen und einen goldenen Stern im Haar. Als sie unserer ansichtig wurde, fing sie an zu lachen.
«Da gibt es nichts zu kichern», sagte Dan mit finsterer Miene. «Ich bin Gaston, der Schrecken vom Montmartre, und noch vor Mitternacht werde ich dich an einen Millionär verleihen, schönes Waisenkind.»
Eva deutete auf mich. «Und wer ist das?»
«Pluto, mein Leibwächter. Beim geringsten Fluchtversuch zerreißt er dich in Atome!»
«Komm auf meinen Schoß, Pluto!»
Ich tat es, und dann ratterten wir davon.
Bei Otmar hörten wir den Lärm schon im Treppenhaus. Dan klingelte unten. Ich jagte die Treppe hinauf. Oben stand Otmar an der Treppe und sah mich kommen.
«Ha», rief er, «ein reitender Bote! Tritt näher, Freund!» Ich konnte vor Lachen nicht weiter. Otmar trug seine gewohnten Wandervogellatschen. Dann kamen rauhe Stachelbeerbeine und eine uralte speckige Lederhose. Über die Brust hing ihm ein langer Bart, der sich in der Mitte teilte und unter den Achseln durchgezogen war. Mehr hatte er nicht an. Nur noch eine Perücke von der Farbe des Bartes und gewaltige Augenbrauen, die seine blitzenden Augen noch besser zur Geltung brachten. Er schwang eine Holzkeule gegen mich, und ich sprang an ihm hoch und begrüßte ihn.
Dan und Eva kamen heran.

«Grüß dich, Waldschrat!» rief Dan.
«Dich auch, Herzbruder!» sagte Otmar.
«Hier hab ich was für deine Räuberhöhle. Eva, das Waisenkind!» Otmar umarmte sie und zog sie an seinen Bart.
«Sei willkommen, Nachtblume! Deine Schönheit wird alle Winkel erleuchten.»
Wir traten ein.
Die Wohnung war verzaubert. Otmar hatte gemalt wie eine ganze Zeichenklasse. Überall hingen grinsende Fratzen, Mädchen ohne störende Textilien, Männer mit harter Schlagseite und windschiefe Phantasielandschaften. Durch farbige Lampions strahlte das Licht sämtlicher verfügbaren Birnen. Aus dem Atelier hatte er eine Unterwasserbar gemacht. Ein grünes Gewirr von Papierstreifen hing von der Decke und wurde durch einen Ventilator in wellenähnliche Schwingungen versetzt. Die Sitzgelegenheiten waren an den Wänden verteilt. Hinter einem Bartisch mit Schiffsglocke und Positionslaternen stand Johnny Wieland, angetan als Kampfschwimmer, mit Schwimmflossen und hochgeschobenem Augenschutz.
«Hallo, Dan!» rief er. «Was spricht man in Zuhälterkreisen?»
«Man stöhnt über die Unkosten», antwortete Dan. «Eva, dieser versoffene Froschmann ist Johnny!»
Eva hatte sich inzwischen aus ihrem Mantel geschält. Ich vergaß sogar das lästige Gummiband am Hals bei ihrem Anblick.
Sie trug einen knappen, ärmellosen Pullover und einen engen geschlitzten Rock über den nackten Beinen. Ganz in Schwarz, aber ringsherum mit weißen und roten Händen bedeckt. Es sah aus, als griffen sechs Männer zugleich nach ihr.
«Donnerkiel», staunte Dan ergriffen. «Für dich gibt mir mein Mädchenhändler das Dreifache!»

Johnny machte Stielaugen. Man sah es ihm an, wie gut ihm Eva gefiel.
«Glotze nicht, sondern gib uns was zu trinken, du Sohn einer Miesmuschel!» befahl Otmar. «Putzi – wo bist du?»
Ein zweites Mädchen kam herein. Auch ein ganz süßes Kind, schlank wie eine Säule und mit einem Gesicht wie Marzipan. Über diesen Voraussetzungen trug sie ein unmögliches Kostüm, ein hängendes, kurzes Kleid mit tiefer Taille, einen Glockenhut, und um den Hals hatte sie sich eine unechte Perlenkette gewickelt. «Miß 1928», sagte Otmar. Sie begrüßte uns alle und lachte furchtbar über mich.
Wir setzten uns an die Bar. Ich kam auf einen Stuhl zwischen Dan und Putzi. Es stellte sich heraus, daß außer uns Fünfen noch niemand da war. Otmar hatte mit Johnnys und Putzis Hilfe die Dekoration aufgebaut und einen Punsch angesetzt. Dabei hatten sie reichlich gekostet. Putzi plapperte und kicherte ununterbrochen, und auch die beiden Herren hatten schon glänzende Ohren.
Ich bekam eine warme Wurst aus einem Eimer, in dem ein Tauchsieder hing. Die anderen ernährten sich flüssig. Über uns schaukelten die Papieralgen, und der Duft von Tabak und Parfum benebelte uns. Es war herrlich.
Dann klingelte es anhaltend. Paul und Gerda kamen an, als Harlekin und Colombine, wie aus einem Wanderzirkus entflohen. Hinter ihnen trottete Ralf, mein Herr Bruder. Ich fiel bei seinem Anblick fast vom Stuhl.
Sie hatten ihm ein gestricktes Wams angezogen, rosafarben, mit blauen Schleifchen und kleinen Bommeln am Hals. An den Ohren trug er Bernsteinclips. Inmitten des Gelächters saß er betreten da und versuchte, sie mit den Pfoten abzustreifen. Ich war froh, daß Dan nicht auf diese Idee gekommen war. Da war das Hutband noch leichter zu ertragen.
Mit dem nächsten Klingeln erschien Rita. Ich war etwas in

Sorge, wie die Begegnung zwischen Dan und Rita verlaufen würde. Aber es ging alles glatt. Rita ließ sich den vergangenen Sonnabend nicht anmerken. Sie paßte zur Einrichtung, denn sie kam als Meerjungfrau mit grünem, enganliegendem Schuppengewand. Im Haar hatte sie einen stachligen Seestern, und im Ausschnitt baumelte ein Smaragdanhänger, der im Gegensatz zu Putzis Perlen durchaus echt war.
Eugen, der Süffige, und seine Freundin Rosel kamen als letzte. Er war ein muskulöser Hawaiinsulaner mit Blütenkranz und Baströckchen, und sie ging als verschämtes Sterntalermädchen mit kurzem, weißem Kleidchen und sah so hilfsbedürftig aus, daß Dan sie sofort in den Arm nahm und sie ob ihres schweren Schicksals tröstete.
Jetzt waren alle da, und der Lärm nahm entsprechend zu. Otmar holte den Punsch aus der Badewanne.
«Rübezahl, Geist des Riesengebirges», rief der Clown Paul, als er getrunken hatte, «das ist ein Getränk für Sonnensöhne! Lasset uns anstoßen auf den Veranstalter dieser Veranstaltung, der Tag und Nacht Schinken gemalt hat, um unseren Durst zu stillen!»
Sie tranken auf das Wohl des Malers Otmar.
«Puh, ist das stark», sagte Rosel mit klappernden Lidern. Sie hielt mir ihren Becher hin, aber ich verzichtete. Paul nestelte ihr einen Sterntaler vom Kleid und pappte ihn sich auf die Stirn. Johnny stellte das Radio an, zog seine Schwimmflossen aus und griff nach Eva. Sie tanzten einen wilden Boogie in der Mitte des Zimmers. Dan sah mit verklärtem Gesicht zu und schien alles um sich vergessen zu haben.
«Dein Waisenkind hat Musik in der Bluse», sagte Otmar zu ihm. «Ja. Die harte Jugend scheint ihr nicht geschadet zu haben.» Er stand auf, zog Rita zu sich empor und folgte Johnnys Beispiel. Ich fand das sehr vernünftig. Wäre dumm gewesen, wenn er sie vernachlässigt hätte.

Alsbald wirbelte alles durcheinander. Ralf und ich hatten Mühe, den hurtigen Füßen auszuweichen. Wir sprangen auf zwei Hocker und sahen von dort aus zu. Eugen mit dem Bastrock hatte Miss 1928 beim Wickel, Otmar drückte die zierliche Gerda an seine nackte Brust, und Paul mit seiner großkarierten Kasperluniform flüsterte dem Sterntalerkind neue Märchen ins Ohr.
Der Boogie war zu Ende, und sie sanken erschöpft auf die Stühle. Johnny zog Eva zur Bar und füllte ihr einen ein.
«Nicht so viel!» rief sie.
«Komm, arme Waise», sagte Johnny, «heute habe ich meinen sozialen Tag! Trink und vergiß, daß du keinen Vater hattest!»
«Sauft nicht immer allein», schimpfte Dan. Er schob Rita neben Eva und lehnte sich gegen den Bartisch. «Los, verkauf uns einen, oder wir werfen dich ohne Sauerstoffgerät in die Isar, du Gummipirat!»
Man stieß miteinander an. Der nächste Tanz begann. Dan holte sich Eva. Sie sprachen nicht, guckten sich nur in die Augen. Ab und zu warf Eva einen lächelnden Blick zu mir, und ich erwiderte ihn und wedelte zart.
Während der Pause wurden die Würstchen aus dem Eimer verteilt. Ralf und ich kriegten wieder eine Wurst ab. Danach hatten wir Durst und gingen in die Küche, um Wasser zu trinken. Beruhigend viele Lebensmittel standen noch auf dem Tisch.
Auf dem Rückweg inspizierten wir die Nebenräume. Otmar hatte sie als Ausweichlager vorgesehen und ebenfalls dekoriert. Eugen und Rosel waren schon ins Fremdenzimmer ausgewichen und küßten sich dort. Als wir die Köpfe durch den Türspalt steckten, ließ Eugen von ihr ab und zog einen Holzdolch aus seinem Baströckchen.
«Spione!» rief er. «Sie sollen mir nicht lebend vom Platze! Kommt her, damit ich euch schlachten kann.»

Wir kamen heran, und Rosel fütterte uns mit Kremhütchen. Dann küßten sie sich weiter.
Drinnen ging der Punsch zur Neige. Der Erfolg war entsprechend. Die Pärchen stützten sich gegenseitig. Ich hatte das Gefühl, daß Rita doch heimlichen Kummer mit sich herumtrug. Zumindest hatte sie allerhand getan, um ihn zu betäuben.
Hoffentlich bekam ihr das gut!
Ralf und ich kämpften uns wieder zu unseren Hockern durch; Ralf quiekte, als Paul ihm aus Versehen auf seine verlängerte Wirbelsäule trat.
Inzwischen war die Luft ziemlich dick geworden. Otmar verkündete eine Kaffeepause und riß die Fenster auf. Putzi und Gerda machten in der Küche Kaffee und balancierten die Tassen und eine riesige kalte Platte herein. Man stärkte sich mit Schinkenbroten. Ralf und ich bekamen den Schinken ohne Brot, weil unsere Mägen kleiner waren. Anschließend ging der Wirbel wieder weiter, und ich selbst verlor die Übersicht, obwohl ich gar nichts getrunken hatte. Ralf meinte, auch wir müßten etwas zur Erheiterung beitragen, er riß mir meine Schnapsflasche vom Halse und fraß sie zum Nachtisch. Ich stürzte mich auf ihn und zog an seinen Bommeln. Er verlor die Clips und zerstörte mir meine Bauchgirlande. Dafür spulte ich sein Strickjäckchen auf. Gerda rang die Hände, und Paul schlug mit einer Pappklatsche nach uns.
Gegen halb zwei kam die Stunde der Wahrheiten. Alle sprachen miteinander und sagten sich, was sie schon längst hatten einander sagen wollen. Ich bemerkte mit Freude, daß Eva sich mit Rita unterhielt. Sie schienen sich ganz gut zu verstehen. Schließlich tranken sie miteinander Brüderschaft. Na, wunderbar!
Eugen stand zwischen Dan und Otmar an der Bar und hielt einen Vortrag über den unaufhaltsamen Niedergang des

Gaststättengewerbes. Johnny hatte Putzi auf dem Schoß und versuchte unentwegt, sie auf sämtliche freien Stellen zu küssen. Gerda, Rosel und Paul spielten mit uns. Von meinem Kostüm war nur noch der Hut übriggeblieben. Ralfs Wollsakko sah aus wie ein älterer Topflappen. Rosel kam zu dem Entschluß, für Eugen und sich auch einen Abkömmling unseres Stammes zu kaufen, so sehr war sie von uns begeistert. Allmählich nahm die Trunkenheit zu. Als erste erwischte es Rita. Die Brüderschaft mit Eva hatte ihr den Rest gegeben. Sie wurde genauso grün wie ihr Kostüm. Gerda brachte sie hinaus, blieb einige Zeit weg und verkündete dann, sie habe sie im Fremdenzimmer aufs Bett gepackt, und es würde schon vorübergehen.

Mein wackerer Herr hatte auch ganz schön einen in der Krone. Er ließ Johnny nicht mehr an Eva heran und verschwand plötzlich mit ihr. Ich schlich hinterher. Im Eßzimmer fand ich sie wieder.

Es war dunkel dort, und ich sah nur ihre Schatten vor dem nachtblauen Fenster. Sie standen eng beieinander und küßten sich bedeutend intensiver als vor einer Woche in unserer Wohnung.

«Ich liebe dich», sagte Dan. Es klang schön, obwohl es sicher schon oft gesagt worden war auf dieser Welt, und es gefiel Eva. Sie stellte sich auf die Zehenspitzen und umarmte Dan, daß es aussah, als stünde nur ein einziger Mensch vor dem Fenster.

Ich kroch unter dem Tisch durch, bis ich unmittelbar neben ihnen war. Dann stellte ich mich aufrecht und berührte sie mit den Pfoten. Eva stieß einen leisen Schrei aus.

«Nicht erschrecken», sagte Dan. «Pluto, der Höllenhund. Unser Trauzeuge.»

Er faßte mich am Nackenfell. Ich landete auf Evas Armen. Dan schob sich wieder heran, und nun berührten ihre Ge-

sichter meinen Rücken, und ihre Worte strichen darüber hin. Ich gehörte zu ihnen.
«Ihm verdanken wir unser Glück», sagte Dan.
«Ich werd's ihm nie vergessen», antwortete sie.
Ihr weiches, schönes Gesicht lag an meinem Körper. Ich spürte den Duft ihres Haares und konnte Dan nachfühlen, was er empfand. Sie küßten sich über mich hinweg und quetschten mich dabei so zusammen, daß mir die Luft wegblieb.
Dann gingen wir zu den anderen hinüber. Ich wurde müde. Ralf war schon entschlummert. Ich zog mich in einen stillen Winkel zurück und schlief trotz des Lärmes ein, kaum daß ich die Augen geschlossen hatte, zufrieden mit den Ergebnissen der Nacht.

Ich erwachte, weil irgend etwas vorging. Der gleichmäßige, einschläfernde Lärm hörte plötzlich auf. Draußen begann es zu dämmern, und der Nachthimmel wich einem fahlen, fernen Blau. Das Atelier war völlig verwüstet. Die Gäste hockten mit bleichen Gesichtern in den Ecken. Die Kostüme hatten teilweise erheblich gelitten. Eugen fehlten etliche Fransen an seinem Baströckchen.
Die Sterntaler von Rosels Kleid waren weg. Dans Fliege saß im Genick, statt vor dem Kehlkopf. Der Bart des Gastgebers war überhaupt nicht mehr vorhanden. Putzi, Miss 1928, war zerrupft wie ein entblättertes Gänseblümchen.
Alles das erfaßte ich mit einem schnellen Rundblick und sah nun auch den Grund für die allgemeine Aufmerksamkeit: Am Türpfosten lehnte Rita. Sie schien eben erst aufgewacht zu sein und sah zerknittert und angegriffen aus. Zweierlei an ihrer Ausrüstung fehlte. Der Seestern und der Smaragdanhänger.

Ritas Augen wanderten umher, sie lächelte schwach und faßte mit einer unsicheren Bewegung an ihren nackten Hals. «Entschuldigt», sagte sie, «hat einer von euch meine Kette gesehen?» Einen Augenblick herrschte Stille. Dann hob Otmar den Kopf. «Was?» lallte er. «Kette? Ist sie weg?»
«Ja», sagte Rita. «Als ich aufwachte, merkte ich, daß ich sie nicht mehr hatte. Ich muß sie irgendwo in der Wohnung verloren haben.»
Otmar sah sie an, als hätte er nicht verstanden. Er erhob sich unsicher. Gerda, die bei weitem die nüchternste war, drückte ihn auf seinen Stuhl zurück.
«Wo bist du denn gewesen?» fragte sie. «Komm, wir sehen nach.»
Sie gingen hinaus. Otmar schüttelte seine unechte Mähne. «Kette weg! So was. Wer weiß, wo sie das Ding gelassen hat. War ja blau wie Indigo. Na, hoffentlich finden sie's.»
Sie fanden es nicht. Gerda und Rita kamen zurück und schüttelten die Köpfe.
«Nichts da!»
Paul dachte an das Nächstliegende.
«Hast du dich übergeben? Vielleicht ist sie dabei . . .»
Gerda warf ihm einen tadelnden Blick zu.
«Dabei ist es nicht passiert.»
«Na ja», murmelte er. «Alles möglich. Habe auf diese Art einen guten Füller verloren. Jetzt liegt er in irgendeiner Berieselungsanlage . . .»
«Hört zu, Kinder», ließ sich Putzi vernehmen, «morgen räumen wir auf und stellen die ganze Bude auf den Kopf. Dann finden wir sie. Jetzt ist es sinnlos, danach rumzukriechen.»
«Richtig», rief Otmar. «Hick – richtig! Komm auf meinen Schoß, Putzilein, goldiges!»
Sie tat es. Rita ließ sich gleichfalls nieder. Sie bekam einen Kaffee und sah danach wieder besser aus.

Die Helligkeit des Morgens nahm zu. Die Auflösung, die schon sachte um sich gegriffen hatte, war durch die leichte Ernüchterung bei Ritas Auftritt noch beschleunigt worden. Die Getränke gingen endgültig zur Neige, und die Augen der Teilnehmer wurden immer kleiner.
Eugen, seiner Kneipe und des zusammenbrechenden Gaststättengewerbes gedenkend, kam als erster zu einem Entschluß.
«Leute», sagte er, «seien wir fesch. Gehen wir!»
Es folgte ein lahmer Protest von Johnny, den niemand beachtete. Trotzdem dauerte es noch eine halbe Stunde, bis sie sich gesammelt hatten.
Otmar wurde neunmal umarmt. Ich weckte den tranigen Ralf. Dann ging ich zu Dan hinüber, der mit Eva sprach.
«Sie kann noch nicht fahren», sagte er. «Sie hat eine Fahne wie ein Kriegerverein. Ihre Mutter wird stocksauer, wenn ich sie so losfahren lasse. Abgesehen von der Kette. Ich bringe sie heim. Du fährst mit Johnny. Ihr habt die gleiche Richtung, wenn ihn seine Wirtin nicht auch schon rausgeworfen hat. Recht so?»
Eva sah ihn ein wenig vorwurfsvoll an.
«Ihr beide seid ja auch blau.»
«Ich bin daran gewöhnt. Außerdem kannst du Johnnys Wagen fahren. Wenn er ein bißchen an der Luft war, kommt er auch weiter. Und morgen – heute abend sehen Blasius und ich nach dir. Ja?»
«Ja.»
Er küßte sie.
Ich hüpfte an ihr hoch und verabschiedete mich zwei Minuten lang von ihr. Herrchen instruierte Johnny, dem gar nichts Wünschenswerteres geschehen konnte. Er rannte hinunter zu seinem Wagen.
Die Gesellschaft stolperte unter beträchtlichem Gepolter die

Treppe hinunter. Auf der Straße nahmen die Abschiedsszenen noch einige Zeit in Anspruch. Johnny ließ Eva ans Steuer. Ritas Wagen blieb stehen. Wir verfrachteten sie in unseren Schlitten und trudelten los. Otmar stand mit nackter Brust auf der Straße und winkte mit der Holzkeule zum Abschied.

Der Luftzug tat wohl. Ich saß in der Mitte, Rita lehnte an uns beiden. Die Straßen waren leer, und der Lärm unseres gewaltigen Motors brach sich an den Häuserfronten.

Der Palast der Familie van Eck lag in völliger Stille.

Dan ließ den Wagen auf der Straße stehen und ging mit Rita die Auffahrt hinauf. Ich sah zu den Bäumen des Parks hinüber, dachte an den Kaninchenbau und schüttelte mich.

Dan küßte Rita unter dem Säulendach, aber nicht so intensiv wie Eva.

«Ich komme um fünf. Wir holen deinen Wagen und sehen nach der Kette.»

Sie nickte. Dann verließ sie uns.

Zwanzig Minuten später lagen wir im Bett und schliefen wie die Murmeltiere.

Auf dem Weg zu Rita sahen wir kurz nach Eugen. Er hatte noch ein paar müde Falten im Gesicht. Dagegen sah Rosel aus wie der lachende Frühling. Ich bekam wieder Kremhütchen. Dan trank ein glitzerndes Bier für seinen Durst.

«War bei Gott ein schönes Fest», sagte Eugen. «Ich bin auch ziemlich voll gewest.»

«Haben sie die Kette gefunden?» fragte Rosel.

«Weiß nicht. Nachher fahre ich hin.»

«Wäre übel, wenn sie weg wäre.»

«In der Tat.»

Bald darauf fuhren wir am Palais vor, und Dan hupte herz-

zerreißend. Rita kam ziemlich bald, angezogen wie Soraya.
«Wie geht's?» fragte Dan.
«Danke. Besser. Mein Gott, war mir schlecht.»
«Saufen will gelernt sein. Komm rein!»
Wir fuhren gemütlich unseren Weg zurück. Ritas Wagen stand, wie wir ihn verlassen hatten.
«Also der ist noch da», sagte Dan.
Oben war aufgeräumt, aber überall lastete noch der trauliche Geruch von kaltem Rauch und verdunstetem Alkohol. Die schöne Bar war nicht mehr da, und die Decke sah ohne Papieralgen nackt und nüchtern aus. Otmar und Putzi tranken Kaffee.
«Grüß euch, ihr Lieben! Nehmt Platz! Putzi, hol Tassen!»
Rita sah ihn an.
«Rita, Gefäß der Wonne! Wir haben den ganzen Laden umgedreht. Nichts!»
«Nicht gefunden?»
«Nein. Ihr glaubt nicht, was bei dieser Gelegenheit alles zutage kam. Sachen, die mir seit fünf Jahren fehlen. Nur deine Glasperlen nicht.»
«Ich wünschte, es wären welche», sagte Rita.
«Ärgert mich elendiglich, der Kram. Warum mußt du auch so ein teures Ding umhängen! Paar Kastanien am Bindfaden hätten es auch getan.»
Sie schwiegen. Rita dauerte mich. Nichts wie Pech hatte sie in der letzten Zeit.
«Habt ihr den Seestern gefunden?» fragte Dan.
Putzi und Otmar sahen sich an.
«Seestern?»
«Ja. Den Rita im Haar hatte. Als sie wiederkam, fehlte er.»
«Hast du einen Seestern . . .?» fragte Putzi ihren Otmar.
«Nein.»
«Ich auch nicht. Wer soll denn . . .? War der etwa auch echt?»
Rita lachte gezwungen.

«Merkwürdig», murmelte Dan vor sich hin.
Rita trank ihre Tasse leer.
«Putzi, suchst du noch mal mit mir?»
«Natürlich.»
Wir Männer blieben zurück.
«Wo kann das verdammte Familiendiadem bloß hingekommen sein?» fragte Dan.
Otmar zuckte die Schultern.
«Weiß der Teufel. Wahrscheinlich in die sanitären Verhältnisse . . . während des Würfelhustens. Mitsamt dem Seestern.»
«Gerda sagt nein.»
«Gerda kann sich irren.» Otmars Blick blieb auf mir haften.
«Könnte höchstens sein, daß . . .»
«Was?»
«Die Viecher! Haben's irgendwohin verschleppt.»
Verleumdung, dachte ich empört. Ich verschleppe niemals . . . fast niemals etwas.
«Hm. Trotzdem müßte es hier sein. Auf der Straße hatten sie's nicht.» Sie sahen sich an.
«Bleibt noch eine Möglichkeit», sagte Dan.
«Ja.»
«Sie lag in Vollnarkose. Alles rannte durch die Wohnung. Sie hätte nicht mal gemerkt, wenn ihr einer die Zähne gezogen hätte. Jeder konnte ihr das Dings abhaken.»
«Aus dir spricht der Kommissar. Hab auch schon dran gedacht. Noch Kaffee?»
«Nein, danke.»
«Nicht angenehm, jemanden von unserem Haufen zu verdächtigen.»
«Nein.»
Sie versanken in Schweigen. Ich ging hinaus. Die Mädchen wühlten im Fremdenzimmer herum.
«Hilf suchen!» sagte Putzi.

Ich durchwanderte die Räume und schnupperte unter allen Schränken und in allen Winkeln. Nichts. Keine Spur von grünen Steinen.
Es war schon dunkel, als Rita und Putzi fertig waren. Keine Spur von der Kette. «Rita, hast du zu Haus schon was gesagt?» fragte Dan.
«Noch nicht. Lange wird's nicht dauern, bis meine Mutter es merkt.»
«Dann brauchst du auch nichts zu sagen. Ich kümmere mich drum. Vielleicht finde ich was.»
«Schön wär's», brummte Otmar. «Wie willst du das machen? Haussuchungen?»
«Nein. Nur fragen. Könnte sein, daß sich einer einen Witz erlaubt hat und sich nun schämt, es einzugestehen. Oder er denkt, die Steine seien unecht.»
«Glaube nicht, daß dabei viel herauskommt», sagte Rita.
«Möglich. Wenn wir gar nichts tun, kommt noch weniger heraus.»
Bald darauf verabschiedeten wir uns. Rita schloß ihren Wagen auf.
«Mach dir nicht zuviel Sorgen», sagte Dan zu ihr. «Paß auf, plötzlich ist das Ding wieder da.»
Ja. Plötzlich war es wieder da. Eher, als wir vermuteten.

Kurz darauf waren wir bei Eva. Dan bekam seinen Kuß schon an der Tür. Es roch angenehm nach Spiegeleiern und Schinken. Wirklich angenehm.
«Habt ihr den Schmuck?» fragte sie.
«Nein.»
«Ach. Tut mir leid für Rita.»
«Mir auch», sagte Dan grimmig. «Ich wünschte, ich hätte ihr den Klimperkram rechtzeitig vom Hals gerissen!»

Wir aßen. Dann räumte Eva ab. Sie klapperte eine Weile in der Küche herum und kam mit zwei Gläsern wieder, in denen sich kühle Eiswürfel türmten.
«Was ist das?»
«Riech mal!»
Dan roch. Ich wußte schon Bescheid.
«Daiquiri!»
«Hm.»
«Du bist ein Prachtstück. Worauf wollen wir trinken?» Eva setzte sich zu ihm auf die Lehne und wies mit ihrem Glas auf mich.
«Auf ihn.»
«Also auf ihn!» Dan hob sein Gefäß. «Blasius, langohriges Ungeheuer! Du sollst leben!»
«Und lange!» sagte Eva.
Ich saß würdevoll, wie es dem feierlichen Augenblick angemessen war, bis sie die Gläser geleert hatten. Anschließend verspürte ich Durst und schlenderte in die Küche. Eva folgte mir und füllte einen Napf mit Wasser. Sie ließ das Licht brennen und ging zu Dan zurück.
Ich schlabberte gemütlich, bis der Napf leer war. Dann wanderte ich wieder auf den Flur hinaus. Aus dem Wohnzimmer hörte ich die Stimmen von Eva und Dan. Sie sprachen über das Fest.
Fast alle Türen standen offen. Die übliche Neugierde erfaßte mich. Evas Wohnung hatte ich noch nicht besichtigt. Jetzt war eine Gelegenheit da.
Ich fand das Atelier wieder, in dem sie uns geknipst hatte und in dem ich so brav auf dem Tisch Männchen gemacht hatte. In der Dunkelkammer roch es feucht und scharf. Ich schlenderte am Wohnzimmer vorbei nach hinten und stand gleich darauf in Evas Schlafgemach.
Sehr nett. Das Bett war breiter als unseres. Schöne Daunen-

decke. Ringsherum lagen weiche Läufer. Die Gardinen waren hell und lustig.
Ich lief um das Bett herum zum Fenster und wieder zurück. Eine Frechheit, im Schlafzimmer einer Dame herumzuschnüffeln. Ich konnte mir das erlauben, im Gegensatz zu Dan. Dennoch war ich gerade dabei, mich unauffällig wieder zu verdrücken, als ich innehielt. Irgend etwas fiel mir auf. Ich wußte nur nicht, was. Ich setzte mich und dachte nach.
Das Zimmer paßte gut zu Eva, unzweifelhaft. Die Farben, die Ordnung, die geschmackvolle Einrichtung. Und wie es nach ihr roch! So deutlich wie in keinem der anderen Räume. Ich hätte den Geruch im Schlaf unter zwanzig Parfumsorten herausgefunden.
Plötzlich wußte ich, was nicht in Ordnung war.
Der Geruch!
Es war der von Eva, aber irgend etwas anderes war dabei, ein fremder Duft, der nicht zu ihr paßte.
Ich stand auf und hielt meine Nase in die Höhe. Wo kam der fremde Geruch her?
Ich fand es nicht heraus.
Ich kroch unter das Bett, bis auf die andere Seite, wo der große dreiteilige Frisierspiegel stand. Vorsichtig stützte ich mich mit den Pfoten auf die Platte. Ein Haufen Flakons, Fläschchen, Quasten, Büchsen und Scheren standen und lagen darauf. Nichts. Roch alles nach Eva. Auch am Nachttisch fand ich nichts Auffälliges. Ich kehrte wieder um. Am Fußende des Bettes stand ein großer weißer Kleiderschrank. Die Tür war nur angelehnt. Ich hielt die Nase in den Spalt.
Da war es wieder! Mit einem Schlag wußte ich, was für ein Geruch es war.
Sumpfblüten! Eine Spur zu weich, um zu erfrischen, und eine Spur zu schwer, um nicht lästig zu sein.
Ritas Parfum.

Wie vor einer Woche beim Anblick des Kaninchens überkam mich das Jagdfieber. Etwas war nicht in Ordnung. Wie kam dieser Geruch in Evas Schrank?
Ich stemmte mit den Pfoten die Tür weiter auf. Wenn ich mich auf die Hinterbeine stellte, langte ich bequem auf den unteren Absatz. Junge, Junge, brauchten die Frauen einen Haufen Sachen! Oben hingen Kleider in allen Ausführungen. Unten lagen Wäscheberge, massenhaft Strümpfe, Schals, Pullover, Handschuhe, ein halbes Warenhaus. Dan würde Augen machen, wenn er das in Zukunft alles bezahlen sollte. Ich schob den Kopf in einen Berg von schwarzer Seide. Raffiniert war sie schon, das mußte man sagen. Der Geruch wurde stärker. Ich wühlte in Seide und Spitzen, als wäre es eine Kaninchenröhre, bis mir der Duft stechend und betäubend in die Nasenlöcher drang.
Dann passierte es.
Ich stieß an glatte, kühle Glasperlen. Ich faßte mit den Zähnen und zog zu. Der Wäschestapel geriet ins Wanken und fiel herunter. Eine Puderdose aus Porzellan knallte neben mir auf den Boden und zerbrach. Die Wäschestücke folgten. Ein Unterrock legte sich sacht über meinen Rücken.
Das Gespräch im Wohnzimmer verstummte. Dann kam Dans Stimme: «Was hat er jetzt wieder angestellt?»
Ich blieb sitzen. Flucht war zwecklos. Die Tür flog auf, und Eva stand im Zimmer. Sie sah mich, fuhr zusammen und preßte ihre Hand auf den Mund. Dan blickte ihr über die Schulter. Sein Gesicht erstarrte.
Ich saß vor dem Schrank. Eine rosa Puderwolke umwehte mich. Zwischen den Zähnen hielt ich Ritas Smaragdschmuck.
Dan bewegte sich als erster. Er ging einen Schritt auf mich zu.
«Blasi! Komm her!»

Ich zögerte, weil ich noch nicht ganz erfaßt hatte, was geschehen war.
«Komm her!» brüllte er. Noch nie hatte ich ihn mit einem so bösen Gesicht gesehen.
Ich schüttelte den Unterrock ab und schlich zaghaft näher. Dan faßte zu und nahm mir die Steine weg. Er legte sie auf die flache Hand. Sein Atem ging laut und rauh. Keiner von uns bewegte sich. Mir sträubten sich die Haare, so unheimlich war mir zumute.
Dan drehte sich langsam zu Eva herum und sah ihr wortlos ins Gesicht. Sie starrte auf die Kette, als verstünde sie nicht, was vorgegangen war. Ihre Haut wurde weiß, und ihre Lippen zitterten.
Dans Stimme vibrierte.
«Möchtest du mir erklären, wie das in deinen Schrank kommt?» O Dan, dachte ich voller Angst, mach keinen Unsinn! Sie kann es nicht getan haben! Unsere Eva!
«Ich weiß nicht», flüsterte sie. Ihre Augen füllten sich mit Tränen. «Dan, ich weiß es nicht. Ich kann es mir nicht erklären.»
«So, du kannst es dir nicht erklären!» sagte Dan mit unheimlicher Ruhe.
Eva sah ihm gerade in die Augen.
«Dan! Glaubst du, ich hätte die Kette gestohlen?»
«Ich glaube gar nichts. Ich will wissen, wie sie hierherkommt.» Sie sah verzweifelt aus.
«Aber ich weiß es nicht», rief sie. «Mir ist, als träume ich! Ich habe doch . . .»
Sie verstummte. Eine steile Falte erschien über ihrer Nasenwurzel. Ich wartete mit bangem Herzen. Warum, zum Henker, mußte ich immer solchen Schlamassel entfesseln?
Eva fuhr auf, und ihre Augen weiteten sich.
«Dan . . . heute morgen! Johnny war mit hier oben!»

Wenn sie geglaubt hatte, Dan damit zu beruhigen, dann irrte sie. Jetzt wurde er erst recht sauer. Die Untreue schien er ihr weniger verzeihen zu wollen als die Kleptomanie. Was für ein Mann!

«Johnny war hier?»

«Ja! Er brachte mich her, und wir tranken noch einen Kaffee.»

«Ach!» Dan war blaß vor Wut. Und eifersüchtig. Mein eiserner Dan eifersüchtig! «Kaffee! In deinem Schlafzimmer! Du nimmst diesen windigen Idioten früh um sechs mit in deine Wohnung! Großartig! Morgens kommt er, und abends darf ich kommen! Einer genügt nicht . . .»

Peng! Ich schloß die Augen bei dem Knall. Das war die Ohrfeige, die er damals bei uns nicht gekriegt hatte. Jetzt hatte er sie. Gerechter Ausgleich.

Dan war einen Augenblick lang verblüfft.

«Wie kannst du so etwas sagen!» schrie Eva voller Empörung. «Er hat mich in seinem Wagen fahren lassen! Du mußtest dich ja um deine Rita kümmern! Ich habe ihm eine Tasse Kaffee gegeben. Dann habe ich ihn rausgeworfen. Das ist alles. Und mit dir mache ich jetzt dasselbe! Geh! Ich will dich nicht mehr sehen!»

Sie stampfte mit dem Fuß und schlug die Hände vor das Gesicht.

Dan sah betreten aus. Auf seiner Backe waren fünf rote Streifen erschienen. Ich saß mit angelegten Ohren und wagte nicht, mich zu rühren.

«Geh endlich!» rief sie schluchzend.

Du wirst hoffentlich nicht so dämlich sein, dachte ich. Er war's auch nicht. Er warf den Anhänger auf Evas Bett, legte die Hände um ihre Schultern und zog sie an sich.

«Laß mich! Geh weg!» sagte sie noch einmal, aber ihre Stimme klang schon weniger zornig.

«Verzeih mir, Evchen», sagte Dan sanft, «verzeih mir, und sei wieder gut! Ich hätte das nicht sagen sollen. Ich war so durcheinander. Erst die Kette in deinem Schrank, und dann Johnny in deinem Schlafzimmer. Komm her!»

Er zog ihr sacht die Hände vom Gesicht und tupfte mit seinem Taschentuch an ihren Wimpern herum. Sie schluckte noch ein paarmal, dann schlug sie die Augen auf. Ihre Finger strichen über die Haut seiner Wange.

«Hat's weh getan?»

«Sehr. Du hast einen Schlag wie Joe Louis.»

Sie lächelten beide. Ich atmete auf. Sie waren wieder vernünftig. Menschen sind viel komplizierter gebaut als wir. Die Hälfte ihres Lebens besteht aus Theater.

Dan nahm die Kette wieder in die Hand. Sie setzten sich auf die Bettkante. Eva nahm Zigaretten vom Nachttisch. Dan gab Feuer. «Erzähl mir, wie Johnnys Besuch verlief.»

«Völlig normal. Ich wollte ihn vor dem Haus loswerden. Er quatschte solange auf mich ein, bis ich weich wurde. Richtig nüchtern war er auch noch nicht. Also nahm ich ihn mit rauf. Denkst du denn im Ernst, ich machte mir was aus ihm?»

«Das kann man bei euch nie wissen. Wo war er, als du den Kaffee machtest?»

«Drüben im Zimmer.»

«Wie lange hast du gebraucht?»

«Fünf Minuten. Länger bestimmt nicht!»

«Konnte er ins Schlafzimmer, ohne daß du es merktest?»

Sie nickte. «Ja, ich hatte die Tür angelehnt, aber er spielte eine Platte – furchtbar laut. Ich rief noch hinüber, er sollte leiser sein, wegen der Nachbarn.»

«Hm.» Dan klimperte mit den grünen Steinen. «Sieh an! Johnny, der Kronjurist! Klaut Rita die Kette und versteckt sie bei dir! Für alle Fälle. Hat wohl Angst vor seiner Heldentat bekommen und wollte sie nicht bei sich haben.»

«Aber – wenn ich sie gefunden hätte?»
«Dann wärst du in Verdacht gekommen. Niemand hätte ihm beweisen können, daß er sie dorthin gesteckt hat. Für ihn war sie verloren, aber nicht er stand als Dieb da, sondern du.»
Dans Faust schloß sich um die grünen Steine.
«Ich werde ihm das Geschäft verderben, verlaß dich drauf!»
«Warum tut er so was nur?» fragte Eva.
«Was weiß ich. Leichtsinnig war er immer. Studiert ewig, lebt auf großem Fuß und hat Schulden wie Bayern nach der Inflation. Wird wieder mal im Druck sein, das ist alles.» Dan drückte seine Zigarette aus.
«Hör zu! Er muß doch wiederkommen und die Kette holen. Hat er denn nichts gesagt?»
«Doch. Er will mich anrufen.»
«Wann?»
«Er sagte, heute abend. Ich . . .»
Sie verstummte. Wir alle fuhren zusammen. Das Telefon rasselte.
Dan hielt Eva am Arm fest.
«Paß auf! Wenn er das ist – laß dir nichts anmerken! Sei fröhlich!»
«Aber dann bildet er sich ein . . .»
«Ist egal, was er sich einbildet! Ich werd's ihm schon austreiben! Lade ihn für morgen ein – halb sieben! Nicht eher. Verstanden?»
«Ja.»
«Los, geh ran!»
Sie lief zum Telefon. Dan und ich folgten bis zur Tür. Dan legte den Finger auf die Lippen und sah mich drohend an. Lächerlich. Ich hätte auch so keinen Lärm gemacht.
«Hallo!» sagte Eva. «Wer? Ja . . . ach Johnny! Das ist aber nett!» Flehender Blick zu Dan.
«Ausgeschlafen? Ja, danke . . . nein, alles bestens.» Pause.

Johnnys Stimme kam als unverständliches Gequäke aus dem Hörer.
«Heute noch?» fragte Eva. «Nein, nein, das geht nicht . . . nein, auf keinen Fall!»
Er hat's eilig, dachte ich. Dan schien dasselbe zu denken.
«Nein, Johnny, wirklich nicht. Ich bekomme noch Kundschaft und fahre mit den Leuten weg. Nein, ausgeschlossen! Wie wäre es morgen? Was? Ja, morgen! Na, so gegen halb sieben . . . ja . . . nicht früher, da bin ich noch nicht fertig. Ja, fein, ich freue mich . . .»
Noch ein flehender Blick.
« . . . wie? Ja, natürlich . . . Wiedersehen, Johnny. Wiedersehen!»
Sie hängte auf.
«Ausgezeichnet», sagte Dan. «Du hast gelogen wie ein Pressechef.»
«Möchte wissen, was er von mir denkt», sagte Eva leise.
«Der denkt nur an seine Kette.»
Dan deutete auf mich.
«Sieh dir den an! Er ist die Wurzel allen Übels!»
«Nein», sagte Eva zärtlich. «Sei froh, daß er die Steine gefunden hat. Wer weiß, was sonst alles passiert wäre! Komm her, Blasi!»
Ich kam zu ihr, und sie stäubte mir den Puder aus dem Fell. Dann schüttelte ich mich gründlich. Dan nahm mich hoch und roch an mir.
«Blasius der Detektiv! Und wie er duftet!»
«Ich muß aufräumen», sagte Eva.
«Mach's nachher. Ein kräftiger Daiquiri ist wichtiger. Übrigens – der schwarze Unterrock ist nicht schlecht! Den mußt du mir mal vorführen – mit Inhalt!»
Sie wurde rot und lief in die Küche.
Bald darauf saßen wir im Wohnzimmer, wie vorher. Es war

nicht mehr zu spüren, daß der erste voreheliche Krach schon hinter uns lag.
«Wir machen das so», sagte Dan. «Noch kann man ihm nichts beweisen. Ich komme um sechs. Blasius bleibt zu Haus.»
Ich glaubte, meinen Ohren nicht zu trauen. Ich hatte die Kette gefunden! Und nun wollte er mich zu Hause lassen! Ich schnitt ein tiefbetrübtes Gesicht. Leider bemerkte Dan es nicht.
«Die Kette kommt an ihren alten Platz zurück. Ich verstecke mich im Schlafzimmer – vielleicht hinter der Gardine. Du hast irgend etwas vergessen und rennst noch mal runter zum Kaufmann. Die Gelegenheit wird er wahrnehmen. Dann schnapp ich ihn mir. Ja, so machen wir das.»
«Ach Dan», sagte Eva. «Ich habe Angst! Was für eine scheußliche Geschichte!»
Er streichelte sanft über ihr Haar.
«Brauchst keine Angst zu haben. Schließlich ist das mein Beruf. Und du hast auch Grund, dich an ihm zu rächen. Wenn er seine Schweinereien wenigstens allein fertigbrächte! Aber dich mit hineinzureißen . . . das werde ich ihm eintränken!»
Sie kamen vom Thema ab, wechselten etliche Küsse und flüsterten sich Dinge in die Ohren, die ich nicht verstehen konnte. Um so besser. Sicher waren sie auch nicht zum Druck bestimmt.
Dann gingen wir fort, Dan leicht nach Rum riechend und ich nach Puder.
Unterwegs würdigte ich ihn keines Blickes. Undankbares Volk, diese Zweibeiner!
Wir stellten den Wagen vor das Haus. Dan wollte schon hinein, als er einen Blick nach rechts warf und das freundliche Transparent an Eugens Bierladen sah.
«Komm, Alter», sagte er. «Der Daiquiri war so süß.» Natürlich. Ein Grund fand sich immer.

Bei Eugen war es qualmig und voll, aber dennoch sah ich mit dem ersten Blick, wer da an der Theke lehnte.
Johnny!
Er drehte sich um, als wir näherkamen.
«Hallo, Diebsfänger», rief er lärmend und schlug Dan auf die Schulter. «Wie gehen die Geschäfte?»
Eine gesegnete Unverschämtheit hatte er am Leib, das konnte man wohl sagen. Dan verzog keine Miene.
«Im Augenblick flau», sagte er. «Denke aber, daß es bald besser wird.»
Johnny betrachtete ihn schmunzelnd.
«Was macht Eva, die Liebreiche?»
«Das mußt du doch wissen. Hast du sie richtig abgeliefert?»
«Na klar! Sehr spröde Dame! Ich wollte ihre Burg besichtigen, aber da war nichts zu machen.»
Er log. Und wie er log! Er hatte damals schon gelogen, als er Ralf und mich mit Cognacbohnen gefüttert und hinterher behauptet hatte, wir hätten sie gestohlen. Seitdem war ich mißtrauisch. Wer so gemein log, der konnte auch stehlen. Nein, er hatte keinen guten Charakter. Ich gönnte ihm, wenn Dan ihn morgen hereinlegte.
Dan nahm einen tiefen Schluck aus seinem Glas. Er blieb ganz ruhig. Niemand außer mir merkte, daß es ihn Mühe kostete, dem Burschen nicht den Kragen umzudrehen.
«Ist die verschwundene Kette wieder da?» fragte Eugen.
Dan schüttelte wortlos den Kopf.
«Teurer Abend für Rita», sagte Johnny spöttisch. «Aber sie kann's verschmerzen. Das nächste Mal wird sie vorsichtiger sein mit dem Alkohol.»
Dan atmete tief und legte die Hände um die Silberstange.
«Meinst du, sie hätte sie verloren?»
Johnny runzelte die Stirn.
«Was sonst?»

«Könnte sich einer einen Jux erlaubt haben? Du zum Beispiel, Johnny? Du machst doch so gern Spaß.»
Der Kerl brachte es auch noch fertig, entrüstet auszusehen.
«Na hör mal! Du machst mir Freude! Was soll das heißen?»
Dan lachte unbefangen.
«Gar nichts, Johnny. Hätte ja sein können. Ich frage die anderen auch noch. Wenn ihr jemand einen Schreck . . .»
«Ach was! Die Weiber verlieren jeden Tag was anderes. Der Anhänger ist in die Toilette gefallen, wie Paul sagte, oder aus irgendeinem Fenster.»
«Hm», machte Dan nachdenklich. «Aus einem Fenster. Das könnte sein. Müßten wir mal unten nachsehen.»
Ich beobachtete ihn genau. Irgend etwas war ihm eingefallen, aber ich konnte nicht ahnen, was es war. Dan trank aus.
«Noch eine?» fragte Eugen.
«Nein, Eugen, danke schön. Muß morgen früh raus. Kleine Dienstreise. Bin wahrscheinlich erst Mittwoch zurück.»
«So? Dann mach wenigstens anständige Spesen.»
«Kannst dich darauf verlassen.»
Dan zahlte. Johnny tat dasselbe.
«Muß auch schlafen. Die Feier war so anstrengend.»
«Kommst du morgen abend?» fragte Eugen.
Ich spitzte die Ohren.
«Morgen? Nein. Hab was Besseres vor.»
Er streifte Dan mit einem schnellen, höhnischen Blick.
«Ganz was Wunderbares. Bin leider nicht abkömmlich. Wiedersehen!»
«Wiedersehen, ihr zwei.»
Dan reichte ihm beim Weggehen die linke Hand über den Tisch. «Gute Nacht, Eugen.»
Sie gingen hinaus, und ich folgte ihnen.
«Wünsch dir eine friedliche Nacht, Dan», rief Johnny übermütig.

«Danke. Ich dir alles Gute für die nächste.»
Johnnys Augen glitzerten.
«Die nächste? Die wird nicht so friedlich werden.»
«Das ist möglich», sagte Dan.
Dann trennten wir uns von ihm.
Als Dan im Schlafanzug auf dem Bettrand saß, nahm ich vor ihm Platz und betrachtete ihn ernst und vorwurfsvoll. Er schien zu erraten, was mich bewegte. Langsam beugte er sich vor, faßte mein linkes Ohr und zog daran.
«Herr Blasius», sagte er lächelnd, «in Anbetracht dessen, daß ich morgen unerwartet auf Dienstreise muß, wirst du doch mitkommen können!»
Tiefbefriedigt kroch ich ins Bett und schlief ein.

Als Pauls große Standuhr fünfmal schlug, faßte mich die Unruhe, und ich hörte auf, mit Ralf zu spielen. Jetzt machte Dan im Präsidium Schluß. Es konnte nicht mehr lange dauern, bis er da war.
Mir kribbelte es unter dem Fell. Der erste Kriminalfall, den ich miterlebte. Und ich hatte ihn ins Rollen gebracht! Wenn ich so weitermachte, war ich eher Kriminalrat als Dan. Er kam pünktlich. Wir hielten uns nicht lange auf. Als ich auf die Straße trat, sah ich Ritas Mercedes hinter unserem Vehikel stehen. Ich blickte erstaunt zu Dan hinauf. Er sagte nichts, setzte sich ans Steuer und fuhr los. Ich stellte mich an die Lehne und konnte sehen, daß Rita uns folgte.
Wir fuhren einen Umweg, wahrscheinlich, um nicht an Johnnys Wohnung vorbeizukommen. Dan hielt auch nicht vor Evas Haus, sondern stellte unsere Arche auf die andere Seite des Blocks. Wir stiegen aus. Rita streichelte mich kurz und ging wortlos neben uns her, bis wir vor Evas Tür standen. Eva machte erstaunte Augen.

«Rita? Und Blasi auch? Was ist denn, Dan?»
«Erklär ich dir drin.»
«Kommt rein!»
Wir setzten uns ins Wohnzimmer. Dan erzählte kurz von der Begegnung mit Johnny.
«Du sagst ihm, ich hätte Blasius bei dir gelassen, weil ich fortmußte. Dann wird das noch glaubwürdiger. Heute früh vor meiner Abreise habe ich ihn hergebracht.»
«Gut.»
«Weiter. Ich habe Rita alles erzählt. Erstens, um sie nicht länger in Sorge zu lassen. Zweitens kann es nicht schaden, wenn sie als Bestohlene Zeugin von Johnnys Auftritt ist. Um so weniger kann er sich rausreden.»
«Und wenn er etwas merkt?»
«Er wird nichts merken. Paßt auf.» Dan beugte sich vor und sprach eindringlich weiter. «Du tust, als hättest du etwas vergessen und rennst mit Karacho die Treppe hinunter. Aber nur bis zum zweiten Absatz. Dann kommst du leise wieder zurück, wie ein Fuchs auf Gummisohlen. Rita, du wartest in der Dunkelkammer. Schließ von innen zu, damit er nicht rein kann. Wenn ihr meine Stimme hört, kommt ihr beide zum Schlafzimmer. Das ist alles.»
Sie rauchten schweigend. «Was willst du mit ihm tun?» fragte Rita in die Stille hinein.
Dan zuckte die Achseln. «Das liegt bei dir. Du kannst ihn anzeigen. Gefängnis ist ihm sicher.»
«Erst mal sehen, wie er sich benimmt.» Rita blickte Eva an.
«Was sagst du zu der Unverschämtheit?»
Evas Augen funkelten.
«Dem werde ich es sagen – nachher!»
Dan sah zur Uhr.
«Auf, auf, Kameraden! Wenn er eine Dame besucht, ist er immer zu pünktlich. Eva, räum auf! Weg mit der Asche und

unserer Garderobe. Stell die Pulle hin und mach es ihm gemütlich. Er soll sich wie zu Hause fühlen, der Gute!»
Eva riß alle Fenster auf und ließ den Qualm hinaus. Mit ein paar Handgriffen zauberte sie eine Empfangsatmosphäre herbei. Sie knipste die Stehlampe an und stellte Blumen auf den Tisch. Die Gläser und die Eisschüssel standen bereit. Es sah so aus, als hätte sie sich schon einen Monat auf Johnnys Besuch gefreut.
«Prima», sagte Dan sarkastisch. «Such das Glück nicht weit – es liegt in der Häuslichkeit. Ist die Kette richtig versteckt?»
«Ja. Habe alles so aufgebaut, wie es war. Sogar eine neue Puderdose.»
«Die muß ich übrigens noch bezahlen.»
«Ach geh!»
«Alsdann! Rita! Ab mit dir, in den Kasten!»
Eva nahm die Mäntel mit und brachte Rita zur Dunkelkammer. «Hier kannst du dich hinsetzen. Rühr dich möglichst nicht, damit nichts runterfällt und Lärm macht.»
Sie schloß die Tür. Dan ging mit ihr ins Schlafzimmer. Sie zog die Vorhänge zu. Sie reichten bis zum Boden herunter. Dan verschwand dahinter. Die Wand war ziemlich dick, und die Fensternische hatte genügend Tiefe. Von Dan war nichts zu sehen.
«Fällt was auf?»
«Nein.»
«Schön. Verzieht euch ins Wohnzimmer und seht normal aus.» – «Oh, Dan. Wenn es nur klappt!»
«Keine Sorge. Hauptsache, daß du jetzt deine Sache gut machst. Sei ein liebendes Weib! Bist du das?»
Sie kam zum Vorhang heran, und sie küßten sich durch den Spalt. «Mach's gut, Kleine.»
Eva seufzte leise und schloß die Tür hinter uns.
Ich ging mit ihr ins Wohnzimmer. Eva nahm eine Zigarette.

Ich sprang auf einen anderen Stuhl und lauschte den Geräuschen. Unendlich langsam schlichen die Minuten dahin.
Ich hatte Muße, Eva zu betrachten. Wenn diese Geschichte erledigt war, würde wohl über Heirat gesprochen werden. Dann war's aus mit dem Lotterleben. Na ja. Mal mußte ein Frauchen ins Haus. Dan war alt genug. Eva war ein Prachtstück. Was sollten wir lange herumsuchen? Hier mußte man zugreifen. Natürlich benehmen sich Mädchen nach der Hochzeit oft ganz anders als vorher. Aber ganz ohne Risiko geht nichts. Und schließlich hatte ich die Sache eingefädelt. Nun mußte ich mitmachen. Außerdem gönnte ich Eva keinem außer uns, wenn ich ehrlich sein sollte. Sie redete nicht so viel und konnte wunderbar streicheln – von allem anderen abgesehen.
Eva nahm ein Buch und blätterte darin herum. Ich dachte an Dan hinter dem Vorhang und an Rita in der Dunkelkammer. Woran würde sie denken? Rita mehr an Dan als an ihre Kette, und Dan umgekehrt.
Dan roch Evas Parfum aus allen Richtungen, und Rita roch den Entwickler und das Fixiersalz. Es war schon eine recht komische Situation.
Kurz vor halb sieben hörte ich das Geräusch von Johnnys Motor durch den Straßenlärm, der durch das offene Fenster drang. Ich kann alle Motoren auseinanderhalten und finde sie aus dem größten Krach heraus.
Ich setzte mich aufrecht und sah Eva an. Sie legte ihr Buch hin.
«Was ist denn? Kommt er?»
Er wird gleich hier sein, dachte ich. Hörst du es nicht? Im nächsten Moment klingelte es. Lange und aufdringlich. Ich spürte ein leises Ziehen in der Magengegend. Eva holte tief Luft und legte ihr Gesicht in freundliche Falten. Dann ging sie zur Tür. Ich sprang zu Boden und marschierte auf leisen Sohlen hinterher.

Johnny streckte die Arme durch die offene Tür und hielt Eva einen Strauß Nelken unter die Nase.
«Hallo, Baby! Dein Anblick macht mir weiche Knie!» Sie werden noch viel weicher werden, dachte ich.
«Grüß Gott, der Herr», sagte Eva. «Komm rein.»
Johnny hüpfte über die Schwelle, und dann sah er mich. Sein strahlendes Lächeln schwand dahin.
«Wie kommt der hierher?»
«Blasius? Den hat Dan gebracht. Er mußte heute morgen weg und wollte ihn nicht allein lassen.» Sie hob die Nase aus den Nelken. «Stört er dich?»
Auch ich war mir meiner Aufgabe bewußt und wollte Eva ein ebenbürtiger Partner sein. Ich trippelte unbefangen auf Johnny zu und begrüßte ihn mit heuchlerischer Herzlichkeit. Durch die böse Welt wird man ganz verdorben.
Johnny sah leicht beunruhigt aus.
«Weiß Dan, daß ich komme?»
«Keine Spur.»
Nach dieser Lüge forderte ihn die schillernde Schlange auf, ins Zimmer zu kommen. Sie ordnete die Blumen in einer Vase und stellte sie an Stelle der anderen auf den Tisch. Sie setzten sich. Ich nahm auf meinem alten Stuhl Platz und betrachtete das Liebespaar mit Interesse.
Johnny lächelte reizend und faßte Evas Hand.
«Gestern saß ich auch hier!»
Ja, gestern saß er auch hier. Heute würde es das letzte Mal sein.
Eva goß die Gläser voll. Ein paar Schnäpse konnten ihr nicht schaden. Viele große Mimen tranken einen Schluck vor dem Auftritt. «Prost, Süße», sagte Johnny. «Auf uns beide.»
Sie tranken aus. Ich merkte, daß Eva unruhig war. Johnny schien es auch zu merken.
«Hast du irgend etwas?»

Sie schüttelte den Kopf und sah auf ihre Fingerspitzen.
«Nein, was sollte ich haben. Ich . . . ich dachte nur gerade an gestern, wie du davon sprachst . . . und da fiel mir Ritas Kette ein.»
Johnny zog die Stirn in Falten.
«Ritas Kette?»
«Ja. Hat sie die schon gefunden?»
Johnny starrte auf sein Glas. Das Thema schien ihm nicht zu passen. Außerdem mußte er jetzt seine Worte überlegen. Er konnte ja nicht wissen, ob Dan, als er mich heute früh herbrachte, mit Eva über ihr Zusammentreffen bei Eugen gesprochen hatte.
«Gestern abend war sie noch nicht da.»
«Ach.» Eva sah aus wie ein Schulmädchen, das der Oma zum Geburtstag gratuliert. «Woher weißt du?»
«Ich traf Dan in der Kneipe.»
«Du hast Dan getroffen? Was sagte er denn?»
Johnny zog den Mund in die Breite.
«Er fragte, wie du nach Hause gekommen wärst.»
«Und was hast du gesagt?»
«Na, bestens! Ich hätte dich eigenhändig ins Bettchen gebracht und in den Schlaf gesungen.»
O Heimatland! Er tanzte auf einer Atombombe und wußte es nicht. Eva bemühte sich, ihren Zorn unter einer erschrockenen Miene zu verbergen.
«Wie? Du machst Spaß, Johnny!»
«Aber natürlich, Kindchen. Kein Wort habe ich gesagt. Der Kavalier schweigt und darf wiederkommen. Hast du eigentlich – ich meine, ist Dan dein Freund?»
Ich hob die Ohren an. Ein zarter rosa Hauch huschte über Evas Gesicht. Er verschwand, ehe Johnny ihn wahrnahm.
«Freund? Ach nein, er ist . . . ich kenne ihn nur kurz . . .»
«Magst du ihn?»

«Was heißt mögen – er ist sehr nett – du kennst ihn doch besser als ich. Gefällt er dir nicht?»
Mit einemmal sah Johnny so aus, wie es seinem Charakter entsprach. Etwas verschlagen und brutal. «Hör zu, Eva. Ob er mir gefällt oder nicht ist ganz egal. Wenn wir zwei zusammenkommen, muß er ausscheiden. Halbe Sachen liebe ich nicht. Und seinen Köter soll er nächstens auch woanders hinbringen.»
Das ging auf mich. Ich tat so, als hätte ich nichts gehört. Warte nur, balde, dachte ich. Durch meine Lidspalten sah ich, wie Evas Lippen erblaßten. Johnny merkte nichts. So sehr war dieser Narr von sich überzeugt, daß er glaubte, ein Mädchen wie sie erbebte vor Wonne, wenn er in der Nähe war, und sehnte sich nach seiner brutalen Männlichkeit.
Eva schenkte neu ein und nahm ihr Glas hoch. «Kannst du Hunde nicht leiden?» fragte sie.
Johnny trank, stand auf und legte den Arm um ihre Schultern. «Dich kann ich leiden!» sagte er.
Er versuchte sie zu küssen. Aber Eva war schneller, wehrte ihn ab, rutschte unter seinem Arm durch und kam zu mir herüber. Ich hob den Kopf, als wunderte ich mich, was die beiden trieben.
«Nicht so plötzlich, mein Herr. Nach dem Abendbrot vielleicht.» Mach es kurz, dachte ich. Sonst fängt Rita an zu niesen.
Es war, als erriete Eva meine Gedanken. Sie legte die Finger auf die Lippen und spielte Erschrecken.
«Heiliger! Abendbrot! Ich hab ja keine Butter! Gerade wollte ich sie holen, als du kamst.»
Sie lief wieder um den Tisch herum.
«Johnny, Liebling – warte einen Augenblick. Bin sofort wieder oben. Schenk dir einen ein und sei hübsch brav!» Ehe er etwas erwidern konnte, war sie draußen. Sie lief über den

Flur, und die Tür fiel ins Schloß. Wahrscheinlich war sie am Ende ihrer Schauspielkunst und hätte ihm beim nächsten Versuch die Flasche auf den Schädel geschmettert.
Johnny sah einen Augenblick mit starrem Blick zur Tür. Dann verzog sich sein Gesicht zu einem Grinsen, das ihn keineswegs sympathischer machte.
«Butter», sagte er. «Sehr gut!»
Er warf mir einen kalten Blick zu, schlich dann hinaus. Ich merkte, wie er draußen verhielt. Es war alles still. Ich hüpfte vom Sessel und schlich hinter ihm her. Er lief mit kleinen, schnellen Schritten zur Schlafzimmertür.
«Hau ab!» zischte er, als er an mir vorbeikam.
Ich blieb stehen. Er öffnete lautlos die Tür und verschwand. Ich hörte das Knipsen des Lichtschalters. Viel Spaß!
Vorsichtig kroch ich an den Türspalt heran. Ich mußte sehen, was jetzt passierte.
Johnny drehte den Schlüssel und zog am Griff der Schranktür. Knarrend öffnete sie sich. Er bückte sich und tastete mit der Hand zwischen die Wäsche. Seinem Gesicht konnte ich ansehen, daß er die Kette gefunden hatte. Behutsam zog er sie heraus. Sein Grinsen war geradezu widerlich.
Er richtete sich auf und drückte leise die Tür zu. Dann wandte er sich um und sah mein langohriges Haupt am Eingang.
«Hab ich dir nicht gesagt, du sollst verschwinden! Ich werde . . .» Lautlos teilte sich der Vorhang. Dan war mit zwei Schritten hinter ihm.
«Abend, Johnny», sagte er, kalt wie ein Eisschrank. «Ahnte doch, daß ich mit der Diebesfängerei Erfolg haben würde. Wirklich ganz was Wunderbares, was du heute vorhattest!»
Ein paar Herzschläge lang stand Johnny unbeweglich. Dann fuhr er blitzschnell herum und wollte hinaus. Doch Herrchens große Hand faßte den Kragen seiner eleganten Jacke und riß ihn zurück. Johnny duckte sich. Seine Finger fuhren

nach Dans Augen. Ein anderer hätte kaum ausweichen können, aber bei meinem Dan konnte er mit solchen Tricks nichts ausrichten.
Dan bog sich zur Seite. Seine Linke fuhr in Johnnys Magengrube. Johnny knickte stöhnend zusammen, da krachte ihm Dans Faust unter die Kinnlade. Johnny rollte auf den Teppich. Dan atmete langsam aus und rieb seine Fingerknöchel.
«Das war für Eva, mein Junge», sagte er.
Er faßte Johnny am Revers, zog ihn in die Höhe und warf ihn auf Evas Bett, daß die Federn krachten. Johnny richtete sich mühsam auf und starrte mit glasigen Augen um sich. Sein Kopf wackelte, und aus seinem rechten Mundwinkel lief ein dünner Blutfaden. Es dauerte einige Sekunden, bis er wieder zu sich kam. Dan packte seine Hand und nahm ihm die Kette weg, die er immer noch zwischen den Fingern hielt.
«Bleib schön sitzen, mein Teurer! Wenn du Dummheiten machst, hau ich dich zu einem blutigen Lappen zusammen!»
Draußen klappten zwei Türen gleichzeitig. Rita und Eva rauschten wie Rachegöttinnen ins Zimmer.
Dan trat zur Seite und hielt Rita die Kette hin.
«Da», sagte er, «dein Schmuck.»
Johnnys Augen irrten von einem zum anderen. So sicher war er seiner Sache gewesen, und nun brach alles zusammen. Sein hübsches Gesicht war bleich wie Schlagsahne. Rote Flecken standen auf seiner Stirn und seinen Wangen.
Rita trat dicht vor ihn hin. In ihren Sternaugen stand die kalte Wut.
«Das bist du also», sagte sie. «Johnny Wieland! Der Mann mit dem berühmten Namen! Du trinkst mit mir Schnaps und hältst schöne Reden. Du stiehlst meine Kette, läßt mich danach suchen und siehst zu, wie ich vor Sorge umkomme. Du bist ein ganz gemeiner Dieb!» Harte Worte für eine höhere Tochter. Nun machte auch Eva ihrem Zorn Luft:

«Johnny, mein Herzchen! Mein Starker! Sieh mich doch an! Dachtest du wirklich, ich hätte dich heute abend eingeladen, weil ich nicht mehr ohne dich leben kann? Hast du das wirklich geglaubt, Johnny, du Ersatz-Casanova? Ach, mein armer Johnny! Nein, du solltest nur die Kette wiederholen, die du so schön in meinem Schrank versteckt hast, als ich dir einen Kaffee braute!»

Ihr Ton wurde gefährlich.

«Gott, wie mußt du mich geliebt haben, daß du so nett an mich gedacht hast! Der charmante Meisterdieb mit dem goldenen Herzen! Ich dank dir auch schön! Wenn Dan mit dir fertig ist, kannst du deine Blumen nehmen und verschwinden. Ich hoffe jedenfalls, dich für den Rest meines Lebens nicht wiederzusehen!»

Nach diesem Auftritt drehten sich beide Damen auf dem Absatz um und schritten hoch erhobenen Hauptes hinaus. Ende des zweiten Aktes, dachte ich.

Dan wartete eine Weile, bis Johnny sich erholt hatte. Der Bursche sah beklagenswert aus. Von seiner forschen Erscheinung war nun nicht mehr viel übriggeblieben.

«Johnny», sagte Dan, «ich rate dir gut, nicht lange herumzuquatschen. Warum hast du das getan?»

Johnny fiel vornüber und stützte den Kopf in die Hände. «Schulden», jammerte er zwischen den Fingern hindurch. «Habe mir Geld geliehen und kann es nicht zurückgeben. Auch der letzte meiner Autowechsel ist geplatzt.»

«Wann hast du es getan?»

«Als . . . als sie im Fremdenzimmer lag und schlief. Ich wollte ihr nur den Seestern wegnehmen, aber . . . ich sah die Kette. Es sollte nur Spaß sein.»

«Ach? Und dann fiel dir ein, dich auf diese Weise zu sanieren?»

«Ja.» Johnnys Stimme wurde immer leiser.
«Weiter!»
«Ich hatte Angst, ihr würdet die Wohnung durchsuchen oder vielleicht jeden seine Taschen vorzeigen lassen. Da habe ich die Kette in einen Papierfetzen gewickelt und runtergeworfen . . .»
«Dein Wagen stand unter dem Schlafzimmerfenster. Offen. Gestern habe ich mich daran erinnert, als du sagtest, Rita hätte ihren Schmuck aus dem Fenster fallen lassen.»
Johnny sah Dan erstaunt an.
«Ja, so war's.»
«Hattest es auch brandeilig, an deinen Wagen zu kommen, als wir gingen.»
Johnny nickte matt und schwieg. Dan beugte sich zu ihm herunter und nahm seinen Schlips in die Faust.
«Und warum hast du den Schmuck hier versteckt, du Würstchen? Hier bei Eva? Weißt du, daß das noch schmieriger ist als der ganze Diebstahl?»
Johnny sackte noch mehr zusammen.
«Ich wollte ganz sicher gehen. Wollte ihn während der ersten Tage nicht in meinem Zimmer haben.»
Dan schüttelte den Kopf.
«Und wenn Eva dich nicht wieder eingeladen hätte?»
Johnny zögerte etwas mit der Antwort. Wahrscheinlich dachte er an seine Ohrfeige.
«Ich dachte, sie hätte etwas für mich übrig.» Er lachte kurz und bitter.
«Bißchen verkalkuliert. Hat Eva die Kette gefunden?»
«Nein.» Dan deutete auf mich. «Der da.»
Ich setzte mich in Positur und maß ihn kalten Blickes. Johnny betrachtete mich verblüfft, als verstünde er die Welt nicht mehr. «Der Hund?»
«Ja. Denk an Ritas Parfum. Er hat so lange herumgeschnüf-

felt, bis er raus hatte, was nicht in dieses Zimmer gehörte.»
Das ist die Vergeltung für den ‹Köter›, du Tropf, dachte ich.
«Wir waren gestern abend hier», fuhr Dan fort. «Bevor wir dich bei Eugen trafen. Das hier war meine Dienstreise. Und nun komm mit!»
Johnny fuhr hoch.
«Dan! Was willst du machen? Wenn ihr mich anzeigt, bin ich erledigt! Mein Studium – alles ist zum Teufel! Dan, das kannst du doch nicht machen! Die Kette ist wieder da . . .»
«Ja. Und das nächste Mal klaust du was anderes.»
«Nein, Dan, bestimmt nicht! Ich mach' s nie wieder! Ich war blau, sonst hätte ich's niemals getan! Laßt mich doch gehen!»
«Komm mit», befahl Dan.
Er faßte ihn am Arm und schob ihn zur Tür hinaus. Wir betraten das Wohnzimmer. Die Mädchen saßen mit eisigen Gesichtern da.
«Fertig», sagte Dan. «Eben hat er geschworen, er wolle es nicht wieder tun. Wie alle unartigen Kinder. Rita, an dir liegt es, ob du ihn anzeigen willst.»
Johnnys Augen hingen mit flehendem Ausdruck an ihrem Gesicht. Sie sah starr geradeaus. Es wurde so still, daß ich kaum die Atemzüge hören konnte.
«Nein», sagte Rita. «Er soll gehen.»
«Danke, Rita», murmelte Johnny.
«Bei Rita hast du Glück», sagte Dan. «Eine andere hätte dich reingerissen. Ich müßte es eigentlich tun, Johnny, aber ich tue es nicht. Wir geben dir eine Chance. Allerdings nur gegen Quittung. Eva, bitte gib ihm Schreibzeug.»
Sie tat es wortlos.
«Setz dich hin, Johnny», sagte Dan. «Schreib, was ich diktiere.»
«Nein», rief Johnny voller Angst, «was willst du damit?»
«Dir ein bißchen helfen, auf dem richtigen Pfad zu bleiben. Schreibst du oder schreibst du nicht?»

Johnny schrieb. Noch einmal hörten wir, wie sich alles zugetragen hatte.
Als er unterschrieben hatte, las Dan das Geständnis durch. Er faltete es zusammen und steckte es ein.
«So, Johnny. Du verschwindest jetzt. Aus unserem Gesichtskreis und aus unserem Klub. Die Sache bleibt unter uns vieren. Wir werden den anderen irgendeine Geschichte erzählen, damit sie dich nicht vermissen, und wir werden die Kette unten im Garten wiederfinden. Sieh zu, daß du aus deinen Schwierigkeiten rauskommst. Und leiste dir kein anderes Ding mehr. Denk so oft wie möglich an dieses Blatt in meiner Tasche. Das ist alles.»
Dan drehte sich um und zündete sich eine Zigarette an. «Und nun schlaf sanft. Die friedliche Nacht habe ich dir ja schon gestern prophezeit.»
Eva stand auf, holte die Nelken aus der Vase und hielt sie Johnny hin.
Johnny nahm sie und ging mit schleppenden Schritten zur Tür. Auf der Schwelle drehte er sich noch einmal um. Niemand außer mir sah ihn an. Er ging hinaus. Die Korridortür fiel ins Schloß.
Wir saßen unbeweglich. Dan stützte sich auf das Fensterbrett und blickte hinunter. Dann kam er zurück und setzte sich zu uns. Langsam löste sich die Spannung.
«Er tut mir leid», seufzte Rita plötzlich.
«Mir auch», sagte Eva.
Natürlich! Sie wären sonst auch keine richtigen Frauen gewesen. Der Unterlegene rührt ihr Herz, und wer am tiefsten gefallen ist, dem ist ihr Mitleid am nächsten.
«Mir auch», sagte Dan zu meiner Freude. «Was sollten wir sonst tun? So kommt er vielleicht wieder zu sich.»
«Du hast recht», erwiderte Eva. «Nett von dir, Rita, daß du ihn nicht angezeigt hast.»

«Was hätte ich davon?» fragte Rita.
«Liebe Kinder», rief Dan. «Wie dem auch immer sei – ich muß was essen!»
Gute Idee, dachte ich. Vor lauter Kriminalistik fällt man vom Fleische.
«Entschuldigt, daß ich nicht daran gedacht habe! Komm Rita, wir machen Paprikaschnitzel!»
«Ich wollte eigentlich gehen», meinte Rita.
«‹Eigentlich› akzeptieren wir nicht», sagte Dan. «Hilf ihr, dann geht's um so schneller.»
Die Mädchen gingen in die Küche. Allmählich schienen sie in bessere Stimmung zu kommen, denn sie schwatzten und lachten. Dan beschäftigte sich mit der Rumflasche. Plötzlich drang Gekreische aus der Küche.
«Was ist los?»
«Eva hat den ganzen Paprika über die Schnitzel gekippt!»
«Macht nichts», rief Dan. «Tanzen wir eben hinterher einen Csárdás.»
Langsam kroch ein vorzüglicher Duft in meine Nase. Das Warten fiel mir schwerer und schwerer.
Endlich kam das Essen. Eva deckte den Tisch. Auch mir hatte sie einen Teller zurechtgemacht. Wir aßen mit bestem Appetit, obwohl das Fleisch höllisch scharf war. Dan würde auf dem Heimweg sicher noch ein Gläschen trinken!
Eine Weile blieb Rita noch bei uns, dann verabschiedete sie sich. Herrchen brachte sie nach unten und nahm mich mit.
«Ich danke dir, Dan», sagte sie am Auto. «Ohne dich hätte ich noch einen Haufen Ärger gehabt. Und – bleib bei Eva. Sie ist die Richtige für dich.»
Donnerwetter! Welche Überwindung für ein Mädchen.
Dan sagte nichts.
«Ich mache meine Reise allein. Vielleicht ist es ganz gut so.»
Dan nickte. Er war sichtlich ergriffen.

Rita gab ihm einen kurzen Kuß.
«Wiedersehen! Und nochmals – danke.»
Dan ergriff mich am Fell und hielt mich hoch.
«Bei dem mußt du dich bedanken. Ohne ihn wären wir genauso weit wie Sonntag nacht.»
Zum erstenmal seit unserer Bekanntschaft war Rita wirklich lieb zu mir. Sie nahm mich auf den Arm und küßte mich sanft auf die Stirn.
«Wiedersehen, Blasi. Wenn du wieder zu uns kommst, mach ich dir was Feines.»
Auch ich war traurig, als sie wegfuhr. Sie hatte ein Herz, genau wie wir alle, und wenn es weh tat, schmerzte es genau wie unseres.
Oben wartete Eva auf uns. «Hat sie noch was gesagt?» fragte sie.
Dan nickte. «Ja. Sie meint, ich sollte bei dir bleiben. Du wärst die Richtige für mich.»
Eva blickte zu Boden, dann wieder in Dans Augen.
«Könntest du es mit mir und diesem struppigen Hund aushalten?» Statt einer Antwort glitt sie auf Dans Schoß. Er küßte sie lange.
Nach einer Weile gingen sie ins Schlafzimmer und kamen ewig nicht wieder. Ich schlief auf dem Sessel ein. Die Uhr schlug in regelmäßigen Abständen, und jedesmal erwachte ich und stellte fest, daß sie noch nicht da waren.
Es war drei Uhr, als wir endlich nach Hause gingen. Dan sah ziemlich müde aus, aber schließlich hatte er einen schweren Tag hinter sich. Bis heute weiß ich nicht, was sie so lange gemacht haben. Ich nehme aber an, Eva hat ihm noch den schwarzen Unterrock gezeigt. Mit Inhalt.

Kurze Zeit nach diesem ereignisreichen Tag verlobten sich Eva und Dan, und bald darauf heirateten sie. Die Hochzeits-

feier werde ich niemals vergessen. Unser ganzer Klub war dabei, und Eugen war so blau, daß ihm der Schnaps aus den Ohren lief.
Ich überfraß mich und wäre beinahe gestorben. Es stellte sich heraus, daß wir mit Eva auch einen feinen Schwiegervater erwischt hatten. Er ist nicht unvermögend. Und wenn Dan mal ausfällt, kann mich Eva mühelos ernähren.
Wir haben eine andere, größere Wohnung. Eva fotografiert tagsüber, während Dan im Präsidium auf den Dienstschluß wartet.
Rita besucht uns ab und zu und ist nett zu uns allen. Ich glaube, auch sie wird bald heiraten. Mir graust schon vor dem Hochzeitsessen.
Die Skatabende bei Otmar finden nach wie vor statt. Dann denke ich jedesmal an meine Alkoholvergiftung und an – Johnny. Wo mag er geblieben sein?
Auch die Frühschoppen bei Eugen, dem Bieresel, haben wir beibehalten. Eva sagt nichts, im Gegenteil, sie hält mit und verträgt manchmal mehr als Dan. Einmal besuchten wir Frau von Quernheim. Ich sah meine Eltern wieder und jagte mit meinem Vater durch den Garten, wie in alten Zeiten, als ich klein war.
Jetzt bin ich ausgewachsen, und meine Ohren sind noch größer geworden.
Abends, wenn Dan nach Hause kommt, gibt er Eva einen Kuß und nimmt mich auf den Schoß. Wir sitzen zusammen um unseren Rauchtisch, und manchmal erzählen sie, wie ich in Evas Auto eingestiegen bin, und wie ich Ritas Kette gefunden habe. Dann werde ich gelobt und bin sehr stolz. Oft denke ich darüber nach, wie glücklich wir zusammen sind. Ich habe das beste Herrchen und das liebste Frauchen der Welt, und wenn sie einmal nicht mehr da sind, dann will ich auch nicht mehr da sein.

EHE AUF KRUMMEN BEINEN

Ich bin Blasius, der Langhaardackel. Einer der schönsten, die herumlaufen.
Vielleicht kennen Sie mich aus einer Geschichte, die ich früher erzählt habe. Eigentlich wollte ich nichts mehr erzählen, sondern mich nur noch meiner Familie und meinem Lebensabend widmen. Ein Deutscher wird geboren und denkt an die Altersversorgung. Beim deutschen Dakkel ist es ähnlich.
Aber mein Herr Verleger und viele andere Leute liegen mir ununterbrochen in den langen Ohren. So lasse ich mich breitschlagen und erzähle die Fortsetzung meiner Erlebnisse, obwohl ich, weiß Gott, andere Sachen zu tun hätte. Außerdem kommt man zu nichts, wenn man Familie hat. Die Kinder machen den ganzen Tag Theater. Loni, meine Frau, ist ein Prachtmädchen, aber manchmal sägt sie an meinen Nerven. Die Leser unter Ihnen werden das kennen.
Dan und Eva, Herrchen und Frauchen, waren anfangs dagegen, daß ich von uns erzähle. Manches ist ihnen peinlich. Auch bei uns kam der Sturm auf und brachte das junge Glück ins Wanken. Ich werde von der Sache berichten, an der ich leider nicht ganz unbeteiligt war. Na, jetzt ist alles wieder in Ordnung, und der Haussegen hängt genau waagerecht.
Schließlich haben wir Pressefreiheit. Wo kämen wir da hin, wenn die freie Meinungsäußerung unterdrückt würde.
Und wir brauchen Geld. Dan hat einen neuen Wagen gekauft. Wunderbarer Schlitten, wirklich eine Wucht. Aber

jetzt kauen sie an den Raten. Wenn ich nicht wäre, hätten sie nicht einmal mehr einen Bettelstab, um ihn ergreifen zu können. Auch mir täte es leid, wenn der Gerichtsvollzieher die Marke unter die neue Motorhaube kleben würde. In diesen schweren Zeiten muß jeder mitarbeiten. Und die Zeiten waren schwer.
Niemals hätte ich gedacht, daß der Ehestand so anstrengend sein könnte. Die Vorbereitungen nahmen mich mehr mit als unser ganzes bisheriges Junggesellenleben.
Noch während sie verlobt waren, suchten sie eine neue Wohnung. Zuerst stritten sie sich, wer zu wem ziehen sollte. Dann fanden sie, Gott sei Dank, beide Wohnungen zu klein und machten sich auf die Suche.
Es war eine Strapaze. Wir besichtigten etwa siebzig Wohnungen. Ich lief jeden Tag zwanzig Kilometer hinter ihnen her, erstieg Legionen von Treppenstufen und hörte zu, wie sie mit Wirten und Maklern um die Baukostenzuschüsse feilschten. Am Abend jedes erfolglosen Tages machte Dan seinem Zorn Luft.
«Hast du das vernommen? Hat der Kerl die Stirn, für diesen wurmstichigen Preßluftschuppen sechstausend Mark zu verlangen –»
«Ich fand ihn sehr nett», sagte Eva. «Mir gefiel die Wohnung.»
«Wohnung? Ich höre immer Wohnung! Wenn Blasius vom Stuhl springt, fällt der Putz von der Decke. Hast du die Wände nicht gesehen? Gerade so dick wie die Sonntagsausgabe unserer Zeitung. Morgens hörst du die Nachbarn gähnen, mittags sich streiten und abends sich lieben. Sogar wenn sie sich langweilen, hörst du es.»
«Aber Dan», sagte Eva.
«Und viel zu klein! Wenn du den Küchenschrank aufmachst, verbrennst du dir den Allerwertesten am Herd.

Und dieses schmale Handtuch von Toilette! Von der Tür aus ist die Brille kaum zu erkennen. Kein Fremdenzimmer! Wo willst du Besuch unterbringen, he? Unser Besuch muß anständig schlafen, in einem richtigen Bett, nicht auf der Couch unter der Stehlampe.»

So ging es jeden Tag. Als sie endlich das Richtige gefunden hatten, war ich um vier Pfund leichter und hatte Plattfüße.

Von den Möbeln legten sie die beiderseitigen besten Stükke zusammen. Jeder machte die des anderen schlecht.

«Du glaubst doch nicht im Ernst», sagte Dan, «daß ich diese Ruine von einem Schrank in meinem Heim dulde! Den geben wir dem Heizer, noch heute. Ich will nicht den ganzen Tag an deine Urgroßmutter erinnert werden und nachts das Schmatzen der Holzwürmer hören.»

«Sei ruhig», sagte Eva wütend. «Er gehört zu meiner Aussteuer.»

«Ha», machte Dan voller Hohn und schlug die Augen zur Decke. «Deine Aussteuer! Daß ich nicht lache! Schön billig haben sie dich losgeschlagen, das muß ich wirklich sagen! Den ganzen Unrat, den sie nicht mehr brauchen können, haben sie dir aufgehängt. Ich kann eine anständige Aussteuer verlangen! Und Mitgift! Wo ist deine Mitgift? Für den ganzen Ärger will ich angemessen entschädigt werden!»

Eva warf ein Kissen nach ihm. Er bückte sich, und es traf mich, weil ich hinter ihm stand. Dann balgten sie auf dem Bett herum.

«Dieses Bett knirscht», sagte Dan keuchend. «Außerdem ist es zu schmal. Morgen werden wir ein Ehebett kaufen, so breit wie ein Tennisplatz.»

«Einen Schmarrn werden wir», sagte Eva, während sie ihn an den Ohren festhielt. «Ich will mein eigenes Bett, in meinem eigenen Zimmer. Getrennt ist modern.»

Dan richtete sich auf. Über seinem offenen Mund hingen die Haare in die Stirn.
«Du willst was?»
«Mein Bett in meinem Zimmer. Du schnarchst. Ich kann nicht die ganze Nacht wachbleiben und dir die Nase zuhalten.»
«Ich schnarche? Woher weißt du, daß ich schnarche?» Sie preßte ihr Gesicht an seins und antwortete nicht.
«Blasius», sprach Dan, «hast du das gehört?»
Ich hatte. Ich sprang zu ihnen auf das Bett und quetschte mich zwischen sie. Dan hob den Zeigefinger. «Jetzt hör zu, mein Kind, was ich dir in seiner Gegenwart sage! Das Bett ist die Grundlage der Ehe. Der gemeinsame Schlaf führt zwangsläufig zum gemeinsamen Erwachen. Was kann es Schöneres für dich geben, als morgens als erstes mein liebes Antlitz zu erblicken, einen Kuß auf meine dürstenden Lippen zu hauchen und danach frohgemut dein Tagwerk zu beginnen . . .»
Eva warf sich zurück und lachte.
«Liebes Antlitz? Triefaugen hast du und Knitterfalten! Und stumm bist du wie ein toter Fisch.»
Dan legte den Arm um sie und zog sie an sich. Ich wurde zusammengequetscht.
«Ich bin ein sogenannter Morgenschweiger. Das sind solche, die morgens schweigen. Erst abends, wenn die freundlichen Lichtlein scheinen, öffnen sie den Mund . . .»
«Zum Trinken», sagte Eva. «Die freundlichen Lichtlein an deinen Lokalen.»
«Sei nicht immer so direkt, Liebling. Wie dem auch sei: Du gehörst an meine Seite, sei es senk-, sei es waagerecht. Wirst du gehorchen?»
«Ich gehorche», sagte Eva und küßte ihn.
Richtig, Dan, dachte ich. Laß sie fühlen, wer der Herr ist.

Sonst tanzt sie uns auf dem Kopf herum, bevor wir überhaupt verheiratet sind.
Als endlich alles stand, war ich heilfroh. Hauptsächlich Evas wegen. Uns hätte eine Lotterwirtschaft nicht viel ausgemacht. Aber ein Mädchen braucht einen Rahmen. Und ihre Freundinnen stürzen sich mit Wonne auf jede schwache Stelle.
Wir hatten auch genügend Platz für uns. Es dauerte jetzt viel länger, bis ich alle Winkel durchstöbert hatte. Dan hatte ein kleines Arbeitszimmer für sich, wohin er sich zurückziehen konnte und überlastet tun. Für Eva waren zwei Räume da, in denen sie fotografierte. Das stärkte ihr Selbstbewußtsein und unsere Finanzen. Das Wohnzimmer hatte einen netten Erker. Auf jedem der breiten Fenster konnte ich Platz nehmen und auf die Straße hinuntersehen, wo die Geschäftsleute hasteten, die Hausfrauen klatschten, die Liebespaare schlenderten und die Benebelten schlingerten. Mit der wandernden Sonne rückte ich weiter, und wenn ich die rechte Ecke des mittleren Fensters erreicht hatte, gab es Mittagessen.
Der nächste Schritt zur Hochzeit war ein Junggesellenabschiedsabend in unserer alten Kneipe, bei Eugen, dem Bieresel. Nur Männer kamen, alle unsere alten Saufbrüder. Natürlich auch ich und mein Bruder Ralf.
Im Anfang war es wie auf einer Leichenfeier. Sie machten ernste Mienen und sprachen kaum. Nach vier stummen Runden ergriff Paul Gilbert das Wort.
«Lieber Dan», sprach er mit dumpfer Stimme, «du bist im Begriff, die größte Dummheit deines Lebens zu machen. Alle, die wir hier sitzen, haben dir zugeredet wie einem kranken Gaul. Umsonst. Ein Weib hat dich betört. Es hat deinen Willen gelähmt, deine Sinne aufgewühlt, den Rest deines ohnehin schwachen Verstandes vernichtet.

Mit banger Sorge haben wir, deine Freunde, diese Entwicklung verfolgt, mit Trauer im Herzen stehen wir vor ihrem Ergebnis. Du verläßt den Kreis derer, denen der Alkohol das Höchste war, du schwächst die Front der Standhaften, du übst schändlichen Verrat an den hehren Gütern, die da sind: Freiheit, Trunksucht, Weiberfeindschaft!»

Paul hatte die Stimme erhoben wie ein Parteiredner, wenn er das Programm verkündet. Seine Augen leuchteten durch den Tabakqualm. Er goß den Rest seines Bieres hinunter, und die Ritter der Tafelrunde taten desgleichen. Eugen füllte die Gläser neu aus dem Bierhahn, an dem ein langer Trauerflor befestigt war.

Als Paul fortfuhr, schwand der verklärte Ausdruck aus seinem Gesicht. Er sah ungeheuer bekümmert aus. «Freunde, was rede ich da. Bin ich nicht selbst ein Opfer jener verschlagenen Macht, die da heißt Liebe? Bin ich nicht selbst gestrauchelt über die Fallstricke einer Schlange und herabgesunken vom weiberverachtenden Hagestolz zum verängstigten, filzpantoffeltragenden Haushaltungsvorstand? Woher nehme ich das Recht, Steine zu werfen auf ihn, unseren Daniel, der so unsäglich tief in die Löwengrube geraten ist?»

Keiner wußte es.

«Ich will es euch sagen, Brüder. Außen bin ich ein Ehemann. Meinen Finger ziert die goldene Fessel. Meine Uhr weist mir die zubemessene Zeit. Aber im Herzen bin ich einer der euren geblieben. Mein Fleisch ist unterlegen, mein Geist nicht. Eingezwängt in die Fesseln des Ehestandes, blieb er aufrecht und frei. Und wenn wir heute schweren Herzens unserem Dan das letzte Geleit geben, so sind wir in guter Hoffnung – äh – so tun wir das in der Hoffnung, daß er gleich mir im Herzen der alte bleibe.

Wir ernennen ihn zum Ehrenjunggesellen auf Lebenszeit, mit der Auflage, jede Woche einmal hier zu erscheinen und sich genauso zu besaufen wie früher.»
Dan sagte: «Das Protokoll verzeichnet an dieser Stelle: Stürmische Zustimmung.»
«Richtig. Meine Herren», fuhr Paul mit Würde fort, «ich fordere euch auf, euch zu Ehren des Dahingegangenen von euren Plätzen zu erheben. Daniel, der Junggeselle, ist tot. Es lebe der Ehemann Daniel! Prost, alter Saufsack!»
Sie wiederholten den Ehrentitel einstimmig und tranken aus.
Dan war ergriffen. Er blieb stehen und dankte Paul für seine richtungweisenden Worte. Er versicherte, die Ideale des Stammtisches allezeit hochzuhalten und sich des verliehenen Titels würdig zu erweisen. Kein Weib und kein Teufel würden ihn je davon abbringen können. Beim Barte des Propheten.
Dann gingen wir zum gemütlichen Teil über. Der Krach nahm entsprechend zu. Sie ließen Eva hochleben und alle wohlgeformten Mädchen. Sie redeten durcheinander und schlugen sich auf die Schultern. Eugen schwankte hinter dem Tresen herum wie ein Kapitän auf der Kommandobrücke. Der Musikautomat dudelte ununterbrochen das Lieblingslied aus New Orleans, das sie so oft schon gespielt hatten. Ralf und ich saßen auf zwei Barstühlen und blinzelten mit tränenden Augen durch den Dunst. Als an Hand von Nachrichten und Nationalhymnen aus dem Radio herauskam, daß es Mitternacht geschlagen hatte, wurde eine Runde zu einem Verachtungsschluck auf alle Frauen eingefüllt.
«Dan, du armer Knochen», sagte Otmar mit holpriger Zunge und mit Schaumflocken am Bart. «M-mein Mitgefühl ist dir gewiß. Ganz – ganz gewiß. Ein gewisses

Mitgefühl. Gewiß ist es dir. Die Ehe wird dich zerrütten. Zerrütten wird sie dich. Wird sie. Zerrütten. Rütten.»
Er schmierte sich neuen Schaum an den Bart.
«Abschaffen!» krähte Paul. «Abschaffen! Revolution! Aufstand! Weiber hinweg!»
«Jawohl!» schrie Eugen hinter dem Tresen. «Abschaffen!» Er stieg auf einen Stuhl, schwankte, mußte sich am Bierhahn festhalten. In diesem Augenblick geriet der Bartisch ins Wanken.
Alle sahen es, keiner tat etwas dagegen. Nur Eugen wollte seine fallende Erwerbsquelle aufhalten. Vergebens. Die Theke nahm ihn mit nach vorn. Ich rettete mich mit einem gewaltigen Sprung von meinem Barhocker. Paul, Dan und Otmar schafften den Rückzug nicht mehr. Der Tresen und Eugen stürzten über sie. Mit einer Hand versuchte Eugen am hinteren Flaschenregal Halt zu gewinnen. Auch diese Maßnahme versagte. Das Regal kam auch noch mit. Ich schloß die Augen.
Es donnerte, wie wenn ein Schiff auf einen Felsen auffährt. Scherben flogen mir um die Ohren. Ein Ei klatschte vor Ralfs Nase. Er fraß es sofort. Als ich die Augen öffnete, sah ich das komischste Bild, das ich je gesehen hatte. Die würdigen Herren lagen am Boden, nebeneinander, als wären sie gerade erschossen worden. Auf ihnen lag der Bartresen. Auf dem Tresen und unter dem umgestürzten Flaschenregal lag Eugen. Er sah aus wie ein Stangenkäse zwischen zwei Brotscheiben. Rotwein rieselte über sein Hemd und sein Haupt. Er machte Schwimmbewegungen mit Armen und Beinen.
«Rette mich, wer kann!» rief er.
Wir fanden das ungeheuer lustig. Ralf hopste seinem Herrchen auf die Brust und leckte ihm das Bier vom Gesicht. Ich tat das gleiche bei Dan. Sie schimpften aus

vollem Halse, aber sie konnten die Arme nicht bewegen und uns verscheuchen. Otmar rührte sich nicht mehr. Er war eingeschlafen.

Vermutlich wären sie bis zum Morgen so liegengeblieben. Aber plötzlich öffnete sich die Tür. Eine tiefe Stimme fragte: «Trinken Sie immer in dieser Haltung?»

Es waren zwei Polizisten vom Revier, die uns schon oft die Polizeistunde verkündet hatten. Ralf und ich begrüßten sie, und sie nahmen uns hoch an ihre breiten Figuren.

«Es ist so viel bequemer», sagte Dan.

«Ah, der Herr Kommissar! San mir aa do?»

«Ja, mir san aa do. Können Sie vielleicht mal diesen Tresen und diesen narrischen Kerl von uns wegnehmen?»

Die Wachtmeister hoben das Regal auf, dann Eugen, dann die Theke. Dan und Paul kamen hoch. Auch Otmar erwachte wieder.

«Was habt ihr denn gemacht, ihr Idioten?» murmelte er. «Ich dachte, ich wäre schon zu Hause.»

Sie sahen allesamt aus wie die Fliegenpilze.

«Das war mein bestes Hemd», sagte Paul. «Wie soll ich meiner Familie unter die Augen treten?»

«Kalterer See», sagte Eugen. «Ausgezeichneter Rotwein. Drei achtzig die Flasche. Willst du eine mitnehmen?»

«Was ist denn passiert?» fragte der Hauptwachtmeister. Keiner konnte es genau sagen.

Mit Hilfe der Polizisten räumten sie die Trümmer beiseite. Auch ich fand noch ein zerbrochenes Ei und trat auf eine Ölsardine. Dann setzte man sich zur letzten Runde nieder.

«Kameraden», sagte Paul, «wir haben gekämpft bis zum letzten. Ein übermächtiger Gegner hat uns gefällt. Ewiger Ruhm unserem Andenken. Ewiges Andenken unserem Ruhm. Unser Dank der Polizei, die uns wieder aufrichtete und uns aus aussichtsloser Lage befreite.»

Sie stießen mit den Polizisten an. Dann schüttelte jeder jedem dreimal die Hände.
Draußen war es warm und windstill. Paul hatte Ralf an der Leine und Dan mich. Ein Stück weit mußten wir zusammen gehen. Keine einfache Sache, wie sich herausstellte. Sie stießen aneinander und an die Hauswände. Wir hatten Mühe, sie an den Leinen vorwärts zu ziehen.
Unter der letzten Laterne umarmten sie sich und schworen, sich nie zu verlassen. Dann schlingerten wir nach verschiedenen Richtungen weiter. Dan fuhr mit dem Aufzug erst in den Keller. Im Schlafzimmer zog er seine Jacke und einen Schuh aus. Eva war nicht da, sie schlief bei ihren Eltern, von wegen der Moral. Dan fiel aufs Bett und war weg. Ich kroch ans Fußende und bohrte mich unter die Decke. Eine Weile hörte ich noch, wie er atmete, und ich roch den gasförmigen Alkohol, der sich sachte um uns ausbreitete.
«Eva, Liebling», murmelte Dan im Schlaf.

Trotz dieser nächtlichen Koseworte passierte kurz darauf die Geschichte, die uns später den großen Kladderadatsch bescherte und unseren Haussegen so bedenklich ins Wanken brachte – von einer furchtbaren Keilerei und einem zertrümmerten Lokal ganz abgesehen. Dan war verlobt und hatte das beste Mädchen der Welt. Aber der Teufel ist dauernd um einen herum, und ein richtiger Mann kann's nun mal nicht lassen. Ich weiß das von mir.
Es fing damit an, daß Dan nach Dienstschluß noch eine Arbeit zu erledigen hatte. Man soll eben keine Überstunden machen. In einem Hotel hatte ein Spezialist in den Zimmern von Frauen reicher Männer die Brillanten eingesammelt, wahrscheinlich auch wegen des sorglosen

Lebensabends. Nun hatten sie ihn geschnappt, und er hatte alle Aussichten, die Pension vor Erreichung der Altersgrenze zu bekommen. Dan mußte noch einmal in das Hotel, um ein paar Fragen zu stellen.

Es war ein milder Abend. Ich schlenderte an der Leine gemächlich neben Dan her. Um uns herum eilten die Werktätigen in Scharen nach Hause. Auf der Straße stauten sich die Autos, und die Polizisten machten Freiübungen wie Vorturner. Uns focht das nicht an.

Wir kamen weiter ins Zentrum hinein. Das Hotel war ein erheblicher Kasten, beinahe so groß wie der Bahnhof, und es lag im teuersten Viertel. Kein Wunder, daß sich hier die Brillanten ansammelten.

Am Eingang war eine Drehtür. Ich drängte mich mit Dan durch und klemmte mir eklig den Schwanz bei der Geschichte. Ich wollte laut heulen, aber im Innern herrschte eine so vornehme Luft, daß ich mich zusammennahm und so tat, als käme ich jeden Tag dreimal mit dem Schwanz in die Drehtür.

In der Halle lag ein Teppich, in den ich bis über die Pfoten hineinsank. Um niedrige Tische standen Sessel, in die zwei Generaldirektoren nebeneinander gepaßt hätten. Von den Fenstern hingen weinrote Vorhänge herab mit ungeheuren Troddeln. Man würde drei bis vier Stunden brauchen, um eine zu zerfressen. Rechts war der Empfangsschalter. Dahinter ragte der Portier empor wie das Denkmal auf dem Königsplatz. Er trug gekreuzte goldene Schlüssel auf dem Kragen, und seine Augen sahen alles. Natürlich auch mich.

Wir kämpften uns durch den Teppich zum Schalter hinüber. Der Portier geruhte, sich uns zuzuwenden. Seine Stimme verriet, daß er von Dan noch kein Trinkgeld bekommen hatte.

«Bitte sehr, mein Herr?»
«Kommissar Nogees», sagte Dan unbewegt. «Möchte zu Herrn Direktor Bedenk. Bin für halb sechs bestellt.»
Der Potier schien es zunächst nicht für möglich zu halten, daß der Direktor sich mit solchen Leuten wie uns abgeben wollte. Reine Angabe. Schließlich war der Brillantendieb auch reingekommen. Nicht gerade die beste Reklame für das Unternehmen. Sie sollten froh sein, daß Dan sich darum gekümmert hatte.
«Wenn Sie sich einen Augenblick gedulden wollen», sagte der Portier. «Ich rufe durch.»
Dan geduldete sich. Er rief durch.
«Ein Herr Nogees, Herr Direktor. Von der – hem – Polizei. Gibt vor – wie? Selbstverständlich, Herr Direktor. Sehr wohl, Herr Direktor.»
Er hing ein. Sein Antlitz strahlte jetzt etwas mehr Wohlwollen aus.
«Der Herr Direktor erwartet Sie. Bitte rechts an der Treppe vorbei, durch die Tür, rechter Gang. Hinter der ersten Tür finden Sie Herrn Direktor Bedenk.»
«Ohne Bedenken», sagte Dan.
Der Portier blieb sprachlos zurück. Fast wären ihm die Schlüssel vom Kragen gefallen.
Im Hintergrund der Halle führten zwei Treppen nach oben. Elfenbein und Gold. Dazwischen hing ein Lüster von der Decke, an dem eine Glasfabrik ungefähr ein halbes Jahr gearbeitet haben mußte. Würde niedlich knallen, wenn er herunterkam. Wir wollten gerade an der rechten Treppe vorbei. Da passierte es. Es kam nicht etwa der Lüster herunter.
Wir sahen sie.
Sie schritt die Treppe hinab, auf den hochhackigsten Schuhen, die ich jemals gesehen hatte. Ihr Kleid hatte die Farbe

der Treppe, mattes Elfenbein mit Goldstickerei. Um die Taille trug sie einen breiten goldenen Gürtel. Ich glaube, sogar ich wäre mit den Vorderbeinen um diese Taille herumgekommen. Der Rock des Kleidchens stand von ihren Beinen ab, ziemlich sündhaft schönen Beinen. Er wippte bei jedem Schritt. Ich war viel niedriger als Dan und konnte die Spitzen des Unterrockes sehen. Eva hatte auch solche. Petticoat nannte sie sie.
Das Mädchen war weißblond, mit schrägen Augen und einem Lippenstift wie Otmars Sonnenuntergänge. Ihr Gesicht war glatt und süß, aber sie versuchte, ebenso hochmütig auszusehen wie der Portier, und das stand ihr nicht richtig.
In der rechten Hand trug sie eine runde, starre Ledertasche, auch Elfenbein. Links führte sie eine weiße Spitzin an der Leine. Sie trug ein goldenes Halsband, sah aus wie gehäkelt und tat vornehm wie ihre Herrin. Sie schwebten die Treppe hinab, ein Titelbild für eine Modezeitung. Ich gebe mich kaum mit minderwertigen Rassen ab. Andererseits ist es ganz interessant, eine neue Bekanntschaft zu machen. Ich blieb stehen, um an dem Spitz zu schnuppern. Auch Dan wartete und schielte nach den Beinen des Mädchens.
Das Weitere ging ganz zwanglos vor sich.
Die Spitzin kläffte und wich vor mir nach rechts aus. Immer kläffen diese Viecher. Ihre Leine geriet zwischen die Füße des Mädchens. Mit einem der gefährlichen Absätze blieb die holde Göttin hängen. Sie strauchelte und fiel vornüber die Treppe hinunter.
Dan ist äußerst wach, wenn er nüchtern ist. Er ließ mich los und kam gerade zurecht. Das elfenbeinerne Mädchen fiel ihm gezielt in die Arme. Puder bestäubte uns. Die Tasche fiel herunter und auf die Spitzin. Auch sie verlor das Gleichgewicht und rollte zu mir herunter. Ungehin-

dert konnte ich sie beschnuppern. Manchmal brauchte man sich gar nicht zu bemühen, und die Frauen rollen nur so um einen herum.

Dan hatte seine Arme um die Dame geschlungen und schien so verharren zu wollen. Ihre Gesichter waren dicht voreinander. Das Mädchen hatte Mühe, die Unnahbarkeit wieder anzulegen. Aber sie schaffte es.

«Würden Sie mich vielleicht wieder loslassen?» fragte sie mit Tiefkühlstimme.

«Ungern», sagte Dan. Er faßte sie unter die Achseln und stellte sie auf die Füße.

«Sehr freundlich», sagte sie.

«Gern geschehen. Wann kommen Sie wieder hier herunter? Wir stellen uns hin.»

«Ich werde den Fahrstuhl nehmen. Wegen Ihres Hundes hätte ich mir bald den Hals gebrochen.»

Natürlich. Immer ich.

«Er ist Junggeselle», sagte Dan. «Spitze irritieren ihn. Dafür habe ich Sie aufgefangen.»

Sie warf die Nase höher.

«Ich werde es nie vergessen.»

«Das will ich hoffen», sagte Dan. «Aber das genügt nicht. Gehen Sie in die Bar?»

«Wie kommen Sie darauf?»

«Sie wird um halb sechs geöffnet. Sie haben ein durstiges Gesicht. Das Kleid sieht aus wie Champagner-Flip.»

Ihre schrägen Augen wurden etwas weiter.

«Sind Sie ein Detektiv?»

«Nein. Ich habe ein Institut für Eheanbahnung. Ich muß zum Direktor. Er sucht eine Frau. Netter Mensch, aber Hunde kann er nicht ausstehen. Ist mal gebissen worden. Würden Sie diese Quelle allen Übels mit in die Bar nehmen und aufbewahren, bis ich erscheine?»

Du frecher Hund, dachte ich.
Sie zögerte. Ihre Augen tasteten an Dan herum. Schien ihr zu liegen, der Herr. Er nahm sie auch richtig. Dan hat einen angeborenen Instinkt für Mädchen. Könnte ein Dackel sein.
Sie mußte erst noch ein bißchen in Abwehr machen.
«Und wenn ich nicht in die Bar gehe?»
«Wird der Direktor mich rauswerfen und ledig bleiben. Denken Sie an die arme Frau.»
«Benimmt er sich anständig?»
«Der Direktor?»
«Ihr Hund.»
«Er hat erst kürzlich in einem Höflichkeitswettbewerb gesiegt. Er kann Klavier spielen, und nächstes Jahr kommt er auf die Volksschule.»
«Hören Sie auf.» Sie nahm meine Leine. «Aber nicht zu lange, ja?»
«Keine Sorge. Bis nachher, Blasius.»
Bis nachher, du Gauner, dachte ich. Hält man so was für möglich?
Dan ging um die Treppe herum und verschwand. Das Mädchen lächelte leise.
«Komm, Blasius», sagte sie. «Los, Topsy!»
Ich trottete mit. Der Schwanz tat mir immer noch weh, aber ich hielt ihn vorschriftsmäßig, um anständig auszusehen.
Topsy wandelte neben mir her, hundgewordener Hochmut. Die Eifersucht plagte sie. Frauen können niemanden neben sich sehen.
Mich störte das in keiner Weise. Ich stieß ungeniert mit ihr zusammen und trat ihr auf die Füße. Man mußte sie ähnlich behandeln wie ihr Frauchen.
Wir erreichten die Bar. Sie war in Blau und Silber gehal-

ten. Der Bartresen schwang sich wie ein großes Fragezeichen an der Wand entlang. Die Stühle davor hatten niedrige Lehnen, um die Gäste besser bei der Stange zu halten. Der Mann hinter der Bar trug eine kurze, blütenweiße Jacke, hatte ölglänzendes Haar und die Bewegungen eines älteren Truthahns. Hinter ihm glitzerten die Flaschen in dichter Linie und spiegelten sich in der Rückwand des Regals.

Der Mixer lächelte unter seinem Schnurrbart, als er unsere Prozession kommen sah.

«Hallo, Fräulein Reni – Topsys Bräutigam?»

«Nein. Nur geliehen.»

«Aha. Ich dachte, Sie wollen 'ne neue Rasse züchten. Komische Mischung, wirklich.»

Warte ab, wie deine Kinder aussehen werden, dachte ich.

Das Fräulein Reni schwang sich lässig auf einen Barstuhl und reichte dem Truthahn ihr Händchen.

«Tag, Bob. Wie immer.»

«Okay.»

Er fing an, mit Flaschen, Gläsern und Zitronen zu jonglieren. Es ging lautlos, und nichts fiel herunter. Zum Schluß goß er alles zusammen in einen silbernen Becher und schwenkte ihn in der Luft herum. Dann füllte er ein Glas für Reni. Sie trank ziemlich viel davon.

Er fragte: «Schluß für heute?»

«Hm. Hab auch genug. Vierundfünfzig Aufnahmen von siebzehn verschiedenen Kleidern.»

«Das langt. Wer hat geknipst?»

«Rolf.»

Er wies auf mich.

«Sein Hund?»

«Nein. Gehört einem Heiratsvermittler.»

Er hörte auf, sein Glas zu polieren.

«Wollen Sie heiraten, Reni?»
«Um Gottes willen. Seh ich so aus?»
«Viel besser.»
Während sie oben weiterredeten, versuchte ich, mich Topsy auf dezente Weise zu nähern. Ich stupste die Schnauze in ihr Fell und tätschelte sie mit den Pfoten. Sie wollte mich kalt abfahren lassen, aber schließlich bin ich der Hund meines Herrn. Sie fletschte die spitzen Zähnchen und knurrte gefährlich. Das beeindruckte mich kaum. Ich schlug ihr mit der Pfote auf die Nase. Sie wollte mich beißen, aber ich nahm die Ohren rechtzeitig weg, und sie biß ins Freie. Das machte sie noch wütender. Sie fing an zu fauchen.
«Was ist denn?» rief Reni von oben. «Könnt ihr keine Ruhe halten? Topsy, benimm dich!»
Topsy war kurz vor dem Zerplatzen. Ich grinste sie freundlich an und leckte ihr quer über das Gesicht, als sie nicht aufpaßte.
Allmählich gab sie auf und wurde vernünftig. Sie ließ sich anfassen und knurrte nicht mehr. Eigentlich war sie ganz nett und roch gut. Nur ihr Getue hätte sie erst loswerden müssen. Immer dasselbe mit den Weibern.
Im nächsten Augenblick schwang die Glastür herum, und der Heiratsvermittler trat herein. Der Barmixer blickte auf und rief: «Grüß Gott, Herr Kommissar!» Dan kam heran, fröhlich feixend. Renis Gesicht überzog sich mit Eisglasur.
«'n Abend, alter Giftmischer. Meine Dame – wie ich sehe, haben Sie alles für Blasius getan. Ich bin tief in Ihrer Schuld.»
«Sie sind ein Lügner», sagte Reni.
«Jawohl», antwortete Dan. «Ich höre von morgens bis abends Lügen. Das verdirbt den besten Charakter. Sind Sie enttäuscht? Vermitteln kann ich Sie trotzdem . . .»

Sie stand unmittelbar vor der Explosion, wie vorher ihr Hündchen.
«Der Direktor ist schon verheiratet», fuhr Dan fort, «aber ich hätte da einen älteren Apotheker . . .»
«Bitte, nehmen Sie Ihren Hund. Ich muß jetzt gehen.» Sie war sauer wie eine Kiste Zitronen. Ich mußte wieder mal einspringen. Dan zog mich hoch auf seinen Schoß.
«Blasius», sagte er, «bitte mal die schöne Frau recht innig, daß sie uns verzeiht und noch ein bißchen bleibt.»
Ich setzte mich auf die Hinterbeine und schlug mit den Pfoten aneinander. Dazu machte ich die traurigsten Augen der Welt. Es fiel mir leicht, weil der Schwanz in dieser Haltung besonders an die Drehtür erinnerte. Das Eis verschwand von Renis Gesicht. Sie faßte mich am Ohr.
«Fein, Blasius. Du bist viel netter als Herrchen.»
«Ja, er ist viel besser als Herrchen. Dann schlage ich vor, daß wir einen freundlichen Whisky miteinander trinken. Bob, reich uns drei solche.»
«Sofort», sagte Bob.
«Ich heiße Nogees», sagte Dan zu Reni. «Wenn Ihnen mal was gestohlen wird, rufen Sie mich an. Sie kriegen es zwar nicht wieder, aber ich freue mich immer.»
Bob brachte die Gläser.
«Sitzt der Kerl fest, Herr Kommissar?»
«Ziemlich. Es wird schon Maß genommen für seinen neuen Anzug. Prost!»
Sie tranken. Ich sprang wieder herunter zu Topsy, die schon schmollte. Dan fragte: «Und was tun Sie, wenn Sie nicht hier sitzen?»
«Raten Sie.»
«Sie führen schöne Kleider spazieren. Vor Damen, denen sie nicht passen, und vor ihren Männern, die sie trotzdem bezahlen müssen.»

Reni staunte. «Woher wissen Sie das schon wieder?»
«Ganz einfach», sagte Dan. «Es wäre ein Jammer, wenn man diese Figur nicht dazu benutzen würde.» Das ging ihr lieblich hinunter.
«Sie scheinen ein guter Detektiv zu sein.»
«Sagen Sie das meinem Chef.» Dan trank aus und sah zur Uhr. «Bob, die Rechnung. Heute ist der achtundzwanzigste.»
Bob lächelte und schrieb.
«Gehen Sie noch ein bißchen spazieren?» fragte Dan. «Frische Luft pfirsicht die Wangen.»
Reni kam mit. Wir verließen die blausilberne Bar und wanderten langsam vom Hotel weg. Wir gaben einen guten Gegensatz ab, zwei helle Damen und zwei dunklere Herren. Renis Hochmut war weg, und Topsy trippelte brav neben mir und wich nicht mehr aus, wenn ich zu nahe kam. Ich konnte schon bald mit Mädchen umgehen wie Dan.
Ein paar Straßen weiter mußte Reni nach links und wir geradeaus.
«Kommen Sie immer mal in diese Bar?» fragte Dan.
«Immer mal.»
«Hm. Habe den Eindruck, daß Blasius Topsy gern wiedersehen würde. Und der Whisky ist gut dort, nicht?»
«Sehr gut.»
«Man sollte ihn öfter trinken.»
«Das sollte man.»
«Also auf Wiedersehen», sagte Dan. «Und immer schön langsam die Treppen runtergehen.»
Reni antwortete nicht, aber ihre schrägen Augen guckten schon ziemlich interessiert auf Dan.
«Wiedersehen», sagte sie.
Dann schwebte sie mit Topsy davon, diesmal die Rück-

seite des Modejournals, und wir starrten noch eine Weile hinterher. Ich sah sie eher wieder als Dan.

Ungeachtet dieser Anfechtungen, wie sie jedem aufrechten Manne begegnen können, rückte Dans Hochzeit mit Eva unaufhaltsam näher. Zwei Tage vorher veranstalteten wir einen zünftigen Polterabend. Dan hatte inzwischen die neue Behausung bezogen. Alle lieben Freunde kamen und zerschlugen eine halbe Porzellanfabrik. Otmar opferte einen buntschillernden Nippespapagei aus dem Nachlaß seiner Großmutter. Das Vieh war ihm längst ein Dorn im Auge gewesen. Nur die Pietät hatte es vor Schaden bewahrt. Jetzt war Gelegenheit, sich seiner zu entledigen. Eugen hatte aus der Kneipe die Black-and-White-Hunde aus Gips mitgebracht und zerschlug sie bekümmert, aber gründlich. Eva rang die Hände und hielt sich zwischendurch die Ohren zu. Als Paul und Dan den ersten Waschkorb voll Porzellanscherben hinuntertransportierten, rutschten sie auf der Treppe aus und landeten mit der Ladung vor der Wohnungstür des Hauswirtes, obwohl man dort längst verheiratet war und keinen Polterabend hatte. Es knallte wie eine mittlere Wasserstoffbombe.
Ich lief die halbe Treppe hinunter.
Paul und Dan saßen zwischen den Scherben. Der Hauswirt steckte den Kopf aus der Tür und nickte.
«Meißen figürlich, wie?»
«Achtzehntes Jahrhundert», sagte Paul und zog den Porzellanschwanz von Otmars Papagei aus seiner Hemdbrust. «Ich hoffe, Sie sind nicht erschrocken.»
«Keine Spur», sagte der Hauswirt. «Ich war bei der schweren Artillerie. Meine Frau ist verreist.»
«Das Beste was sie tun konnte», murmelte Dan.

«Paul», rief Eva von oben, «ist etwas passiert?»
«Nicht das geringste», erwiderte dieser.
Sie klaubten die Scherben zusammen und luden den Wirt ein, mit nach oben zu kommen. Er ergriff eine Cognacflasche und tat es. Noch zweimal mußten sie mit dem Korb hinunter. Dann war der Trümmerhaufen beseitigt, und sie konnten sich stärken.
Zwischen den einzelnen Runden priesen sie Evas Schönheit und Dans vortreffliche Wahl. Auch ich, als eigentlicher Stifter des jungen Glückes, wurde gebührend geehrt. Dan erzählte noch einmal meine Geschichte, wie ich zu Eva ins Auto gestiegen war, wie er sie dadurch kennengelernt hatte, wie ich Ritas verschwundene Kette wiedergefunden hatte – im Garten, denn wir hatten ja versprochen, Johnny nicht zu verraten. Als er fertig war, erhoben sie die Gläser und tranken auf mich und auf alle Langhaardackel im Lande. Da war ich sehr stolz.
An diesem Abend machten wir früher Schluß, um den Anstrengungen des nächsten Tages ausgeruht begegnen zu können. Auch dem Hauswirt war das recht, denn er wußte nicht ganz genau, wann seine Frau zurückkommen würde. So brachen sie auf und verließen uns, und kleine Porzellansplitter knirschten unter ihren Sohlen.
Als wir erwachten, war der große Tag da.
Die Trauzeugen erschienen pünktlich und frischgewaschen.
Bei Dan und Paul merkte man nichts vom Polterabend. Nur Eugen schien in der Kneipe noch etwas flüssigen Mut zu sich genommen zu haben, obwohl er gar nicht heiraten mußte. Er hielt das Kreuz ein bißchen zu steif und vermied, den Leuten direkt ins Gesicht zu reden. Meiner Nase nach war es Rum, der ihm entströmte.
Eva sah wunderschön aus.

Sie trug ein schwarzes Kostüm, schlicht und raffiniert, sie roch fabelhaft, und ihre Augen leuchteten. Dabei war sie ruhig wie ein Museumsdiener, als wäre das ihre vierte Hochzeit. Dan trug ein Ding, das aus einer schwarzen Jacke und einer schwarz-grau gestreiften Hose bestand. Ich kannte ihn kaum wieder. Er war bedeutend aufgeregter als Eva. Er konnte nicht sitzen und fingerte dauernd an der Krawatte herum.

Wir alle betrachteten ihn mit Sorge. Beim Heiraten machen die Frauen eine viel bessere Figur.

Ralf und ich hatten unsere guten Halsbänder um und waren frisch gebürstet, wie es sich für einen so feierlichen Tag gehörte. Wir saßen nebeneinander auf meinem Fensterbrett und sahen zu, wie die Gesellschaft Kaffee trank. Anschließend mußten sie etwas warten, weil Evas Nägel noch nicht ganz trocken waren. Die Herren benutzten die Gelegenheit, einen stärkenden Cocktail zu sich zu nehmen. Es war für Dan der letzte in Freiheit, und er trank ihn mit Wohlbehagen und besonderer Andacht.

Dann ging es los. Wir benutzten Evas offenen Wagen, den ich so gut kannte. Mit Dans Arche wären wir nicht bis zum Standesamt gekommen. Dan fuhr, Eva saß neben ihm. Hinten thronten Paul und Eugen, und wir hatten uns neben sie gequetscht und hielten uns mit den Pfoten am Rand fest. Es war ein feiner Tag mit viel Sonne. Den Herren lief der Schweiß in ihre weißen Kragen. Unterwegs wollte Eugen raus und ein Bier trinken, aber es war schon zu spät. Unsere Ohren flatterten im Wind, und ab und zu winkten die Leute und Dan winkte lässig zurück, als führe er die Tour alle Tage.

Vor dem Standesamt stand auch einiges Volk herum. Die gewerbsmäßigen Zuschauer. Als wir ausstiegen, sagte ein alter Mann zu seiner Frau: «Schau, Alte, die Dummen werden nicht alle», und ein junger Bengel murmelte: «Junge, Junge, schicke Puppe!» Damit meinte er Eva. Dan war zu aufgeregt, um es zu hören. Wir schritten in würdiger Haltung den Gang hinunter. Es roch nach Fußbodenöl und Beamten. Paul suchte die richtige Tür, und dann mußten wir warten.

Es dauerte eine Weile, bis ein ernst blickender Herr uns aufrief. Leider durften Ralf und ich nicht mit in das Zimmer. Eugen machte unsere Leinen an den Stühlen fest und ermahnte uns, die Würde des Hauses zu wahren und keinen Unfug zu treiben.

Paul klopfte Dan auf die Schulter.

«Mut, alter Freund», sagte er.

Dann schloß sich die Tür hinter ihnen.

Ralf und ich warteten mit gespannter Ungeduld. Ein junger Schäferhund kam mit ein paar Leuten vorbei. Ich spiele sonst gern mit ihnen, aber diesmal beachteten wir ihn nicht. Die Stunde war zu ernst.

Ich überlegte mir, wie Dan zumute sein mochte bei dieser amtlichen Handlung. Wir hatten es viel einfacher, wenn wir eine Frau nehmen wollten, aber bei den Menschen geht alles furchtbar kompliziert zu. Wahrscheinlich liegt es auch daran, daß es von ihnen so viele gibt, während wir doch ein kleiner und exklusiver Haufen sind.

Im großen und ganzen war ich sehr zufrieden. Mit Eva hatte Dan einen sehr guten Fang gemacht. Sie war lieb und bildschön, und wenn sie mit mir durch die Stadt gegangen war, hatten die Männer sich die Hälse verdreht, so ein auffallendes Paar waren wir. Durch die geschlossene Tür hörte ich allerhand Gemurmel. Nach einer Pause kam ganz schwach, aber unverkennbar das Geräusch von Küssen. Dann ertönte Gelächter. Die Tür sprang auf. Eva und Dan kamen mit glückstrahlenden Gesichtern heraus,

gefolgt von den Trauzeugen und dem Standesbeamten. Er trug einen Eckenkragen und schien Junggeselle zu sein, denn an seiner Weste fehlte ein Knopf.
Ich rannte auf unsere verheirateten Besitzer los und zerrte den Stuhl hinter mir her. Dan machte mich los und nahm mich hoch, und Eva küßte mich auf die Nase, vor allen Leuten.
Wir stiegen ein und fuhren in ein Hotel, wo die Ober noch vornehmer aussahen als die Gäste. Im ersten Stock, in einem kühlen Zimmer, gab es ein solides Mittagessen, auch für Ralf und mich. Währenddessen erzählten sie, was sich im Zimmer im Standesamt abgespielt hatte. Während seiner Ansprache hatte der Beamte wiederholt mißbilligende Blicke auf den Trauzeugen Eugen geworfen, weil der Geruch nach Rum unverkennbar aus dessen Richtung kam. Eva hatte natürlich mit ihrem Mädchennamen unterschrieben und Dan in der falschen Spalte.
Na, nun hatten sie es hinter sich.
Das Essen war ausgezeichnet. Ralf und ich aßen von einem goldgeränderten Teller mit der Aufschrift «Grand Hotel Excelsior». Ralf blickte ungeheuer vornehm drein, aber seine Ohren hingen ihm trotzdem in den Reis hinunter.
Am Nachmittag war Ruhepause. Ich schlief unter meinem vollen Bauch außerordentlich fest. Als ich erwachte, war die Sonne nur noch matt, und Dan war schon im Badezimmer und sang sein altes Lied unter der Brause: «Heimat, wann werde ich wieder dich seh'n.»
Eine Stunde später fuhren wir in unserem uralten Schlitten zum Haus von Evas Eltern. Dort sollte das große Fest steigen, mit den lieben Verwandten. Evas Vater durfte es bezahlen. Schöne Mädchen sind immer teuer.
Das Haus war ein ganz stattlicher Kasten mit einer hellen

Fassade und funkelnden Fenstern. Ralf und ich besichtigten es von innen, während die Gäste sich versammelten und Dan zu seinem angetrauten Weibe rannte. Mein Eindruck, daß die Familie Geld haben mußte, bestätigte sich, und das beruhigte mich sehr. Bei reichen Leuten fühlt man sich sicherer. Ich hatte oft genug gesehen, daß man in der Wahl seiner Besitzer und deren Angehörigen nicht vorsichtig genug sein konnte. Halten Sie mich nicht für ein Opfer des Wirtschaftswunders und für einen Angeber. Aber Armut steht unserer Rasse schlecht. Wir, mit unserer Erscheinung, machen uns am besten in vornehmen Häusern und gepflegten Wohnungen, mit lautlosen Cabriolets vor den Türen und mit Teppichen im Inneren, die wirklich einen Verlust bedeuten, wenn man sie zernagt.
An solchen war auch kein Mangel im Haus. Ich merkte mir die verschwiegene Ecke eines lichtblauen Persers unter einem Ledersessel vor. Auch Ralf fand etwas Passendes für sein neues Gebiß nach den Milchzähnen. Dann kehrten wir ins Festzimmer zurück und sahen uns die Hochzeitsgesellschaft näher an.
Die beiderseitigen Schwiegereltern kannte ich schon. Im Anfang hatten sie sich angesehen wie die Oberhäupter feindlicher arabischer Wüstenstämme. Jeder von ihnen gab sich Mühe, dem anderen zu zeigen, welches Opfer es für ihn bedeute, Mitglied dieser Familie zu werden.
Heute abend ging es schon besser. Die Schwiegerväter standen an der Hausbar, hatten glänzende Nasen und erzählten sich gedämpften Tones unanständige Witze. Die Schwiegermütter in Satin und Schmuck fanden so viel Gemeinsames in ihren Naturen und waren untröstlich über die Jahre, die sie verbracht hatten, ohne einander zu kennen. Die Verwandten und Bekannten berochen sich eifrig. Die Männer befragten sich hinterlistig über die

gegenseitigen Berufe und Einkommensverhältnisse und atmeten erleichtert auf, wenn sich herausstellte, daß sie in verschiedenen Branchen tätig waren. Die Damen taxierten sich mit blitzschnellen Blicken und registrierten, wer wem gefährlich werden könnte und wer nicht. Ralf und ich krochen zwischen den vielen Beinen herum, wurden bestaunt und «Waldi» genannt und an den Ohren gezogen. Ich war froh, als zur Tafel gebeten wurde.
Der ganze Haufen ließ sich an dem weißen, glitzernden Hufeisen von Tisch nieder. Dan und Eva saßen in der Mitte, und Stolz erfüllte mein Herz, als ich sie sah. Unsere alte Garde aus der Bierklause war vollzählig vorhanden. Eugen hatte seine Rosel mit, die zukünftige Wirtin. Er sah aus, als rechne er dauernd nach, was ihn die eigene Hochzeit kosten würde.
Otmar, unser Malgenie, in dessen Atelier die Skatabende stattfanden, war mit seiner Braut Putzi da. Auch ihm stand bevor, was Dan jetzt durchmachte. Sein Künstlerbart hinderte ihn nicht, unglaubliche Mengen mit größter Geschwindigkeit zu essen. Dafür ließ er sehr viel für uns unter den Tisch fallen. Putzi genierte sich und stieß ihn laufend in die Seite.
Und schließlich saßen Paul und Gerda da, die Besitzer meines Herrn Bruders. Sie hatten ihre Hochzeit lange hinter sich. Eva und Dan hatten sich viele Ratschläge von ihnen geholt. Sie wollten nicht alle Fehler noch einmal machen. Nur die schönsten.
Das Menü entsprach meinen Erwartungen. Obwohl wir in der Küche bereits ausgiebig verpflegt worden waren, schlichen wir unter dem Tisch herum und klopften den Gästen dezent mit den Pfoten an die Schienbeine. Die meisten waren so intelligent und taktvoll, unauffällig einiges von dem gerade laufenden Gang herunterzureichen.

Nur ein paar erwiesen sich als völlig unbegabt und riefen mit schallender Stimme:
«Ja, was willst du denn, Hunderl?»
Mancher lernt es eben nie.
Unter dem Tisch war es ganz interessant. Wir sahen die untere Hälfte der Gesellschaft. Smokinghosen und Lackleder, seidene Röcke über schönen Beinen und weniger schönen. Mit denen von Eva konnte keine andere mit. Ich marschierte zweimal herum, aber es blieb dabei. War ja auch meine Entdeckung, das Mädchen.
Oben war die Gesellschaft beim geeisten Fruchtsalat mit Maraschino angelangt. Bei den Getränken war der Fortschritt entsprechend. Die Gespräche wurden allgemein verständlich. Einige der Damen waren unbemerkt aus den Schuhen gekrochen und rieben die niedlichen Füßchen aneinander. Ich zwinkerte Ralf zu, und wir verschleppten lautlos etliche Pumps und Goldbrokatlatschen und sammelten sie dort, wo Evas späte Tante Magdalene saß. Es sah aus wie eine Kollektion von Salamander. Dann setzten wir uns in die Nähe der Tür, von wo aus man den Tisch gut übersehen konnte. Kurz darauf wurde die Tafel aufgehoben. Etliche der holden Teilnehmerinnen blieben verlegen sitzen, fummelten mit den Füßen unter dem Tisch herum und bekamen rote Köpfe. Ihre Begleiter sahen nach unten und entdeckten Tante Magdalenes Schuhsalon. Es dauerte eine Weile, bis sie ihn als unser Werk erkannten.
«Ach, die lieben Tierchen», sagte Tante Magdalenes Mann und knirschte mit den Zähnen, und Evas Vater rief mit dröhnender Stimme, es sei komisch, daß die Damen ihre Schuhe alle eine Nummer zu klein kauften.
Anschließend wurde getanzt und getrunken. Eva war ununterbrochen beschäftigt. Die Gäste zirkulierten durch

die Räume, und wir zirkulierten mit. Unter anderem besichtigten wir den Tisch mit den Geschenken.
Für manches Verbrauchsmaterial war der Ersatz gleich mitgeschenkt worden. Ich sah vier Teesiebe, drei Bügeleisen, acht Blumenvasen und zwei Kaffeemühlen. Geschirr und Tischdecken würden für die Enkelkinder noch ausreichen, soweit ich sehen konnte. Auf Babywäsche war taktvoll verzichtet worden, nur ein Spaßvogel hatte den Katalog eines Hauses für Säuglingsausstattung hingelegt.
Auf meinem Weg stieß ich auf Tante Wilhelmine. Ihre zwei Zentner waren ihr beim Tanzen hinderlich. Deswegen saß sie lieber und redete. Als Zuhörer hatte sie sich den jungen Doktor Becker gegriffen, der aus Anstand mit ihr eine Runde hatte drehen wollen. Jetzt war er festgenagelt, denn die Tante tat nichts lieber, als einem Arzt ihre Beschwerden zu schildern. Und das waren Beschwerden! Sie gehörte zu den Frauen, die seit ihrer Geburt keinen Bissen gegessen und keine Nacht ein Auge zugetan haben, aber dennoch kaum durch die Türen passen und nachts schnarchen, daß die Gardinen wedeln. Doktor Becker mußte sich das anhören, ohne Aussicht auf Bezahlung oder Krankenschein. Er rutschte auf seinem Stuhl herum und warf flehende Blicke in die Gegend. Ich beschloß, ihn zu retten.
Ich nahm einen kurzen Anlauf und sprang auf seinen Schoß. Leider hatte ich mich mit dem Schwung etwas verkalkuliert. Mit der Schnauze stieß ich sein Sektglas um, das dicht neben ihm auf dem niedrigen Tisch stand. Die Tante wurde nicht getroffen, aber der Sekt lief über die Decke, und das Glas zerfiel in zwei Teile, Stiel und Kelch. Die Hausfrau kam, und nun besprachen sie ausführlich das Unglück und kamen dann auf die Ungezogenheiten von Dackeln. Währenddessen konnte Doktor Becker sich

unauffällig verdrücken und mit Evas Cousine tanzen, zu der er während der Krankengeschichte ständig hinübergeblickt hatte. Auch ich empfahl mich lautlos, zufrieden mit der Aktion.

Später bildeten sich kleinere Gruppen und Interessengemeinschaften. Ich schlich überall herum und hörte manches Interessante.

In einer Ecke, hinter irgendeinem ausländischen Gewächs mit riesigen Blättern, saßen Dans Mutter und Eva und berieten die Gebrauchsanweisung des Sohnes und Ehemannes.

«Er ist ein guter Junge», sagte Mutti, «echt und gerade heraus. Du merkst sofort, wenn er schwindelt. Außerdem schwindelt er nie. Leider ist er mein Einziger geblieben. Hat immer alles für sich gehabt, nie teilen müssen, nie abgeben. Er kann furchtbar dickschädelig sein und eigensinnig. Wie sein Vater. Nur richtig behandeln, das ist alles. Laß ihn glauben, seine Ansichten wären die einzig brauchbaren. So hab ich es mit seinem Vater gemacht. Dann kannst du ihn um den Finger wickeln. Und wenn es mal nicht anders geht, machst du ihm einen richtigen Krach, dann ist alles in Ordnung. Gibst du mir noch ein Glas Sekt, Kleines?» Dann tranken die Damen. Ich schlenderte hinüber ins Herrenzimmer, wo Dan mit Evas Vater hinter einer Whiskyflasche versammelt war.

«Sie ist ein Prachtmädchen», sagte unser Schwiegervater, «echt und gerade heraus. Schwindeln tut sie natürlich, wie alle Weiber, aber du merkst es sofort. Leider ist sie meine Einzige geblieben. Hat immer alles für sich gehabt, nie teilen müssen, nie abgeben. Sie kann furchtbar dickschädelig sein und eigensinnig. Wie ihre Mutter. Richtig behandeln ist alles. Laß sie reden und tu, was du für richtig hältst. So hab ich es mit ihrer Mutter gemacht. Und wenn es mal nicht geht, legst du sie übers Knie und haust ihr den Hintern voll. Wirkt Wunder. Prost!»

«Prost, Vater», sagte Dan. Ich ging hinaus und freute mich auf den Augenblick, in dem Eva und er zu gleicher Zeit nach den Ratschlägen handeln würden.

Die Balkontür war einen Spalt breit offen. Durch Säulen und stille Blätter fiel das Mondlicht gegen das Haus. Ich roch einen Hauch von Parfum und schlich an der Wand entlang. Der junge Doktor Becker war mit Evas Cousine ins Freie entwichen. In einer entfernten Ecke standen sie in Deckung des Schattens nebeneinander. Zwischenraum war keiner.

«Wie ist es am nächsten Sonnabend?» fragte Doktor Bekker.

«Ich – ich weiß nicht», sagte sie und zerrupfte ein Efeublatt.

«Gleich weißt du es», sagte er. Er drehte sich halb um, faßte sie am Kopf und küßte sie. Zuerst zappelte sie ein bißchen, dann hielt sie still und stiller und preßte sich fest an ihn, obwohl es gar nicht kalt war. Der Kuß dauerte lausig lange. Ich wurde ungeduldig und raschelte mit dem Efeu. Gisela fuhr zusammen.

«Was war das?»

Beckers Augen bohrten sich zu mir hinunter. Ich kam näher und grinste freundlich.

«Eine Ratte», sagte er. «Eine Ratte mit langen Ohren.» Er bückte sich, griff mich am Fell und zog mich hoch. «Hier ist sie.»

«Der Blasi? Gott, bin ich erschrocken.»

«Der gute Blasi. Hat mich vorhin von der Tante befreit. Da war ich frei für dich.»

Sie lachte und streichelte mich.

«Ob er noch Hunger hat?»

«Diese Tiere haben nur einmal Hunger. Immer.»
«Ich hole ihm noch was.»
Sie lief davon. Becker ging mit mir zur Bank an der Hauswand. Während er mich streichelte, murmelte er: «Kein schlechtes Mädchen. Hätte gute Lust, es genauso zu machen wie dein Herr Besitzer. Na, wir werden sehen.»
Gisela kam zurück. Sie trug einen Teller mit einem Berg wie ein Maulwurfshaufen. Es waren alles gute Sachen vom kalten Büfett. Obwohl ich mein Soll längst erfüllt hatte, fraß ich mich bis zum Porzellanboden durch. Wer konnte wissen, wie lange es dauerte, bis Becker sich entschloß und die nächste Hochzeit fällig war.
Am Fuße des Berges bekam ich aber doch Beklemmungserscheinungen. Ich verabschiedete mich, schlich davon und suchte das Eisbärfell im Salon auf. Ralf lag schon dort. Es schien ihm ähnlich zu gehen wie mir. An seinen Ohren war Mayonnaise. Sein Bauch war prall, und er stöhnte im Schlaf. Ich ließ mich neben ihm nieder und hoffte auf gute Verdauung.
Es weckte uns der Lärm der scheidenden Gäste. Noch einmal hielt das Hochzeitspaar allen Segenswünschen stand. Dan und Eva blieben für diese Nacht im Haus der Eltern. Als sie die Treppe zu ihrem Zimmer emporstiegen, hoppelte ich mit meinem vollen Wanst mühsam hinterher. Dan öffnete die Tür. Dann drehte er sich um. Ich setzte mich auf die oberste Stufe und sah ihm stumm ins Gesicht. Er faßte Eva am Arm und deutete auf mich. Sie sah mich an, dann ihn. Sie lächelten sich zu.
«Nein, Blasi», sagte Dan. «Heute nicht. Heute bleiben Frauchen und ich allein. Geh zurück auf dein Fell. Gute Nacht.»
«Nacht, Blasi», rief Eva.
Die Tür schloß sich hinter ihnen. Ich wartete noch eine

Minute. Dann machte ich entschlossen kehrt und stieg die Treppe hinab, aufrecht und mit Würde. Betteln kam nicht in Frage. Ein Mann muß allein sein können.
Das Fell war noch warm. Ich hatte es für mich allein. Ralf war mit Paul und Gerda fortgegangen. Ich blieb noch eine Weile wach und wartete auf Einbrecher. Keiner kam. Wahrscheinlich hatten sie Betriebsferien.

Am nächsten Tag schleppten wir die Geschenke und Ersatzteile nach Hause und verteilten sie in die verschiedenen Schränke und Behälter. Dan hatte noch eine Woche Urlaub, um sich von den Strapazen erholen zu können. Sein Chef war verheiratet und konnte es ihm nachfühlen. Eva gab der Wohnung den letzten Schliff, um allen längergedienten Ehefrauen standhalten zu können. Ich machte mich nützlich, wo ich konnte, half ihr beim Einkaufen, vertilgte in der Küche überflüssige Reste und trug den Staublappen hinter ihr her. Die meiste Zeit aber saß ich auf meinem Lieblingsplatz in der Sonne des Wohnzimmers, sah auf die Straße hinunter und fing Fliegen. Mit Fliegen ist es einfach. Sie sind dumm und passen nicht auf und können obendrein nicht stechen. Anders bei den Wespen. Man muß blitzschnell zubeißen und wieder loslassen. Zuerst hatte ich es nicht so raus. Eine verpaßte mir einen Stich auf die Unterlippe, so daß ich aussah, als wäre ich an einen Omnibus gelaufen. Es schwoll erst nach drei Tagen ab und schmeckte wie kalter Gummi. Eva kühlte mir die Schnauze mit feuchten Läppchen. Seitdem war ich vorsichtiger und spuckte die Wespen mit Höllengeschwindigkeit aus, wenn ich sie erlegt hatte.
Dan saß in seinem Arbeitszimmer wie ein Konzernchef. Er mußte die Familienpost erledigen und sich für alles

bedanken. Er verwendete einen Einheitstext mit geringen Abweichungen. Ab und zu besuchte ich ihn und hielt ihm die Zunge hin, damit er die Briefmarken anfeuchten und seine eigene ausruhen lassen konnte. Später klebte er die Hochzeitsbilder ins Album und versah sie mit Unterschriften, die ihm ein Jahr später vollendet blödsinnig vorkamen.

An den Abenden besuchten wir unsere Bekannten, einen nach dem anderen, und holten uns gute Ratschläge. Bei Otmar schnorrten wir einige Bilder, die ihm sowieso niemand abgekauft hätte. Für ein trautes Bürgerheim waren sie zu wenig traut, aber für uns waren sie richtig, unsere Blößen an den Wänden zu bedecken. Nach Abschluß des Handels kamen die Herrschaften auf die Idee, mich porträtieren zu lassen. Ich mußte mich auf einen farbenbeklecksten Tisch setzen, wurde schräg von hinten beleuchtet, und Otmar malte mich in Öl. Sein Künstlerauge durchbohrte mich von allen Seiten, und sein Bart schimmerte wie ungewaschener Stacheldraht.

Dan und Eva betrachteten das fertige Bild mit Ergriffenheit. «Sehr ähnlich ist es nicht, oder?» fragte Eva.

«Es ist das Wesen des Dackels», sagte Otmar. «Die Urform. Der Dackel an sich. Die Dackelhaftigkeit.»

«Ohne Zweifel, sehr dackelhaftig», sagte Dan. «Aber sind das seine Ohren? Oder ist es das Wesen der Ohren?»

«Dir fehlt der künstlerische Blick. Die Sicht. Tritt etwas zurück, krümme den Zeigefinger zu einem Loch und sieh hindurch. Dann wirst du sehen.»

Dan tat, wie ihm geheißen. Sie starrten das Bild durch ihre Finger an, wie Gouvernanten durch die Stielbrille.

«Nun?» fragte Otmar.

«Hm», machte Dan. «Von hier sieht es aus wie die Grundsteinlegung zum Hauptbahnhof. Was meinst du?»

«Ich würde eher sagen, es ist ein angebranntes Omelett», antwortete Eva. «Man riecht es förmlich. Es kräuselt sich über der Flamme.»

«Die Tragik des Künstlers», sprach Otmar, «liegt darin, daß er sein Leben lang von Leuten beurteilt wird, die weniger Kunstverstand haben als er. Ich leide sehr darunter.»

«Gib uns das Bild», sagte Eva. «Wir hängen es auf und lassen die Leute raten.»

«Was will man von einem Weibe anderes erwarten», sagte Otmar. «Noch dazu von einer Fotografin! Ihr Auge ist die Linse, ihr Herz der Entwickler! Schändliches Gewerbe!»

«Ärgere dich nicht», erwiderte Dan. «Natürlich sieht man, daß es ein Dackel ist. Es sind alle Dackel der Welt zusammen. Wenn du einen Schnaps hättest, würde ich es noch besser sehen.»

Otmar zog die Flasche aus einem Pinselfutteral. Dann tranken sie, bis die Farbe trocken war, denn es war die Nacht zum Freitag, und das Wochenende hatte begonnen. Es war unser letztes ohne Arbeit, und wir ruhten noch einmal gründlich aus. Am Montag begann der Ernst des Lebens.

Dan stand früh auf, machte eine dienstliche Miene und nahm die Thermosflasche mit. Als er weg war, räumte Eva ihre Dunkelkammer zurecht, malte sich ein Kundendienstgesicht an und stellte ihren Apparat auf. Drei Leute hatten sich für den Vormittag angemeldet. Ich kroch mit im Aufnahmeraum herum, um ihnen das Lächeln zu erleichtern.

Als erste erschien eine Dame von beträchtlichem Lebendgewicht. Sie roch nach Geld, tat vornehm und sagte «abnehmen» statt fotografieren. Es wäre allerdings besser gewesen, wenn sie selbst abgenommen hätte, ehe sie sich

fotografieren ließ. Aber das war nicht unsere Sache. Daran sollte ihr Arzt verdienen.
Eva bugsierte sie in den Stuhl vor die weißgrauen Wände und versicherte ihr, sie sähe fabelhaft aus. Kaum wiederzuerkennen seit dem letzten Mal.
«Wirklich?» fragte die Dame. Sie sah mich an, und ich nickte mit dem Kopf, obwohl ich wußte, daß es eine faustdicke Lüge war.
Eva betrachtete sie mit ernstem Kennerblick und rückte ihr Gesicht hin und her. Dann kroch sie mit dem Kopf unter ein schwarzes Tuch und in den Apparat hinein. Ich mußte daran denken, daß sie es damals genauso gemacht hatte, als Dan und ich zum erstenmal dagewesen waren und angefangen hatten, uns in ihr Herz einzuschleichen.
Die Dame fragte: «Nehmen Sie mich en faze oder en profiich?»
Eva blieb ernst.
«Ich glaube, en faze ist besser. Ihr Gesicht kommt viel eindrucksvoller. Es wäre schade, auf eine Hälfte davon zu verzichten.»
Mir schien es völlig gleichgültig, wie man sie nähme. Sie war von allen Seiten gleich dick. Es war nur die Frage, wie man das größte Format herausschinden könnte, und deswegen nahm Eva sie wohl auch en faze statt en profiich.
Nun mußte die Dame lächeln, und das brachte sie in Schweiß. Man sah, daß sie ungeübt war und wenig lächelte, wie alle Leute mit viel Geld. Bei uns wurde mehr gelacht.
Schließlich schaffte Eva es, die Dame mit Lächeln en faze zu nehmen. Der Verschluß klickte, und eine Stunde war uns im Fluge vergangen. Am Mittwoch wären die Bilder fertig. Aber selbstverständlich, gnä' Frau, Sie können sich darauf verlassen.

Dann schritt sie en faze zur Tür hinaus, und wir blickten erschöpft hinter ihr her.
Die nächste war eine junge Frau mit einem Säugling. Ich fürchtete Schlimmes, aber er war fröhlich und friedlich. Ohne jedes Theater ließ er sich sein blaues Wollwams ausziehen, legte sich bäuchlings auf den Tisch mit dem Lammfell und grinste in die Linse. Dann sah er mich und fing an zu krähen und streckte einen Arm aus. Eva knipste ein paarmal, fertig waren wir. Zur Belohnung griff Eva mich am Kragen und hielt mich dicht vor ihn hin. Ich blieb still hängen, während er vor meiner Nase herumfuchtelte. Es roch nach Kinderpuder.
Dann zog ihn die Mama wieder an. Aber plötzlich war es mit seiner Fröhlichkeit zu Ende, er fing an zu brüllen. Gleichzeitig begann es anders zu riechen, nicht mehr nach Kinderpuder. Die neuen Hosen waren voll. «Das macht die Aufregung», sagte die Mutti. «Er war noch nie beim Fotografen.»
«Dafür hat er es aber sehr schön gemacht. Passen Sie auf, der kommt mal zum Film.»
«Ich werde ihm den Hintern vollhauen», sagte die junge Frau.
Aber erst saubermachen, dachte ich.
Dann zogen Mama und Sohn von hinnen, und Eva machte die Fenster auf, damit der nächste Kunde nicht denken sollte, es röche immer so bei uns.
Der letzte war ein Mann. Er war schwarz gekleidet und sah so traurig aus, als wollte er zum eigenen Begräbnis. Er war Stadtsteuerinspektor und wahrscheinlich so vergrämt über die zahlreichen Hinterziehungen. Es war nicht möglich, ihn zum Lachen zu bringen, und wir nahmen ihn so, wie er war, traurig und en profiich, um nur die eine traurige Hälfte drauf zu haben.

Alsdann war es hohe Zeit zum Mittagessen. Wir aßen im Gefühl freudig erfüllter Pflicht und getaner Arbeit. Nach der Mittagsruhe klapperte Eva in der Dunkelkammer herum und entwickelte die reiche Dame, den Säugling mit den vollen Hosen und den melancholischen Inspektor. Währenddessen döste ich auf dem Fensterbrett, schnappte dann und wann nach einer Fliege und wartete auf das Oberhaupt unserer Familie. Man konnte merken, daß er Beamter war. Pünktlich ein Viertel vor fünf rollte er an. Er hupte, Eva öffnete die Wohnungstür, und ich wetzte die Treppen hinunter und ihm entgegen. Nach der üblichen Begrüßungszeremonie, bei der ich einen Spezialtanz aufführe und ein kleines Lied singe, betraten wir das traute Heim.
Eva bekam einen Kuß und zur Feier des ersten Arbeitstages Pralinen gehobener Qualität. Ich weiß das, weil ich gleich darauf eine zu mir nahm.
Dan warf sich in den Sessel und verlangte nach kühlem Whisky. Er wurde sogleich kredenzt.
«Wie war's?» fragte Eva.
«Der alte Saftladen. Gustav, die Flasche, ist weg und hat mir einen Haufen unerledigten Quatsch zurückgelassen. Vier Mopeds, zwei Autoreifen, ein geknackter Automat, drei aufgebrochene Gartenlauben und so weiter. Und der Alte hat schlechte Laune, weil er wieder nicht Kriminalrat geworden ist. Das wär's.»
«Vielleicht wirst du es.»
«Nicht mit dieser Führung. Mir fehlt der nötige Ernst, weißt du. Ich hätte es lieber mit der gegenteiligen Laufbahn versuchen sollen. Als Einbrecher.»
«Der Unterschied macht dir nichts aus?»
«Nicht viel. Eigentlich nur die fehlende Altersversorgung.» – «Die wäre doch im Gefängnis gesichert.»

«Schon. Aber was wird aus dir?»
«Wenn du gut gearbeitet hast . . .»
«Ja, wenn. Bei uns kriegst du die Pension auch, wenn du weniger gut arbeitest. Aber in *der* Laufbahn halten sich nur Spitzenkräfte.»
«Kein Wunder, daß sie dich halten. Bei solchen Kommissaren.»
Nach dieser grundlegenden Auseinandersetzung über das Wesen des Polizeiberufes erzählte Eva von unserer Arbeit. Dan war voller Anerkennung.
«Wenn ich dich nicht hätte, müßte ich verhungern», sagte er.
«Du bist doch vorher nicht verhungert.»
«Da war's auch nicht so teuer. Hältst du was von Abendbrot?»
«Alles.»
Wir machten noch einen Abendspaziergang durch den Park. Ich durfte ohne Leine laufen und suchte meine Stammbäume auf. Ich prüfte sie sorgfältig vor Gebrauch, denn ich liebe es gar nicht, wenn Unbefugte sie benutzen. Der Wind war jetzt schon kühler, und die Sonne rutschte schneller ab. Die Blätter bekamen gelbe Ränder und einige von ihnen gaben es schon auf und ließen sich fallen. Bald würde der Schnee kommen, mit nassen Pfoten und Viehsalz, das so scheußlich brannte, wenn man nicht aufpaßte und darüberlief.
Ich freute mich aufs Bett.
Am nächsten Vormittag mußten Eva und ich auswärts arbeiten. Dan war mit der Straßenbahn gefahren und hatte das Auto dagelassen. Eva packte Apparate, Filme, Stativ und Blitzkasten hinein. Ich nahm neben ihr Platz.
Wir kurbelten durch den Verkehr bis zu einem fremden Stadtteil. Eva fuhr in den Hof eines fünfstöckigen Waren-

hauses, wo ich vor Krach mein eigenes Bellen nicht hören konnte. Sie nahm das Handwerkszeug mit. Der Fahrstuhl trug uns nach oben, dann wanderten wir durch lange Gänge. Wir landeten in einem weiten, hellen Raum mit Sesseln, Teppichen, Kleiderständern und Spiegeln. Eva wurde von einer majestätischen Dame begrüßt. Hinter einem Samtvorhang kam das Geschnatter von Mädchenstimmen hervor. Gleichzeitig nahm ich einen Geruch wahr, der mir bekannt erschien, aber ich wußte nicht mehr, wo ich ihn hintun sollte.
Dann ging der Zauber los.
Ein Mädchen kam heraus mit einem Kostüm, an das man sich erst gewöhnen mußte. Ein glockenförmiger Hut hing ihr über die Augen. Wenn sie ausging, würde sie einen Blindenhund brauchen. Sie stellte sich graziös vor die Kamera, und Eva blitzte und knipste aus allen Schußwinkeln. Sie verschwand, und die nächste trat auf. Sie trug ein Abendkleid wie eine garnierte Kremtorte und lächelte verzückt in die Linse. Als die dritte erschien, fiel mir der Unterkiefer aufs Halsband, und ich wußte, was ich vorhin gerochen hatte. Es war Reni, die blonde Göttin aus der Hotelbar, die so gekonnt die Treppe hinuntergefallen war. Ich hätte mich lieber ruhig halten sollen, aber ich kann meine Bekannten so schwer verleugnen. Ich lief auf sie zu und wedelte fröhlich. Sie erkannte mich.
«Blasius!» rief sie. «Wie kommst du denn hierher? Wo hast du Herrchen gelassen?»
Sie trug ein Kleid, das wie ein Sack über ihre Figur fiel. Irgend jemand hätte ihr einen Gürtel geben sollen. Sie hockte sich vor mich hin und streichelte mich. Eva kam heran.
«Kennen Sie ihn?»
«O ja», zwitscherte Reni. «Aus der Palastbar. Sein Herr gab ihn mir zur Aufbewahrung. Süß war er.»

Es blieb offen, ob ich oder der Herr gemeint war. Reni erhob sich. Die Damen lächelten sich an.
Eva sagte: «Diesmal muß ich ihn aufbewahren.»
«Kennen Sie Herrn Nogees auch?»
«Ich kenne ihn auch.»
«Netter Mann, nicht?»
«Sehr nett.»
Reni sah Evas Ring, aber sie schien nichts daraus zu schließen.
«Grüßen Sie ihn bitte von mir, wenn Sie ihn sehen. Von Reni. Er soll sich mal wieder blicken lassen.»
«Danke. Mach ich gerne. Wollen wir knipsen, Fräulein Reni?»
Reni nickte voller Huld. Sie legte die Arme auf die Hüften und stellte die Beine verdreht hintereinander, wie es nur Mannequins können und sonst niemand. Das blonde Haupt warf sie zurück. So wurde sie mitsamt dem Sackgewand verewigt. Dann verschwand sie hinter dem Vorhang, nicht ohne mir zugewinkt zu haben. Ich blickte sorgenvoll zu Eva. Es war nichts an ihr zu bemerken, sie lächelte bloß leise. Erzstabile Frau.
Es ging noch lange weiter. Alle Mädchen, Reni eingeschlossen, kamen in tollen Verkleidungen wieder. Ich setzte mich zeitweise neben den Vorhang, hinter dem die Tür offen stand, und hörte die Mädchen kichern und Witze erzählen, durchaus keine harmlosen. Wenn ich gekonnt hätte, wäre ich errötet. Wo sie das nur herwissen!
Zur Mittagszeit war Schluß. Eva packte zusammen, die Kleider wurden abtransportiert, die Mädchen beeilten sich fortzukommen. Reni verabschiedete sich und strich mir über die Figur.
«Bye, bye, Blasi! Grüß Herrchen schön!»
Meine Ohren rochen noch drei Tage nach ihrem Parfum.

Wir aßen im Erfrischungsraum des Hauses zu Mittag, auf Spesenkonto. Eva kaufte noch ein. Dann rollten wir heimwärts. Den ganzen Nachmittag hatten wir mit dem Entwickeln zu tun. Am Abend kam Dan guter Dinge nach Hause. Er hatte eine geistige Flasche mit. Beim Abendschoppen sagte Eva: «Schönen Gruß von Reni.»
«Danke. Wer ist das?»
«Kennst du nicht?»
«Nein.»
«Blasius kennt sie.»
«Ist es ein Hund?»
«Ein Mädchen. Sehr blond, noch schlanker. Palastbar.»
Dan kramte in seinem Gedächtnis.
«Palastbar? Na, ich kenne billigere – ach, jetzt poltert der Groschen. Die Brillantengeschichte. Ja. Fiel die Treppe hinunter in meine Arme. Hütete Blasi, während ich beim Direktor war. Das ist Reni! Wie kommt's?»
«Sie geriet mir vor die Linse. Heute bei Lettenkamp.»
«Mit oder ohne was an?»
«Mit.»
«Uninteressant.»
Dan küßte die Fotografin. Damit war der Fall für diesmal erledigt. Leider noch nicht für immer.

Wenn ich an die folgenden Tage zurückdenke, möchte ich sie nicht missen. Aber sie brachten elende Unruhe in mein Dasein.
Die Liebe packte mich.
Zum erstenmal sah ich Loni im Park, bei einem der abendlichen Spaziergänge. Mein Herz fing an zu buppern, als hätte ich einen Hasen gejagt.
Sie war kleiner und zierlicher als ich. Träumerische Au-

gen, Nase tiefschwarz, hellbraunes Fell mit kleinen, sinnverwirrenden Löckchen. Einen Gang hatte sie wie die Mannequins im Kaufhaus Lettenkamp, wenn sie die teureren Modelle trugen. Sie tänzelte, berührte kaum den Boden. Dan sagt auch immer, daß man eine Frau erst gehen sehen muß, bevor man sich entscheidet. Manche machen im Sitzen viel her und latschen dann wie ein Soldat auf dem Rückzug.
Ich sah sie gehen und entschied.
Das schönste Dackelmädchen der Welt. Ungefähr ein halbes Jahr jünger als ich, genau die richtige Preislage. In meinen Eingeweiden fing es an zu ziehen, und die Ohren zitterten mir.
Neben ihr stolzierte würdigen Schrittes ein älterer Dakkelherr. Ihr Vater vermutlich. Sein Bart schimmerte schon silbern, und Besonnenheit lag auf seinen Zügen. Mit der Figur würde er keinen Preis mehr gewinnen, aber sein Fell war lang und ohne Tadel. Er gefiel mir, denn trotz der vorbildlichen Haltung war in seinen Augen eine versteckte verschmitzte Fröhlichkeit, als wäre er ununterbrochen bereit zu jedem Unsinn, dürfte es nur nicht zeigen. Später stellte sich heraus, daß ich recht damit hatte.
Begleitet waren Vater und Tochter von einem wahrhaft majestätischen Mann. Er ging drei Meter hinter ihnen her, die Hände auf dem Rücken verschränkt, und blies aus einem Balken von Zigarre dichte Wolken in die Natur. Er trug ein grünes Jägergewand, dicke Strümpfe über beachtlichen Waden, auf dem Kopf einen Waidmannsheilhut. Im Gesicht hatte er Narben, als wäre er durch ein Schaufenster gefallen, und darunter hing ein schöner Bart auf die Brust herab. Sicher war er der Besitzer meines künftigen Glückes. Man würde behutsam mit ihm umgehen müssen, auch wenn er Dackel gern hatte.

Ich begann, in unauffälliger Manier auf mich aufmerksam zu machen. Ich startete, sauste über den Rasen, dann über den Weg und schnitt die Kurve so scharf vor Vater und Tochter, daß ihnen der Sand ins Gesicht spritzte. Mit dem nächsten Anlauf setzte ich elegant über sie hinweg, und anschließend flitzte ich in engen Kreisen um sie herum. Es fruchtete nichts. Sie mußten vortrefflich erzogen sein. Sie nahmen keinerlei Notiz von mir und meinen Leistungen. Natürlich ist es nicht einfach, auf der Straße die Bekanntschaft eines Mädchens zu machen. Eine Dame muß auf sich halten. Aber dieses Benehmen verdroß mich. Schließlich war ich ebenbürtig und von Adel. Sie taten so, als hätte der Prinzregent persönlich sie gezüchtet.
Ich hörte mit dem Kreisen auf und trippelte neben dem Mädchen her, als gehörte ich zur Familie. Dabei schielte ich sie freundlich von der Seite an. Als immer noch nichts erfolgte, winselte ich leise und herzzerreißend.
Zum erstenmal wandte sie kurz den Kopf mit den großen Augen in dem hellen Fell. Mir wurden die Knie weich. Ihr Blick war vorwurfsvoll, als wollte sie ausdrücken, welche Beleidigung es für sie sei, in dieser Form belästigt zu werden. Trotzdem war es der schönste Blick, den ich je eingefangen hatte. Ich wollte sie gerade sanft hinters Ohr küssen. Da erscholl eine Stimme hinter mir wie eine Posaune.
«Entweiche augenblicklich, Untier!»
Es war der bärtige Jäger. Ich erschrak und scherte zur Seite aus. Er stand auf und warf mir über die Zigarre einen Blick zu wie ein Schrotschuß.
«Benehmen wie die Axt im Walde!»
Nach dieser Feststellung schritt er weiter. Ich wartete ängstlich, bis Dan und Eva herankamen. Der Dackelvater hatte überhaupt nicht reagiert. Er schlenderte geradeaus, als wäre er allein auf der Welt.

Also bis jetzt war es noch nichts. Glatt abfahren lassen hatten sie mich. Immerhin, ganz umsonst war der Einsatz nicht gewesen. Sie hatte mich gesehen. Man muß erst mal erreichen, daß die Mädchen einen registrieren, sagt Dan immer. Neugierig werden sie dann von allein. Wenn sie auch so tun, als wäre man verdünnte Luft, irgendein Eindruck bleibt immer. Und wenn es ein schlechter ist.
Ich guckte wie ein Luchs hinter ihnen her, um zu erfahren, wo sie hingingen. Sie bogen nach rechts in einen Nebenweg ein. In angemessenem Abstand und mit halber Fahrt zog ich mit. Die Dackel wurden ab und zu durch das Gras verdeckt, aber der Herr war nicht zu übersehen. Ihr Weg endete an einer Villa, die den Anlagen gegenüber an der Parkstraße lag. Ich hatte sie schon oft gesehen, aber nie gewußt, welchen Schatz sie barg. Herr und Hunde verschwanden hinter dem eisernen Gatter. Weg waren sie. Ich blieb mit der Liebe allein.
In der Nacht überlegte ich, was man tun könnte. Eine Festung ist da, um genommen zu werden. Wer wagt, gewinnt, oder bekommt Prügel.
Am nächsten Abend spähte ich vergebens nach meiner Angebeteten. Sie kam nicht, nicht ihr Vater und nicht der wilde Jäger. Dafür gelang es mir, Eva und Dan auf den Nebenweg mitzukriegen. Ich bog einfach ein und lief weiter. Dan pfiff, aber ich war völlig taub. Hier ging es um mein Glück. Schließlich kamen sie hinter mir her, um mich nicht zu verlieren. Ich sprintete schnell zwischen zwei Autos über die Straße. Von nahem sah die Burg nicht gefährlich aus. Gepflegtes Haus zwischen Bäumen und Laub. Zaun mit Steinsockel, darauf Gitterstäbe. Mit Anlauf konnte man über den Sockel, auch die Stäbe standen genügend weit auseinander. Sehr günstig. Ich lief noch zur Pforte. Hier war es schwieriger durchzukommen, weil

die Stäbe und Verzierungen zu wenig Raum ließen. Dafür roch es hier so atemberaubend nach Dackel, daß mir schwindlig wurde und meine letzten Bedenken dahinschmolzen wie Käse im Sommer.

Ich beeilte mich, zurück zum Park und zu meinen Eigentümern zu kommen, um mich nicht zu verraten. «Was sind das für neue Moden?» fragte Dan. «Hören tust du auch nicht mehr, du armes, altes Tier! Wir werden dich in ein Heim geben müssen.»

Ich schwänzelte vergnügt und tat so, als wüßte ich gar nicht, was er wollte.

In den nächsten Tagen trieb ich mich um die Villa herum, so oft sich Gelegenheit bot. Mal ging Eva einkaufen, mal holte Dan Zigaretten. Währenddessen ließen sie mich herumlaufen, und ich konnte spähen, ob mein Glück in Sicht war.

Dann kam mir der Zufall zu Hilfe, wie es sich für eine zünftige Liebesgeschichte gehört. Es war Freitagabend. Eva mußte im Fleischerladen anstehen, denn die Hausfrauen hatten sich in hellen Haufen versammelt. Ich lungerte kurz an der Tür herum, sah, daß es mindestens zwanzig Minuten dauern würde und strich ab, Richtung Villa.

Als ich in die Straße einbog, stockte mir das Blut im Kreislauf. Ich sah sie, das Gefäß der Wonne. Sie war ein Stück vom heimatlichen Zaun weg und schnupperte an einem Baum. Süßes Bild. Aber noch etwas anderes sah ich, und der Zorn stieg mir in die Nüstern.

Sie wurde belästigt. Irgendein verfluchter, minderwertiger, struppiger Bastard trieb sich um sie herum. Er war größer als wir, hatte wäßrige Stielaugen und ein schiefes Maul. Ein Ohr hing herunter, das andere versuchte, aufrecht zu stehen, gab es aber nach dem halben Weg auf und bog wieder nach unten um. Er hatte einen filzigen Bart, eine eingedellte Brust und Beine wie ein Maikäfer. Sein Fell sah aus, als wären die Motten drin. An seiner Stelle hätte ich es mal mit Waschen versucht, aber er schien nichts davon zu halten. Im ganzen sah er aus, als hätten sich vier Rassen in ihm vereinigt und stritten nun herum, wer an dem Unglück schuld wäre. Normalerweise hätte ich ihn bedauert, jetzt sah ich rot.

Man staunt immer wieder, was für eine Frechheit diese Burschen an den Tag legen. Unsereiner ist schüchtern, verbirgt seine Gefühle, nähert sich artig und voller Anstand – wenigstens meistens. Nichts von alledem war in ihm. Mit einer unglaublichen Dreistigkeit schnüffelte er an meiner Göttin, beglotzte sie aus seinen Triefaugen und schlug mit seinen dreckigen Pfoten nach ihr. Zurückhaltung, Achtung vor dem Höhergeborenen, Zartgefühl einer Dame gegenüber – keine Spur.

In einer Sekunde beschloß ich, ihn vom Erdboden zu vertilgen. Ich startete. Als ich bei ihm war, hatte ich etwa sechzig Stundenkilometer erreicht. Mit dieser Geschwindigkeit stürzte ich mich auf ihn.

Ich traf seine Breitseite wie eine Rakete. Er war völlig überrascht. Wir überschlugen uns und kugelten auf dem Gehsteig entlang, bis ein Baum uns aufhielt. Dann ging es richtig los. Er baute sich auf, fletschte seine gelben Zähne und begann mit scheußlicher Stimme zu knurren. Vielleicht dachte er, ich würde erschrecken. Weit gefehlt.

Ich unterlief ihn und biß ihn ins Bein. Er jaulte, wollte hochspringen, aber ich hielt fest, als hätte ich eine Hühnerkeule. Leider war ich so zu sehr in seiner Reichweite. Um meine Ohren nicht zu gefährden, mußte ich loslassen. Er hinkte und war nicht mehr so beweglich. Das war günstig. Was er an Größe voraus hatte, mußte ich durch

Geschwindigkeit ausgleichen. Ich griff ihn von allen Seiten unablässig an. Er schnappte wild nach mir, faßte aber meist nur mein Fell, womit ich reichlich versehen bin, und verfehlte die edleren Teile. Fauchend und jaulend rollten wir auf der Straße herum. Ich fiel über die Bordkante hinunter und mit dem Rücken in etwas Feuchtes, was nicht zum Besten roch. Im Liegen erwischte ich seinen Schwanz und zog mich daran hoch. Dabei fing ich einen Blick des Dackelmädchens. Sie sah mit großen Augen zu, sie lief nicht weg. Frauen sehen ganz gerne eine Keilerei, vor allem, wenn sie ihretwegen stattfindet. Ich bemühte mich doppelt, keine schlechte Figur zu machen. Ich war bestens in Form. Nur meine langen Ohren erwiesen sich als hinderlich, und es tat lausig weh, als mir das linke zwischen die Zähne geriet und ich hineinbiß. Immerhin konnte ich daraus schließen, wie ich meinem Widersacher zusetzte, diesem hergelaufenen Vagabunden. Auch er hatte mir schon ein paarmal eklig die Zähne in die Figur geklemmt. Das steigerte nur meinen Zorn.

Man kann schlecht sagen, wie es ausgegangen wäre. Er war größer und stärker als ich, nur nicht so wendig. Möglich, daß er länger ausgehalten hätte. Als Stadthund ist man nicht so trainiert. Aber ihm fehlte, was allen diesen unreinen Verkehrsunfällen fehlt: das Herz des Kämpfers. Der Wille, lieber zu sterben, als aufzugeben. Der Mut, den man braucht, um in einem finsteren Schlauch von Röhre nach zwei ausgewachsenen Dachsen zu suchen, ohne Rücksicht auf Verluste und die Wiederkehr zum Licht. Die Ausdauer, zu kämpfen bis zum Umfallen. Er drehte ab und trat den Rückzug an. Das gab mir einen gigantischen Auftrieb. Mit einem Satz schnappte ich ihn noch einmal und riß zum Abschied einen soliden Fetzen aus seinem Fell. Er jaulte und sauste davon. Ich kläffte hinter

ihm her, bis mir der Rest der Puste ausging. Dann blieb ich erschöpft sitzen.
Die Dame, deretwegen ich Leben und Gesundheit riskiert hatte, war dem Kampf bis zum Ende gefolgt. Sie stand am Zaun und schien ehrlich ergriffen. Ich hoffte, daß sie kommen würde und sich bedanken. Schließlich hatte ich sie vor einem Unhold und unsere Rasse vor schwerem Schaden bewahrt. Da hörte ich eine Stimme vom Haus.
«Loni! Gehst jetzt her!»
Loni! Wenigstens den Namen wußte ich jetzt. Als ich mich umdrehte, sah ich ein junges Dienstmädchen am Gartentor stehen. Wahrscheinlich hatte sie die Keilerei mit angesehen.
Loni schlenderte langsam von dannen. Ich sah ihr nach, mit hängender Zunge und mit Trauer im Busen. Aber an der Tür drehte sie sich um und warf einen Blick zurück. Einen Blick, der mich für alle Unbill entschädigte und mich alle schmerzenden Stellen auf einmal vergessen ließ. Dankbarkeit, Anerkennung, und noch ein bißchen mehr.
Die Tür schlug zu. Ich trottete davon, matt aber glücklich.
Beim Fleischer kam ich gerade zurecht. Eva trat heraus, sah mich und rief: «Wie siehst du denn aus? Haben sie dich überfahren? Und was hast du da am Rücken?»
Es stellte sich heraus, daß es der Rest eines Pferdeapfels war. Gleichviel. Mir war es wie ein Orden, der mir auf dem Schlachtfeld verliehen worden war.
Oben reinigte Eva mich gründlich. Sie erschrak, als sie etliche Abdrücke von Zähnen und blutunterlaufene Stellen fand.
«Ach, mein Kleiner! Sie haben dich gebissen, die Bösen! War es schlimm?»
Nichts, dachte ich. Völlig unerheblich. Nur einen stinkenden, vermaledeiten Bastard in die Flucht geschlagen.

Nicht der Rede wert. Mit sechs solchen nehme ich es auf. Ich leckte aber noch eine Weile an meinen Wunden herum, bevor ich einschlief.
Es erhob sich die Frage, was nun weiter zu tun wäre. Loni kannte mich jetzt. Ich mußte sie wiedersehen. Aber wie? Ich konnte nicht den ganzen Tag um das Haus herummarschieren wie ein Posten um die Kaserne und mich mit hergelaufenem Gesindel herumprügeln.
Ich wurde dann so plötzlich mit der ganzen Familie bekannt, daß es mir fast peinlich war.
Es geschah um die Mittagszeit, einige Tage später. Die Wunden waren verheilt, die Schmerzen vergessen. Eva hatte in der Küche zu tun. Sie ließ mich hinunter und ging wieder nach oben, nicht ohne die Ermahnung, keinen Unfug zu treiben und keine Schlägerei anzufangen.
Natürlich lief ich mit Höchstgeschwindigkeit zur Villa hinüber. Als ich die letzte Ecke nahm, sah ich, wie das niedliche Dienstmädchen die Gartentür aufhielt. Loni trippelte hindurch. Ihr Vater folgte ihr, gemessen und ohne Eile. Weg waren sie. Die Tür fiel zu.
Ihnen stand das Mittagessen bevor.
Ich aber beschloß, Einbrecher zu werden.
Der normale Weg war versperrt, da war nichts mehr zu holen. Blieb nur der Zaun.
Ich erreichte ihn schnell. Mit den Vorderpfoten kam ich gerade bis auf den Steinsockel und sah, wie die Prozession im Eingang des Hauses verschwand. Niemand war im Garten. Ich ließ mich runter und nahm von der Bordkante aus Anlauf. Beim erstenmal klappte es nicht. Beim zweiten schoß ich wohlgezielt zwischen zwei Gitterstäben hindurch und landete in welken Blättern wie ein Fallschirmjäger. Ich orientierte mich schnell und arbeitete mich von Busch zu Busch vorwärts.

Die Haustür sah sehr verschlossen und abweisend aus. Dafür war daneben ein Schild befestigt.
«Lieferanten bitte den hinteren Eingang benutzen!» Ich hatte zwar nichts zu liefern, war aber dankbar für den Hinweis. Ich blieb in Deckung der Büsche und schlich links am Haus vorbei. Die Fenster waren geschlossen, in den Blumenkästen schüttelten sich späte Blüten im Wind. Die Vorhänge hingen ruhig, nichts bewegte sich, niemand schien mich zu sehen.
Als ich die rückwärtige Front erreicht hatte, witterte ich einen unverkennbaren Geruch gebratenen Fleisches und lieblicher Soße. Die Küche.
Gleich darauf konnte ich die Rückseite übersehen. Eins der Küchenfenster stand halb offen und ließ die guten Düfte heraus. Sie festigten meinen Entschluß, in dieses Haus einzudringen, und wenn es voll von bengalischen Königstigern wäre.
Leider war der Lieferanteneingang genauso dicht wie die Haustür. Da sah ich zu meiner Freude, daß ein kleines Fenster zu ebener Erde einen Spalt offenstand. Der Rahmen war schwarz beschmiert, es schien zum Keller zu gehören. Egal. Besser als gar kein Weg. Ich peilte noch einmal scharf um mich, aber ich konnte niemanden sehen. Mit ein paar Sätzen war ich über den Sandweg am Fenster und stieß es auf. Leider hatte ich wieder mal zuviel Schwung. Ein Fensterbrett war auch nicht da. Ich geriet auf eine hölzerne Rutsche und sauste zu Tal. Die Rutsche war urplötzlich zu Ende. Ein kurzes Stück schwebte ich frei in der Luft, schloß die Augen und zog die Beine an. Dann knallte ich in einen Haufen Eierkohlen, sank ein, überschlug mich, rollte endlos darin herum. Als ich einigermaßen Halt gefunden hatte, rasselte ein halber Zentner von oben nach und schlug über mir zusammen.

Für den Anfang sehr ärgerlich. Ich arbeitete wie ein Bergmann, um an die Luft zu kommen, aber sie war voll von Kohlenstaub und schmeckte wie alter Mohnkuchen. In Ohren, Augen, Zähnen, überall knisterte es. Ich wühlte mich frei und schüttelte mich gewaltig. Eine neue Staubwolke war die Folge, und dann sah ich genauso aus wie vorher. Langsam gewöhnte ich mich an das Dunkel. Ich konnte die Umrisse des Kellers sehen und auch das Fenster, durch das ich meinen Einzug genommen hatte. Überall lagen Kohlenhaufen. An einer Wand stand ein staubiges Regal mit runden Holzbündeln. Die Herrschaften hatten ihren Brennvorrat schon im Sommer eingekauft. Sehr vernünftig. Die Tür bestand aus kreuzweise genagelten Latten. Wenn sie verschlossen war, war es das Ende der Reise, und nur markerschütterndes Heulen würde hier noch helfen.

Sie war es nicht. Ich ersah daraus, daß keine Untermieter im Hause wohnten. Es knarrte leise, als ich sie aufstieß. Der Gang führte geradeaus weiter, an anderen Türen vorbei. Eine davon war ganz aus Eisen und daran stand «Luftschutzraum! Bei Fliegeralarm Ruhe bewahren! Blase und Darm leeren!»

Im Moment hatte ich anderes zu tun. Zweimal mußte ich fürchterlich niesen, weil der Kohlenstaub mich kitzelte. Dann kroch ich weiter durch die Finsternis. Ich passierte zwei alte, gurkenduftende Tonnen, ein rostiges Fahrrad und zwei Fallen mit je einer toten Maus darin. Plötzlich sah ich zu meinem unsäglichen Entsetzen eine riesige, widerliche kohlschwarze Ratte auf mich zuschleichen.

Sie kam genau von vorn. Ihre Augen leuchteten zu mir her. Sie hob die Lefzen und fletschte die Zähne. Ihre Ohren kamen mir etwas komisch vor, aber in der Aufregung sann ich nicht weiter darüber nach.

Einen Augenblick lang dachte ich trotz meiner hohen Abstammung ans Ausreißen. Dann verwarf ich diesen schwächlichen Gedanken. Es half nichts. Es war der zweite Kampf, den ich bestehen mußte um meiner Liebe willen.

Ich duckte mich. Sie tat dasselbe. Knurren sparte ich mir, schoß unvermittelt los, zur gleichen Zeit, als sie startete. Ihre glühenden Augen schnellten auf mich zu. Dann krachte es nicht unerheblich. Tausend niedliche Sterne flimmerten um mich herum. Als ich zu mir kam, sah ich die Bescherung.

Von Ratte keine Spur. Kein Lebewesen außer mir war auf dem Gang. Aber dort, wo er rechtwinklig umbog, hatten diese Teufel von Bewohnern einen großen Spiegel hingestellt. Ich hatte mich selbst für die Ratte gehalten und war mit der Gedächtnishalle gegen das Glas geknallt wie ein Rennfahrer gegen eine Mauer. Jetzt konnte ich mein verdattertes Antlitz ganz aus der Nähe betrachten.

Dieses dreimal verfluchte Haus würde mich noch an den Rand des Wahnsinns bringen. Immerhin – besser als eine lebende Ratte und gut vor allem, daß der Spiegel nicht umgekippt war und ich kein Loch hineingebohrt hatte. Das wäre noch zwei Straßen weiter zu hören gewesen. Aber es war ein sehr stabiler Spiegel aus der guten alten Zeit.

Ich mußte mich sammeln und lauschte, ob vielleicht doch jemand käme. Nichts. Nur die Gurken dufteten. Da warf ich noch einen verachtungsvollen Blick in den Spiegel und schlich weiter.

Der Gang endete an einer Treppe. Sie hatte hohe, steinerne Stufen und schien kein Ende zu nehmen. Dennoch. Es blieb nichts übrig, als nach oben durchzubrechen.

Ich erreichte eine massive Holztür. Auch sie war nur an-

gelehnt. Wahrscheinlich hatte ich den Tag der offenen Tür erwischt. Ich schob mich vorsichtig durch und sah einen Vorraum mit Steinfußboden, ein paar Schränken und mehreren Türen. Gleichzeitig schlug mir wieder der nahrhafte Geruch in die Nüstern, und ich hörte zwischen Geschirrgeklapper eine Mädchenstimme summen:
«Wo weilst du, Geliebter mein?»
Keine Ahnung, dachte ich. Nur ich bin in der Nähe. Ich lief schnell und lautlos durch den Raum, in der Hoffnung, einen Ausgang zu finden. Aber diesmal war's Essig. Alles zu, bis auf die Küchentür.
Ich nahm Deckung hinter einem der Schränke. Was tun? Jeden Augenblick konnte jemand kommen und über mich stolpern. Zurück in den Keller war Blödsinn. Da konnte ich gleich anfangen zu bellen. Und in der Küche war das Mädchen. Wenn sie herauskam?
Es war, als hätte sie meine Gedanken erraten. Ihre Schritte und ihr Gesang wurden lauter. Sie erschien in der Tür. Zu meiner ungeheuren Erleichterung ging sie in die andere Richtung, fort von dem Schrank, hinter dem ich saß. Ich hörte, wie sie eine Tür öffnete und Licht anknipste. Schien sich um einen Vorratsraum zu handeln.
Es gab nur einen Weg. Ich strich um den Schrank herum und in die Küche, leise wie eine Nachteule. Kaum drinnen, sah ich, daß es verkehrt gewesen war.
Keine andere Tür, kein zweiter Ausgang, Fenster viel zu hoch. Ein Riesending mit gefliestem Fußboden, alles in blankem Weiß. In der Mitte ein gewaltiger Herd und darauf die Töpfe, aus denen der Duft emporstieg. Ein gesegneter Aufenthaltsort, nur nicht im Augenblick.
Draußen klappte die Tür. Das Mädchen kam zurück. Gute Nacht. Ich lief von der Tür weg und hinter den Herd. Noch ein paar Sekunden und der Bart war ab. Sie würden

mir das Fell abziehen und mich den Schweinen zum Fraße vorwerfen.
Da sah ich die Rettung.
In der Wand rechts von der Fensterseite war eine Öffnung. Knapp einen Meter hoch, rechteckig, mit einem Holzrahmen. Daneben eine Tafel mit ein paar Druckknöpfen.
Ein Stuhl stand davor, wie die Aufforderung zum Tanz. Es war keine Zeit zum Überlegen. Ich hopste auf den Stuhl, sah hinter der Öffnung einen Holzkasten, den ein Brett in zwei Hälften teilte. Ich kroch in das untere Abteil, in dem es betäubend nach Schmorbraten roch. Ich wollte mich so weit wie möglich ins Innere zurückziehen und geriet mit den Vorderpfoten zwischen weiche Kugeln, die ich unschwer als Erbsen erkannte. Dann drückte ich mich an die hintere Wand, gerade als das singende Mädchen die Küche betrat. Ich hielt mich still und wagte kaum zu atmen.
Das war saumäßig schwer, denn direkt unter meiner Nase stand der Schmorbraten. Von Natur aus bin ich nicht diebisch veranlagt. Aber die Natur kehrte sich gegen mich. Ich konnte nicht widerstehen. Ich nahm unendlich behutsam eine zarte Scheibe zwischen die Zähne und fraß sie auf. Welche Wohltat nach all den Strapazen! Fast vergaß ich mein ungewisses Schicksal. Das war ein Schmorbraten!
Das Mädchen merkte von alledem nichts. Sie war zu sehr mit ihrem Geliebten beschäftigt und wo er weilen mochte. Sie klapperte am Herd herum, rührte in einem Topf. Dann faßte sie einen Stapel Teller und kam direkt auf mein Appartement zu. Um ein Haar wäre mir der letzte Bissen im Hals steckengeblieben. Aber sie sah mich nicht. Sie stellte die Teller in das obere Geschoß, immer trällernd und guter

Dinge. Als sie sich abwandte, konnte ich die Schleife sehen, mit der ihre Schürze zugebunden war. Mit einer Soßenschüssel kam sie wieder und schob sie unten hinein, ohne sich darum zu kümmern, wer zwischen dem Menü hockte.

Gerade wollte ich die zweite Scheibe des Schmorbratens zu mir nehmen. Da passierte es. Das Mädchen kam noch einmal zurück. Sie faßte an einen Griff und zog eine Wand herunter vor meinen Käfig. Es wurde stockdunkel. Ich begann zu glauben, daß es sich um eine Art Falle handelte, aber mich wunderte die Qualität der Lockspeise.

Plötzlich gab es einen Ruck. Der Kasten hob sich an. Vor Schreck rückte ich von der Wand ab und trat wieder in die Erbsen. Das machte mich noch nervöser. Ich versuchte, herauszukommen, erreichte aber nur, daß ich mit der anderen Pfote in eine weiche, zähe Masse geriet. Sicher war das ein Teil der Falle. Ich wagte nicht mehr, mich zu rühren, solange das Ding in Bewegung war.

Es fuhr aber nicht lange. Mit dem gleichen Ruck wie vorher hielt es. Dann wurde das Brett hochgezogen, und grelles Licht fiel in die Kabine. Geblendet blinzelte ich über den Schmorbraten hinweg.

Zwei Hände nahmen die Soßenschüssel. Sie gehörten einem jungen Mädchen, noch Schulalter. Als sie fortging, sah ich in ein großes, behagliches Zimmer. An den Wänden hingen Geweihe und durchlöcherte Schießscheiben. Auf dem Fußboden lagen Teppiche, bedeutend wertvoller als unsere. Unter einer großen Lampe, die auch aus den Stangen von toten Böcken gemacht war, stand ein viereckiger, weißgedeckter Tisch. Daran saßen eine grauhaarige, achtungerregende Dame mit lustigen Augen und in steirischer Tracht und ein jüngerer Herr, der die gleichen Augen hatte und sehr vergnügt aussah. Am Kopf des

Tisches, meinem Käfig genau gegenüber, thronte der majestätische Mann mit dem Bart und dem Narbengesicht, den ich aus dem Park schon kannte. Er band sich gerade eine ungeheure Serviette um den Hals.

Da verstand ich, was vorging. Ich saß im Mittagessen.

Das junge Mädchen kam zurück. Sie bückte sich, faßte unten hinein, zog am Rand der Erbsenschüssel. Die wollte nicht raus, weil ich drinstand. Das Gesicht des Mädchens erschien vor mir. Sie wurde geisterbleich, stieß einen gellenden Schrei aus und floh in Richtung des Tisches.

Alles fuhr hoch.

«Aber Gusti!» rief die Dame tadelnd. «Was ist denn in dich gefahren?»

«Ein Gespenst!» rief das Mädchen zitternd. «Ein ganz schwarzes Tier – ein Hund oder eine Katze – im Aufzug –»

Der junge Mann lachte. «Wird sich wieder mal um Herrn Pepi handeln oder sein Töchterchen.»

«Schwätze keinen Unsinn, mein Sohn», sagte der Hausherr. «Sie sind beide hier. Was ist also, Augusta?»

«Es ist bestimmt ein Tier drin, Onkel Ludwig», sagte das Mädchen Augusta kläglich. «Huh – ich geh nicht wieder hin!»

Die Dame stand auf. «Na, dann werd ich mal schauen.» Sie kam heran, ohne zu zögern. Ihre scharfen Augen erfaßten die Sachlage in wenigen Sekunden. Sie blieb würdevoll wie vorher, aber ich hätte schwören können, daß es leise gezuckt hatte in ihrem Gesicht. Sie richtete sich wieder auf.

«Gusti hat recht», sagte sie kurz und sachlich. «Kein Gespenst, aber ein fremder Dackel. Mit einem Fuß steht er in den Erbsen, mit dem anderen in einem Kloß. Eine Scheibe Schmorbraten hat er gefressen. Außerdem ist er voller Kohlenstaub.»

Einen Augenblick blieb alles starr. Dann riß der alte Herr sich die Serviette vom Halse, sprang hoch, daß der Tisch ins Wanken geriet, war mit zwei Schritten an einem Schrank mit Glasfenstern und riß ihn auf. Ich sah eine Schrotflinte in seinen Händen. Mit wuchtigen Schritten kam er zum Speiseaufzug, legte an und rief donnernd: «Komm augenblicklich hervor, Bursche! Sonst ist's dein letztes Stündlein!»
Es wäre mir zuviel gewesen, jetzt auch noch erschossen zu werden. Sie waren in der Übermacht und bewaffnet. Ich hatte keine Lust, ausgestopft auf seinem Kamin zu stehen. Mühsam stieg ich über die Schüsseln. Der Kloß haftete wie Gummi an meiner Pfote und war nicht abzubringen. Ich trat noch einmal in den Schmorbraten, aber die Erbsen umging ich. Dann sprang ich herunter auf den Teppich. Der Kloß dämpfte den Aufprall.
Jetzt, im hellen Licht, sah ich mich in ganzer Pracht. Ich trug den Kloß wie einen Gipsverband um die linke Pfote. Die rechte war mit Erbsen garniert. Im Gesicht, an der Brust und links hinten hatte ich Bratensoße. Das war das einzige von meiner ursprünglichen Farbe. Denn im übrigen war ich dick mit Kohlendreck überzogen und schwarz wie ein Köhler im Walde. Kein Wunder, daß ich mich im Spiegel für eine Ratte gehalten hatte.
Sie starrten mich stumm an. Das junge Mädchen kam langsam näher. Die Mutter und der Sohn des Hauses hatten Mühe, den feierlichen Ernst zu bewahren. Nicht aber der Hausherr. Noch geraume Zeit heftete er sein grimmiges Auge über Kimme und Korn auf mich. Dann setzte er die Flinte ab und rief: «Ich kenne ihn! Ich erkenne ihn trotz seiner Tarnung! Es ist der Unhold aus dem Park! Er hat Loni belästigt! Ich ahnte schon damals, daß es mit ihm ein böses Ende nehmen würde! Meine Ahnung hat mich

noch nie betrogen! Er ist straffällig geworden! Vielleicht vorbestraft, vielleicht sogar einschlägig! Das ist ein Fang!»

«Ganz recht, Ludwig», sagte die Dame. «Aber zuerst brauchen wir andere Schüsseln. Resi kann ihn waschen, dann werden wir weitersehen.»

Die Worte taten mir wohl, aber ich hörte sie kaum. Aus der Erkerecke war Loni hervorgekommen, mein Schatz, für den ich das alles unternommen hatte. Jetzt saß ich hier, bedeckt mit Erbsen und Schande und schämte mich unsäglich, daß sie mich so sah. Sie kam langsam heran, hob in einem Meter Entfernung das Schnäuzchen und schnupperte. Durch die ganzen Schichten hindurch schien sie meinen Eigengeruch noch wahrzunehmen, denn sie lächelte leise. Aber näher kam sie nicht. Ich färbte ab.

Das Mädchen trat ein. «Jessas naa!» rief sie. «Was is jetzt des?»

«Wenn Sie ihn schon in den Aufzug setzen, hätten Sie ihn auch braten müssen», sagte der junge Mann. «So können wir ihn nicht essen.»

Das Mädchen wurde gar nicht wieder. «Ja, da schau her! I hab mi scho' g'wundert, wia de schwarzen Tapper in d' Kuchl kemma san!»

«In die Wanne mit ihm», sagte die Dame des Hauses. «Dann bringen Sie ihn wieder.»

Das Mädchen hatte Übung mit Dackeln. Sie griff mich am Kragen, trotz Kloß und Kohlen und transportierte mich ab. Kurz darauf saß ich in der Waschküche in einem Bottich und in einem Ozean von Wasser. Resi hatte robuste Hände und ein ebensolches Gemüt. Wundern lag ihr nicht. Während sie mich abtrocknete, sang sie schon wieder:

«Wo weilest du, Geliebter mein?»

Ich gewann meine normale Gestalt zurück und freute mich. Jetzt konnte ich der Familie und Loni in Würde und Schönheit unter die Augen treten.
Resi brachte mich rauf. Ein bißchen feucht war ich noch, aber es stand mir. Das Wasser hatte mein Haar zu lieblichen Löckchen geringelt. Als wir das Wohnzimmer betraten, saß die Familie beim Kaffee.
«Jetzt kenn i eahm scho, gnä' Frau», sagte Resi. «Er hat oan in d' Flucht geschlagn, a so a Promenadenmischung so a umzupfte, wo auf d' Loni hiwollt!»
Sie berichtete ausführlich von meiner Heldentat. Die Dame und ihr Sohn nickten anerkennend. Nur das Gesicht des wilden Jägers blieb finster.
«Therese!» sagte er. «Reichen Sie mir den Angeklagten her!»
Ich wurde auf einen Stuhl vor ihn hingesetzt. Dann begann die Verhandlung. Ich hatte schon herausgefunden, daß ich zwischen Juristen geraten war. Hoffentlich hatten sie die Strafrechtsreform schon hinter sich.
Zuerst wurden die Personalien festgestellt. Der Vorsitzende griff in meinen Brustbeutel und langte meine Marke und meine Visitenkarte heraus.
«Eine Marke hat er», sagte er. «Eine gültige. Das nimmt mich wunder. Meistens sind diese Elemente nirgends gemeldet und obdachlos. Und hier? Blasius von Rohmarken. Geboren am 25. Juli 1957 ...»
«Oh, ein Löwe!» rief das junge Mädchen.
Der Onkel warf ihr einen strafenden Blick zu.
«Störe mich nicht, Kind! Besitzer D. Nogees, wohnhaft Walserstraße 27.»
«Um die Ecke», sagte der junge Mann.
«Leider, leider. Die Nachbarschaft läßt immer mehr zu wünschen übrig. Telefon 21 17 80.»

Ja. Wohnhaft Walserstraße 27. Ich hatte schon von Dan gehört, daß ein Angeklagter nicht wohnt, sondern wohnhaft ist. Jetzt war ich auch in diesen Klub geraten.
Dann ging es weiter. Ohne sich viel zu bemühen, konnten sie an Hand der Rückstände auf meinem Fell den Weg rekonstruieren, den ich genommen hatte. Zaun – Garten – Kellerfenster – Kohlenkeller – Küche – Speiseaufzug. Da war nichts zu verschleiern. «Das wäre dieses», sagte der bärtige Ankläger. «Nun stellt sich uns die Frage nach dem Motiv. Was käme da in Frage?»
«Der Schmorbraten!» rief das Mädchen Gusti.
«Richtig, mein Kind. Krankhafte Freßgier bei diebischer Veranlagung und angeborenem Mangel an Rechtsgefühl. Das wäre zu erwägen, durchaus zu erwägen. Hat jemand noch einen Vorschlag?»
Der Sohn sah seine Mutter an und blinzelte listig.
«Laß ihn doch mal runter», sagte er.
Sein Vater runzelte die Stirn. «Zu welchem Zwecke?»
«Motivforschung. Ich glaube, sein Motiv liegt dort in der Ecke.»
Er hatte vollkommen recht. Sollte ich meine Liebe jetzt noch verleugnen, nach all diesem Ärger?
Als ich am Boden saß, schüttelte ich mich kurz und warf einen stolzen Blick auf meine Richter. Dann schritt ich aufrecht in die Ecke zu Lonis Korb. Ihr Köpfchen lag auf dem Rand, und ihre Samtaugen blickten zu mir, dem Helden, neugierig und lieb. Ich sah auch den zweiten Korb, in dem ihr Vater lag und trotz Mittagsschlafsucht den Prozeß grinsend verfolgte. Die ganze Angelegenheit schien ihm ungeheuren Spaß zu machen.
Alle Augen folgten mir, wie ich vor Loni stehenblieb und sie ansah, leise schwänzelnd. Dann faßte ich mir ein Herz. Ich gab ihr einen sanften Kuß, mitten im Gerichtssaal. Sie

hielt still, und das Paradies stand offen in diesem Augenblick. Dann aber dröhnte die Stimme des Richters.
«Aha! Da haben wir's, Lüsternheit, unreine Begierde! Sehr gut, mein Sohn! Er ist überführt, der Unhold, restlos überführt! Niedrige Instinkte warfen ihn dem Verbrechen in die Arme! Zurück auf die Anklagebank mit ihm, unverzüglich!»
Sie trennten mich brutal von meinem Glück. Aber mir war himmlisch wohl, und ich war bereit, auch der härtesten Strafe gefaßt ins Auge zu sehen.
Der Vorsitzende stärkte sich mit einem Schluck Kaffee. Dann fuhr er fort.
«Wir haben die Tat, wir haben das Motiv. Wir können die Beweisaufnahme schließen. Möchte jemand zu seiner Verteidigung das Wort ergreifen?»
Er sah drohend im Kreise herum, als wollte er niemandem dazu raten. Aber seine Frau rührte das gar nicht.
«Vielleicht sollten wir seine Besitzer anrufen, bevor wir seine Strafe verkünden», sagte sie. «Immerhin ist er noch minderjährig.»
«Jawohl!» donnerte der Boss. «Noch minderjährig! Nicht minderjährig genug, um Unzucht zu treiben am hellen Tage!» Er atmete keuchend. Dann beruhigte er sich. «Um der Gerechtigkeit willen sei es drum, Juliane. Vielleicht können wir so erfahren, welche unseligen häuslichen Verhältnisse ihn auf den Pfad der Untugend getrieben haben! Noch minderjährig! Schon früh gestrauchelt, das würde ich sagen! Nun wohl!»
Er erhob sich und ging zum Telefon, das auf dem Schreibtisch stand. Mir kam das äußerst gelegen. Sicher war Eva schon halbtot vor Angst.
Während der Richter uns den Rücken zuwandte, beugte sein Sohn sich vor und zupfte mich aufmunternd am Ohr,

als wollte er sagen: Mach dir nichts draus! Alles nur Theater! Mitmachen und Maul halten!
Der Vater wählte die Nummer. Ich konnte deutlich hören, wie Eva abnahm und sich meldete.
«Guten Tag, meine Dame», sagte der Alte, mit einer Stimme wie ein verwundeter Auerochse. «Guten Tag. Hier spricht Landgerichtsdirektor außer Diensten Doktor Wasinger. In meinem Hause hat sich soeben ein Vorfall zugetragen, wie er in den Annalen der Justiz seit dem Brande des Reichstages im Jahre 1933 einmalig dasteht. Seit fünfundvierzig Jahren diene ich dem Recht, meine Dame. Nach vielen bitteren Erfahrungen hat es das Schicksal für gut befunden, einen Täter meinen Weg kreuzen zu lassen, wie ich ihm noch niemals begegnet bin – abgrundtiefe Verworfenheit und eiskalte Niedertracht halten sich die Waage! Ich kenne solche Naturen, meine Dame. Im zarten Alter geraten sie auf die abschüssige Bahn und rutschen unaufhaltsam hinunter, und was steht am Ende? Das Schaffott!»
Das letzte stieß er mit Donnerstimme hervor. Ich hörte förmlich, wie Eva schauderte am anderen Ende.
«Ich bedaure zutiefst, Ihnen sagen zu müssen, daß es sich bei dem Genannten um Ihren Dackel Blasius handelt. Er hat kein Mittel gescheut, um sich meiner Loni auf schamlose Weise zu nähern. Er ist in mein Haus eingedrungen. Die Methode läßt auf Erfahrung schließen. Mit Hilfe des Speiseaufzuges ist er in das Wohnzimmer gelangt, nachdem er die Küche mit Kohlenstaub verunreinigt hat. Auf diesem krummen Wege hat er Fleisch gestohlen und andere Nahrungsmittel böswillig zerstört – kurz, er hat keine Gelegenheit ausgelassen, seiner verbrecherischen Neigung zu frönen. Aber das ist nicht alles. Nach seiner Entdeckung hat er, bar jeden Reuegefühls und anstatt in

sich zu gehen, seine Absicht weiter verfolgt und ist dem Ziel seiner Begierde gegenüber zudringlich geworden, vor aller Augen!»

Ich konnte mir vorstellen, wie nahe Eva dem Zusammenbruch war. Aber er war in Fahrt wie in seinen besten Tagen, und nichts würde ihn aufhalten.

«Ich fasse zusammen: Einbruchdiebstahl in Tateinheit mit Sachbeschädigung und versuchter öffentlicher Unzucht! Meine Dame, mir fehlen die Worte! Die heilige Ordnung ist bedroht! Die Justiz wankt in ihren Grundfesten! Was, so frage ich Sie, soll geschehen, wenn derartige Elemente im Staate die Oberhand gewinnen?»

Eva schien es nicht zu wissen. Sie sprudelte hastige Worte heraus. Er nannte die Adresse. Dann war Schluß.

Der Landgerichtsdirektor wandte sich um. Man konnte sehen, daß ihn die Anklagerede mitgenommen hatte. Er war eben nicht mehr der Jüngste.

«Sie kommt», sagte er. «Sie wußte nichts zu erwidern. Zittere, Elender!»

Ich zitterte aber nicht, sondern schielte zu Loni.

Zwei Minuten später klingelte es. Das Dienstmädchen öffnete die Tür, und Eva trat ins Zimmer. Ich nahm mich zusammen, blieb auf dem Stuhl sitzen und tat zerknirscht.

Sie erregte Wohlgefallen auf allen Seiten. Die Frau Landgerichtsdirektor gab ihr lächelnd die Hand, der Sohn brachte kein Auge von ihr los, die Nichte knickste. Der Direktor des Land- und Hausgerichts blickte milder und strich sich den Bart.

Nach der Vorstellung wandte sich Eva zu mir.

«Blasius!» rief sie. «Wie konntest du das tun! Uns so zu blamieren!»

Es ist nur die Liebe, dachte ich.

«Schäme dich! Heute abend erzähle ich es Herrchen!»

Sie sah beklagenswert aus.
«Gnädige Frau – Herr Landgerichtsdirektor – es ist mir ja so peinlich . . . ich weiß nicht, wie ich mich entschuldigen soll . . .»
Jetzt fing ich wirklich an, mich zu schämen, daß ich sie in diese Lage gebracht hatte.
«Na, setzen Sie sich erst mal», sagte die Frau Direktor. «Gusti, noch eine Tasse!»
Ich blieb still und kleinlaut sitzen. Ich durfte nicht stören, wo Eva sich Mühe gab, meinen miserablen Eindruck auszugleichen. Aber sie schaffte es. Mit der Zeit wurden die Herrschaften warm miteinander. Es kamen allerhand mildernde Umstände zusammen.
Der erste war Eva selber und die gemeinsame Neigung zur gleichen Hundeart. Dann erzählte sie von meiner harten Jugend in einem Junggesellenhaushalt, mit allen seinen Anfechtungen und der Gefahr der Verwahrlosung. Trotz der fatalen Neigung zu Dummheiten hätte ich ein gutes Herz.
«Ich glaube es wohl, Ludwig», sagte Frau Wasinger. «Bedenke, was Resi erzählt hat. Er hat für Loni gekämpft, mit diesem räudigen Köter. Wer weiß, was alles passiert wäre.»
«Er war ganz zerbissen», sagte Eva.
Der Richter heftete seine Augen auf mich. «Nun wohl», sagte er. «Ich gebe zu, daß alles das seine Tat in milderem Lichte erscheinen läßt. Indessen . . .»
«Weißt du nicht mehr, wie der Pepi Lonis Mutter nachgestiegen ist? Wie er dabei in die Müllgrube fiel und vier Wochen stank? Was Baron Imbsweiler sagte, als seine Beata auf einmal Junge bekam . . .»
Wie nett von ihr, einen derartigen Verlauf anzudeuten. Aber ihr Mann schien sich ungern an diese Dinge zu erinnern.

«Halt ein, Juliane! Was soll der Bursche denken, wenn du solcherart für ihn Partei nimmst?»
«Verteidigung steht ihm zu. Und die Liebe ist nun mal eine Himmelsmacht.»
Wie auf ein zauberkräftiges Stichwort stand Loni aus ihrem Körbchen auf. Alle Köpfe wandten sich zu ihr. Sie hopste über den Rand, ging mit langsamer Anmut auf meinen Anklagestuhl zu. Und dann, o Wunder, stellte sie sich aufrecht empor, konnte mit den Pfoten gerade die Kante erreichen, schob ihr Schnäuzchen zu mir und wedelte. Ich wagte nicht, mich zu rühren. Aber der Sohn griff Loni am Fell und setzte sie neben mich, und da blieb sie, und unsere Herzen klopften. Die allgemeine Rührung ergriff auch den Landgerichtsdirektor. Er trug ein gutes Herz hinter dem Jägerwams und hinter dem Rechtssinn. Ich hatte es schon geahnt, trotz des Gedonners. Sicher litt er unter der Pensionierung und freute sich, wenn er mal wieder Gericht spielen durfte.
Er räusperte sich vernehmlich.
«Hem, hem. Nun wohlan. Obwohl ich nicht abzusehen vermag, wohin Recht und Gesetz noch geraten sollen, sehe ich ein, daß wir unter diesen Umständen dem Angeklagten vergeben müssen. Zudem ist er als Dackel im Sinne des Strafgesetzbuches nicht verantwortlich zu machen. Auch ist der angerichtete Schaden unerheblich. Wir wollen daher die Verhandlung schließen und ihn freisprechen, vorbehaltlich der Hoffnung, daß aus ihm doch noch ein nützliches Mitglied der menschlichen – der hündischen Gesellschaft wird. Augusta! Bring mir den Portwein und die Gläser!»
«Hurra!» rief die Nichte und lief zum Schrank. Der Sohn tätschelte mir den Rücken. Eva lachte. Loni leckte mir fröhlich über die Ohren. Ich stupste sie ganz zart, und

dann strahlte ich die Frau Direktor an, um mich bei ihr als meinem Anwalt zu bedanken.
Na also. Alles o. k. Man muß nur etwas riskieren, mit allem Einsatz, dann klappt es schon. Freigesprochen und gewaschen stand ich da, Sieger trotz aller Prüfungen, und neben mir saß Loni und durfte mit allerhöchster Erlaubnis sitzen bleiben. Ich pries meinen Entschluß, in das Haus einzudringen, und den Speiseaufzug und Eva.
Sie wollte jetzt fort, sich empfehlen, die Herrschaften nicht länger aufhalten, sie hätte schon lange genug ... Nichts war's. Sie mußte dableiben, bei Portwein und Zigaretten. Es wurden endlose Dackelgeschichten erzählt, und währenddessen sprang ich mit Loni vom Stuhl und spielte mit ihr und sah in ihre Augen. Ihr Vater gesellte sich zu uns. Er war ein prima Bursche, nur so faul, daß er am liebsten vierundzwanzig Stunden am Tag geschlafen hätte und noch mehr, wenn es mehr gewesen wären. Wahrscheinlich wird man im Alter so. Dafür schien er in seiner Jugend um so lebendiger gewesen zu sein, denn gerade erzählte sein Frauchen, daß ein Haufen Kinder von ihm in der Gegend herumliefen, aber sie hätte nur Loni behalten, um wenigstens ab und zu einmal Ruhe im Hause zu haben. So, so. Kein Wunder, daß er jetzt immer so müde war.
Sohn und Nichte empfahlen sich. Er mußte zum Gericht, wo er als Assessor saß, und sie zur Klavierstunde, um den Lehrer zur Verzweiflung zu bringen und den Flügel zu ruinieren. Wir merkten kaum, wie die Zeit verging, bis draußen die Dunkelheit heranschlich und innen der Portwein zur Neige ging. Ich fühlte mich sauwohl und dachte mit keiner Faser ans Fortgehen. Aber Eva dachte an Dan, der nun bald hungrigen Bauches in der verlassenen Wohnung herumstehen würde.

«Gnädige Frau», sagte sie schüchtern, «es ist so nett bei Ihnen, nur – mein Mann kommt in ein paar Minuten nach Hause . . . ich habe noch kein Abendbrot . . . ich muß jetzt wirklich gehen –»
Die Landgerichtsdirektorin war eine Frau von schnellen Entschlüssen.
«Wenn er in ein paar Minuten kommt, ist es sowieso zu spät», sagte sie trocken. «Holen Sie ihn zu uns zum Abendbrot und bleiben Sie da. Sie sind herzlich eingeladen.»
«Aber, gnädige Frau, ich kann wirklich nicht . . .»
«Ludwig?»
«Nun», sagte der Hausherr und strich den portweinfeuchten Bart, «ich denke, es wird von allgemeinem Interesse sein, auch den Herrn des Dackels Blasius kennenzulernen. Bedienen Sie sich des Telefons, mein Kind, und holen Sie ihn herbei!»
Gegen diese höchstrichterliche Entscheidung gab es keinen Einspruch. Das Kind ging zum Telefon. Dan war schon zu Hause. Eva sprach schnell und leise, während sich die Gastgeber mit uns beschäftigten. Ich nahm mir ein Herz, sprang auf den Schoß meines Richters, stellte die Pfoten gegen seine Brust und blickte ihm treuherzig ins blaue Waidmannsauge. Er strich mir über das Fell.
«Nun, nun», sagte er, «es scheint doch ein wackerer Kern in ihm zu stecken. Hoffen wir, daß es ihm gelingt, auf dem rechten Pfade zu bleiben.»
Das hoffte ich auch. Leider gab es bald danach wieder Theater, aber gottlob war ich nicht allein schuldig.
Eva kam zurück.
«In einer halben Stunde ist er da, gnädige Frau. Ist das zu spät?»
«Genau richtig.» Sie klingelte nach Resi und gab Anwei-

sungen für das Abendessen. Ich fragte mich, ob sie mich wieder im Speiseaufzug mitfahren lassen würden. Pünktlich nach dreißig Minuten erschien Dan, strahlend und mit gutem Eindruck. Er hatte sich noch mal rasiert und ein frisches Hemd angezogen. Außer diesen Anweisungen hatte Eva ihm noch andere zugeflüstert, denn er trug einen beachtlichen Blumenstrauß und eine Flasche feinen Portweins mit sich. Das war weise von Eva und von ihm. Er begrüßte die Hausfrau artig und mit Handkuß, überreichte die Blumen, küßte sein liebes Weib, drückte dem Landgerichtsdirektor mannhaft und deutsch die Rechte und schenkte ihm den Portwein. Der Hausherr prüfte das Etikett, und Zufriedenheit zog über sein Antlitz. Ich wußte, was noch kommen würde, aber es gehörte zum Programm. Dan faßte mich am Kragen, hob mich hoch zur Decke empor und sagte drohenden Tones: «Der Fleischwolf steht für dich bereit, Bruder. Mit neuen Messern. Der Platz für dein Fell ist schon freigemacht. Morgen kommst du auf die Speisekarte, bei meinen Ahnen . . .» Er wollte mit diesen lieblichen Ankündigungen noch fortfahren, aber da fingen Loni und Pepi an, knurrend und voller Ingrimm an seinen Hosenbeinen zu zerren. Er mußte mich loslassen und seine Aufschläge retten.
Der Hausherr setzte die Flasche nieder.
«Hoffentlich bemerkst du, Juliane», sagte er, «wie weit die Solidarität unter diesen Gesellen schon gediehen ist. Ein Komplott unter meinem Dache! Ich weiß nicht, was ich davon denken soll.»
«Dackel halten zusammen», antwortete sie. «Nehmen Sie Platz, Herr Nogees.»
«Nochmals Entschuldigung, gnädige Frau», sagte Dan. «Ich weiß, daß es mit diesem Tier ein böses Ende nehmen wird.»

«Tun Sie ihn trotzdem nicht in den Wolf.»
Wenig später kamen der Sohn und die niedliche Nichte wieder. Das Gericht war für heute geschlossen, und sie hatte ihre Etüden für höhere Töchter hinter sich. Alles setzte sich zum Abendbrot. Wir schlichen zu dritt unter dem Tisch herum und vertilgten, was herunterfiel. Nie war es so schön gewesen wie zusammen mit Loni. Ich teilte eine Scheibe Wurst mit ihr, zum erstenmal in meinem Leben, und sah daraus, wie schwer es mich erwischt hatte.
Es wurde ein urgemütlicher Abend. Der Portwein reichte bei weitem nicht aus. Es mußten aus dem Keller neue Vorräte herbeigeschafft werden. Ich ging mit dem Sohn des Hauses hinunter, weil ich dort unten schon Bescheid wußte. Ich sah den Spiegel, mit dem ich gekämpft hatte und roch die Gurkenfässer. Die toten Mäuse waren entfernt, und die Fallen standen zu neuem Fang bereit. Die Kohlen lagen stumm und schwarz, und ich ließ sie links liegen und folgte dem Assessor ins Weinabteil, wo die edlen Tropfen hinter verschimmelten Korken warteten. Er zog ein paar Pullen heraus. Dann gingen wir wieder hinauf. Auf dem Flur sah ich Resi noch einmal, die mich singend gewaschen hatte, und ich begrüßte sie, und sie sagte: «Gelt, du Schlawiner!»
Für den Rest des Abends kam jeder auf seine Kosten. Die Damen waren zusammengerückt und erzählten von Ehemännern und Einkäufen, Wohnungen und Wäsche, Dakkeln und Dienstmädchen. Die Herren hatten glänzende Nasen und waren bei Verbrechern und wie man sie fängt und bestraft. Der Landgerichtsdirektor freute sich ungeheuer, in Dan einen Helfer des Gesetzes getroffen zu haben, wenn auch dessen Dackel noch weit vom rechten Pfade entfernt war.

Der Glücklichste von allen war ich. Ungehindert konnte ich Loni mit meiner Zuneigung überschütten, niemand störte mich, keiner heftete seine Augen auf unser Glück. Pepi schlief schon wieder enorm fest. Ich lag mit Loni auf einem Fell, ohne jeden Zwischenraum. Ich krabbelte und küßte sie, und ab und zu nahm sie mein rechtes Ohr zart zwischen die Zähne und zupfte daran. Es war, als wären wir schon ewig miteinander bekannt, zusammen aufgewachsen, und nichts trennte uns. Was für ein schöner Tag. Aber auch er hatte ein Ende, und der Abschied kam. Ich trug es mannhaft. Was konnte mir noch passieren? Ich war wie ein Mann auf dem Fasching, der nach mancherlei Mühe die Adresse des Mädchens bekommen hatte, das ihn interessierte, und der sich nun beruhigt hinter den Tresen zu einem Bier zurückziehen konnte, wo er leichten Herzens das Wettrennen der anderen verfolgte. Meine Loni hatte ich, dieses Haus hatte ich erobert und meine Familie darin eingeführt. Das sollte mal einer nachmachen.
Mit großer Herzlichkeit wurden wir verabschiedet. Dan und Eva mußten auf eine baldige Einladung gefaßt sein. Ich bekam die feierliche Erlaubnis, jeden Tag zu kommen und mit Papa und Tochter Loni im Garten zu spielen. Was für ein Erfolg!
Dann gingen Dan und Eva eingehakt unserem Hause zu. Ich flitzte um sie herum und jagte die heruntergefallenen Blätter aus dem Rinnstein hoch. Ich sah die beiden von hinten gegen das Mondlicht, und mir wurde klar, wie recht Dan getan hatte, nicht mehr allein zu bleiben und Eva zu sich zu holen. Allein hat man keine Chance. Man braucht jemanden, der einen versteht, wenn man traurig ist. Ich würde mir Loni holen und mit ihr glücklich sein.

Zunächst allerdings trat ich behutsam auf, wie es sich für einen vornehmen Freier schickt. Ich machte meine Besuche zur gehörigen Tageszeit, betrug mich anständig, fraß nichts, was mir nicht gehörte, und grub keine Krater in den Rasen. Binnen kurzem sah es so aus, als wäre ich der wohlerzogenste Dackel der Welt. Leider brach dieser Eindruck rasch zusammen.

Es war ein Morgen mit trübem Himmel. Man konnte den Regen riechen, und er kam auch herunter, gerade als wir fröhlich aber verhalten im Garten herumtobten. Resi rief uns hinein, denn sie hatte nur die Arbeit mit uns, wenn wir naß und lehmbeschmiert heimkehrten. Sie machte im Haus sauber und sperrte uns in ein Zimmer im Obergeschoß, damit wir nicht dauernd zwischen Staubsauger und Bohnerbesen gerieten. Ich war noch nie in diesem Zimmer gewesen.

Es roch nach Papier und Gelehrsamkeit. An sämtlichen Wänden standen Bücherschränke, und die Bretter bogen sich unter den Folianten. Neben dem Fenster lehnte eine Standuhr, die älter aussah als das Haus. Sie hatte nur noch einen Zeiger, und ihr Pendel stand still wie ein Pilz im Walde. Dann war noch ein gigantischer Schreibtisch mitten im Zimmer, mit einem Sessel davor, der auch einen Elefanten getragen hätte. Das war alles. Kein Teppich, keine warmen Ecken und weichen Kissen. Die armen Juristen.

Wir schnüffelten ein bißchen in den Winkeln herum, aber überall roch es gleich, und es fand sich nichts, was zum Zernagen aufforderte. In die Schränke konnte man nicht hinein und zur Tür nicht hinaus. Wir starrten uns an und überlegten, was wir machen sollten. Pepi hätte sich gern zum Schlafen niedergelegt, denn es war immerhin schon elf Uhr vormittags, aber weit und breit zeigte sich keine

geeignete Liegestatt für einen älteren Herrn. Blieb einzig der Stuhl. Er hatte lausig hohe Beine. Pepi fand die richtige Lücke, nahm Anlauf und schoß unter der Tischkante durch auf den Sitz. Er war ja auch der Größte von uns. Statt sich jedoch zusammenzurollen und unverzüglich einzuschlafen, trieb ihn die Neugier, noch einmal auf den Schreibtisch zu sehen. Das war der Anfang des Ärgers.
Wir sahen, wie Pepi auf die Tischplatte hopste und oben herumstolzierte, wie ein Hahn auf dem Misthaufen. Auch mich reizte es, ihm gleichzutun und meine Leistungsfähigkeit im Hochsprung zu erproben. Aber ich wollte Loni nicht allein auf der nackten Erde lassen. Plötzlich merkten wir, daß Pepi dort oben mit irgendeiner Arbeit beschäftigt war. Er schien etwas zu schieben und sich mächtig dabei anzustrengen. Wir starrten hinauf und sahen die weißen Umrisse eines gewaltigen Papierstapels auf den Rand der Platte zurutschen. Pepi, der Treusorgende! Er gab uns was zu spielen!
Es war atemberaubend, anzusehen, wie der Stapel unter dem Druck des emsigen Pepi dem Abgrund näherkam. Er überschritt die Kante. Ein Viertel, ein Drittel, die Hälfte! Wir zogen uns etwas aus der Reichweite zurück. Noch einmal hörten wir Pepi ächzen wie einen Bauarbeiter mit einem Balken. Dann kam die Bescherung herunter. Der Papierstapel klatschte auf den Fußboden, flog auseinander. Einzelne Blätter taumelten hinterher. Als der Knall verklungen war und das letzte Blatt sich zur Ruhe gebettet hatte, sahen wir Pepis Kopf mit den weißumränderten Ohren über dem Rand auftauchen. Er feixte fröhlich, daß ihm das Werk gelungen war, und wir freuten uns mit ihm. Es fing harmlos an wie immer.
Loni schob ihr Näschen an den Papierberg heran, schnüffelte leise, faßte ein Blatt mit den Zähnen und hielt es mir

hin. Ich nickte höflich zum Dank, faßte es vorsichtig auf der anderen Seite und zerrte behutsam, um es ihr nicht mit Gewalt wegzureißen. Sie setzte dem Widerstand entgegen. Ich gab nach, zog wieder an, und so trippelten wir eine Weile graziös hin und her, wie auf dem Hofball beim Menuett. Dann aber zog ich etwas zu kräftig, und das Blatt riß mit traurigem Kreischen mittendurch. Wir ließen die Teile los und betrachteten sie erstaunt, als könnten wir uns nicht erklären, wie das passiert wäre. Dann lachten wir uns an und nahmen das nächste Blatt von oben. Wir kamen zum gleichen Resultat, nur etwas schneller. Mit den nächsten fünf Blättern probierten wir, wer stärker ziehen konnte. Als Kavalier überließ ich viermal Loni den Sieg und tat so, als käme ich nicht gegen sie an. Die Blätter hielten es trotzdem nicht aus. Aber es waren genug da. Mit der Zeit gerieten wir in Hitze und kämpften auch noch um die Hälften. Pepi, der sich inzwischen zur Ruhe gebettet hatte, fand Lust, mitzumachen und kam herunter.

Das Spiel war ganz einfach. Einer nahm ein Blatt, und die anderen mußten versuchen, ihn zu kriegen und es ihm wegzunehmen. Wer ihn gekriegt hatte, durfte mit einem neuen Blatt davon. Der Haufen wurde schnell kleiner. Die Papierstückchen auch. Plötzlich wurden sie frech, kehrten sich gegen uns und griffen uns an.

Das war zuviel. Augenblicklich bildeten wir eine geschlossene Front gegen sie. Jeder griff sich, was er kriegen konnte und zerriß es in winzige Bestandteile. Es dauerte nur Sekunden, und im Zimmer sah es aus wie bei einem Schneesturm im Hochgebirge. Manche von den größeren Schnipseln wollten sich verbergen, aber wir fanden und zerkleinerten sie. Wir waren besessen von dem grenzenlosen Ehrgeiz, sie so klein wie möglich zu kriegen. Wir vergaßen alles um uns herum, einschließlich der guten Vorsätze. Binnen einer Minute hatten wir jeder mindestens ein halbes Pfund Papier im Bauch. Weder das noch anderes hemmte unseren Tatendrang. Bis auf einmal die Tür schmetternd aufflog. Der Landgerichtsdirektor stand im Zimmer.

Durch den Papierwirbel konnten wir ihn nur undeutlich erkennen. Er hatte die Arme in die Seiten gestemmt und rollte furchtbar mit den Augen. Wir krochen blitzschnell unter den Tisch.

Dann erhob er seine Stimme und brüllte so laut, daß die Schnipsel vom Erdboden stoben und um ihn herumflatterten. Rübezahl im Walde.

«Juliane! Sieh dir das an! Komm und sieh es dir an! Diese Buben, diese Ausgeburten, diese Galgenhälse! Den Prozeß zerfressen! Zerstört, mutwillig und voller Tücke! Rudloff gegen Rudloff, diesen Musterprozeß, den ich auszuwerten im Begriffe war! Ein Verbrechen ohne Beispiel! Wartet, ihr Höllenhunde!»

Er stürmte hinaus. Wir hörten ihn auf der Treppe poltern. Dann näherten sich seine Schritte wieder, und er kam herein, ausgerüstet mit einer längeren Reitpeitsche. Ohne weitere Worte holte er aus und begann, unter dem Tisch nach uns zu schlagen. Wir spritzten auseinander. Es war nicht schwierig, seinen Hieben auszuweichen, weil er blindlings in die Gegend schlug. Er traf nur die Reste des Musterprozesses Rudloff gegen Rudloff, aber die um so furchtbarer. Das Schneegestöber erhob sich von neuem, und je stärker es wurde, desto weniger sah er. Wir schossen um ihn herum und bekamen geradezu Mitleid mit ihm, weil er sich so abmühte. Ab und zu quiekte einer von uns, als wäre er getroffen, um ihm nicht alle Lust zu nehmen. Der Fußboden dröhnte von den Schlägen. Mit einem letzten, furchtbaren Hieb zerschlug der Alte das Glas der Standuhr. Das Perpendikel fiel heraus. Dann wankte er zu dem Stuhl, sank hinein und barg sein Haupt in den Händen. Wir setzten uns davor und betrachteten ihn mit Sorge. Das Zimmer sah aus, als wäre ein Lastwagen voll Konfetti darin umgekippt. Frau Wasinger öffnete die Tür. Es dauerte eine ganze Weile, bis sie alles übersehen konnte.

«Was treibst du denn hier?» fragte sie.

Er hob den Kopf, sah sie mit gebrochenem Blick an. «Der Prozeß», stöhnte er. «Sie haben den Prozeß zerfressen. Ich bin vernichtet.»

Seine Frau handelte weit zielbewußter als er. Sie griff einen nach dem anderen von uns am Kragen und zog uns drei mit der Reitpeitsche über. Es schmerzte bedeutend mehr als die Schläge ihres Mannes. Diesmal quiekten wir laut und von Herzen.

«So, das wäre für euch», sagte sie. «Damit ihr euch's merkt. Und du geh mit deinem Schmarrn von Prozeß. Das ganze Haus liegt voll von dem Papierkram.»

«Juliane», sagte er in tiefer Bestürzung.

«Na, ja. Nimmst halt an andern!»

Der Landgerichtsdirektor erhob sich und schritt schwerfällig hinaus, mitten durch die zerfledderten Akten, die er nun nicht mehr auswerten konnte.

«Raus mit euch!» befahl die Frau Direktor. «Resi – räumen S' des weg!»

So endete unsere Arbeit im Archiv. Es war mein Glück, daß ich diesmal nicht der einzige Übeltäter war, sondern der Verdacht der Urheberschaft von vornherein auf Pepi fiel. So sah der Hausherr, daß selbst der langjährige Dakkel eines Juristen nicht frei von kriminellen Anwandlungen war. Das traf ihn tief.

«Von dir hätte ich mehr Achtung vor dem Gesetze erwartet», sagte er. «Geh mir aus den Augen, Heuchler!»
Aber Pepi schlief schon wieder.

Trotz dieser und ähnlicher Vorfälle blieb ich im Hause gern gesehen, und immer deutlicher wurde sichtbar, wie es um Loni und mich stand. Noch allerhand Opfer brachte ich für sie, bis ich mein Ziel erreicht hatte.

Einmal war sie mit Resi weggegangen, und ich wartete eine Stunde im sprühenden, eisigen Regen vor der Gartentür, obwohl ich das gar nicht nötig gehabt hätte. Am nächsten Tag lag ich mit einem Schal und einer Wärmflasche in Dans Bett und hustete hohl. Dazu lief mir die Nase wie ein Springbrunnen, und das linke Ohr tat scheußlich weh. Eva mußte mit mir zum Tierarzt.

Schon von dem Geruch auf der Treppe bekam ich furchtbare Angst. Im Wartezimmer saßen noch mehr solche traurigen Figuren wie ich, und nach uns kam ein dünner, bebrillter Mann mit zwei weißen Mäusen und einer Schildkröte. An der Wand stand «Es wird dringend gebeten, die Tiere nicht das Treppenhaus verunreinigen zu lassen!»

Während wir warteten, las Eva in einem Heft «Du und das Tier», das schon drei Jahre alt war. Ich zitterte auf ihrem Schoß wie ein Pudding. Der Mann mit der Brille setzte seine Schildkröte auf den Fußboden, und sie marschierte quer durch das Zimmer. Sehr krank schien sie nicht zu sein. Vielleicht war sie bloß mit.

Dann kamen wir dran. Eva trug mich hinein. Sie bugsierten mich auf einen Tisch mit Steinplatte, auf dem es noch furchtbarer roch als im Treppenhaus. Ich wollte zur Tür hinaus, aber sie hielten mich fest, und auch Eva wandte sich gegen mich und half dem Mann im weißen Mantel. Ich weinte vor Enttäuschung.

Zuerst horchte er mit zwei Gummischlangen an mir herum. Dann schlang er mir heimtückisch eine Mullbinde zwischen die Zähne durch und zog. Ich mußte die Schnauze aufmachen und konnte ihn nicht beißen. Er kam mit einem Wattestab und pinselte mir im Hals herum. Ich hustete und spuckte erbärmlich. Dann spülte er mir mit einer gelben Flüssigkeit die Ohren aus. Sie rochen hinterher wie eine Apotheke. Zum Abschluß schnitt er mir noch die Krallen kürzer, weil ich einmal da war und es in einem hinging.

«Diese Tiere graben zu wenig», sagte er. «Stadthund. Reiner Domestikationsschaden.»

Laß mich mal in deinen Garten, dachte ich. Werde dir zeigen, ob ich zu wenig grabe.

Endlich durfte ich von dem Martertisch herunter. Aber kaum war ich unten, verschwand meine Furcht. Ich schüttelte mich und hüpfte fröhlich herum. Leider hatte ich mich zu früh gefreut. Eva dachte noch an meine Zähne, die sie nachsehen lassen wollte.

Sie fingen mich wieder ein, und ich landete zum zweitenmal auf dem unseligen Tisch. Nach dem Mullbindentrick sah er sich meine Zähne an.

«Rechts hat er eine Kleinigkeit Zahnstein», sagte er. «Kaum der Rede wert. Die Arbeitsseite ist links. Wieder das gleiche. Stadthund. Nagt zu wenig.»

Frag den Landgerichtsdirektor, dachte ich.

Der Tierarzt schabte ein bißchen an einem Zahn herum. Dann war endgultig Schluß. Als sie mich losließen, sprang ich mit einem Riesensatz vom Tisch und sprintete zur Tür. Dort wartete ich, bis Eva bezahlt hatte, bar und sofort. Recht geschah ihr.

Im Wartezimmer stieß ich mit der Schildkröte zusammen, die gerade auf der Rückreise war. Ich bellte sie an, und sie zog den zerknitterten Hals ein und guckte dämlich.

Zwei Tage mußte ich im Bett bleiben, bis ich mich von der Erkältung und den Strapazen erholt hatte.
Aber, wie gesagt – Ausdauer lohnt sich. Eines Abends, als Dan und Eva bei Landgerichtsdirektors eingeladen waren, kamen sie nach einem längeren Gespräch überein, Loni meine Frau werden zu lassen. Schließlich waren wir beide im heiratsfähigen Alter, und für den Fortbestand unserer Art mußte etwas getan werden. Man hatte erkannt, daß ich alle Tugenden eines echten Langhaardakkels in mir vereinigte, von ein paar Untugenden abgesehen, aber die machten mich erst interessant. Sie wußten, daß ich Loni liebte und alles für sie tun würde. Warum sollte sie erst noch auf einen anderen Burschen warten, mit ihm dasselbe Theater durchmachen und nachher eine noch größere Pleite erleben.
Außerdem waren Wasingers ziemlich stark an Nachwuchs interessiert. Ich hatte es verschiedentlich gehört. Ich konnte stolz darauf sein, daß sie ihre behütete Loni nicht zu gut für mich befanden, und das war ich auch.
So wurde an diesem Abend im engsten Familienkreise unsere Hochzeit gefeiert. Wir waren die Hauptpersonen und durften mit am Tisch auf einem Stuhl sitzen. Jeder von uns bekam eine große Wurst, auch Pepi, obwohl er nicht heiratete. Aber schließlich hatte ich Loni zur Hälfte ihm zu verdanken. Später nahm der Landgerichtsdirektor uns beide zusammen auf seinen Schoß und hielt eine Ansprache. «Liebe Loni, lieber Blasius», sagte er mit bewegter Stimme, «mit Genugtuung und Freude begehen wir den Tag, an dem ihr beide ein Paar werdet. Ihr habt euch einander würdig erwiesen –» hier dachte er wahrscheinlich an seinen zerstörten Musterprozeß Rudloff gegen Rudloff – «und wir haben den Eindruck, daß echte Zuneigung euch verbindet.»

Er nahm einen Schluck Sekt. Sein Bart kitzelte mich im Genick, aber ich hielt still und aus.
«Wenn nun nach diesem Tage eine glückliche Zeit für euch anbricht, so vergeßt über dem Glück nicht die Aufgaben, die euch vom Schicksal gestellt sind. Wenn man von euch auch billigerweise menschliche Einsicht nicht erwarten darf, so denkt bei allen euren Handlungen stets daran, daß ihr rechtschaffenen Familien entstammt, deren Häupter dem Gesetze dienen, und daß verwerfliche Taten auch ihrem Rufe Schaden zufügen!»
Ach je. Wie gut, daß er niemals erfahren hat, was für verwerfliche Taten Dan und ich einige Zeit später begangen haben. Er hätte sich den Bart ausgerissen.
Er hob sein Glas. «So stoßen wir denn an auf Loni und Blasius! Möge die Sonne ihren Weg mit Licht füllen!»
Und ihr immer unsere Töpfe mit Fleisch, dachte ich. Man trank uns zu. Dann hopsten wir auf unseren Stuhl zurück und waren gerührt von den Worten des Hausherrn.
An diesem Abend durfte Loni mit zu uns nach Hause. Eva richtete uns mit Decken und Kissen einen Platz nahe der Heizung im Wohnzimmer ein. Dort blieben wir beisammen, schliefen Fell an Fell und wachten nebeneinander auf, als es hell wurde. Zuerst dachte ich, alles wäre ein Traum. Aber Loni war neben mir, und ihre Augen glänzten und ihr Näschen zitterte. Es war Wirklichkeit.
Fortan blieben wir mal bei uns, mal bei Wasingers und hatten in beiden Häusern unsere Unterkunft. So konnten wir zufrieden sein in einer Zeit, wo man überall von der Wohnungsnot bei jungen Ehepaaren hörte. Wir spielten zusammen im Garten und im Park, fuhren mit dem Auto in die Stadt, aßen gemeinsam und kamen zusammen in die Badewanne. Es war ein Leben wie nie zuvor.
Das vergoldete Zeitalter war angebrochen.

Wir vier meinten, es würde so bleiben bis zum Weltuntergang. Aber wie so oft und bei so vielen Leuten zeigte sich auch bei uns, daß der Teufel immer dann auftritt, wenn man anfängt zu glauben, er hätte sich zur Ruhe gesetzt. Niemand soll sich einbilden, er habe das Glück in allen vier Zipfeln. Ehe er sich versieht, steht er mit dem leeren Taschentuch da.
Vielleicht kam der ganze Schlamassel gerade daher, daß es uns zu gut ging und der Hafer uns stach. Wir schlitterten hinein, ohne uns viel dabei zu denken. Erst hinterher merkten wir, wie leichtsinnig wir mit allem gespielt hatten, was uns lieb war.
Es fing an, als Eva für ein paar Tage verreisen mußte. Irgendwo war ein Fotografenkongreß, wo sie gegenseitig ihre Bilder schlechtmachen und auch einmal zu Wort kommen wollten. Anschließend hatte sie vor, eine Schulfreundin zu besuchen, mal richtig zu klatschen und diese Kosten samt denen des Kongresses als Reisespesen von der Steuer abzusetzen. Acht Tage etwa sollte unsere Strohwitwerschaft dauern.
Am Morgen des Abschieds frühstückten wir einträchtig. Loni hatte bei uns genächtigt. Während Evas Abwesenheit sollte die Familie Wasinger Loni und mich größtenteils versorgen.
Wir brachten Eva im Geleitzug zum Auto. Sie fuhr ab, bepackt mit ihren Schnappschüssen und unseren Segenswünschen und naß im Gesicht von Dans Küssen. Danach schaffte er uns hinüber zur Villa Wasinger. An diesem Tage lag brüchiger Februarschnee an den Straßenrändern, und als ich über die Kante des Gehsteiges hopste, trat ich auf einen zerbrochenen Taschenspiegel, der unter der Schneedecke lag wie eine Tellermine. Es passierte nichts weiter, aber ich hatte von Eva gehört, daß zerbrochene

Spiegel Unglück bedeuten, denn einmal hatte ich ihr einen von der Frisiertoilette geworfen, als sie mit mir Fangen spielte. Daran dachte ich jetzt, und den ganzen Tag über verließ mich eine Ahnung nicht von kommendem Unheil.

Am Nachmittag gingen der Landgerichtsdirektor und seine Frau zu Bekannten. Sie nahmen Loni mit, ich blieb mit Pepi daheim. Eine Stunde später kam Dan vom Dienst und holte mich ab. Ich hätte eigentlich auf Loni warten und über Nacht bei ihr bleiben sollen, aber Dan fühlte sich offensichtlich einsam, und ich wollte ihn nicht verlassen. Er machte in unserer Küche Würstchen warm und sang dabei von Waldeslust und oh, wie einsam die Brust schlüge, und daß seine Mutter ihn nicht liebte und sein Vater ganz unbekannt wäre, oder umgekehrt. Wir nahmen die Würstchen zu uns. Dan legte die Teller in den Ausguß und sah mich an.

«Komm, junger Ehemann», sagte er. «Gehen wir auf ein Bier zum Eugen.»

Ich hatte das erwartet und wunderte mich nicht. Warum verließen uns auch unsere Frauen.

Wir nahmen den Weg durch den Park. Es herrschte eine klebrige Kälte, und wir bliesen zarte Wolken ins Abenddunkel. Dan marschierte in der Mitte des Weges und betrachtete die Sterne über sich. Deswegen sah er die helle Gestalt nicht, die langsam auf uns zu kam. An ihrer Seite bewegte sich ein weißes, unruhiges Bündel. Ich zog die Luft ein. Der Geruch war schon mal dagewesen. Ich lief voraus und sah. Es war Reni, die Wohlgeformte, mit ihrem Wunderspitz Topsy. Der Teufel war schon in der Nähe.

Wegen meiner Tarnfarbe bemerkte Topsy mich erst, als ich auf fünf Meter heran war. Ein Wachhund, wie er im Buche

steht. Sie fing mit ihrer Kindertrompetenstimme zu kläffen an, daß es weit durch den Hain schallte.
Reni zog ihr Hündchen an sich.
«Was ist denn? Sei ruhig!»
Sie sah mich immer noch nicht.
«Waff!» machte ich.
Dann lief ich heran und schnupperte an Topsy. Sie wollte erst zurückfahren, dann hochmütig tun, dann erkannte sie mich.
Jetzt sah auch Reni, wer ich war.
«Blasi! Bist du es?»
Nein, dachte ich, ich bin der Direktor des Palast-Hotels. Guten Abend, meine Damen.
Inzwischen näherte sich der Sterngucker Daniel.
«Blasi», sagte er, «was machst . . .»
«Ach, der Herr Heiratsvermittler!» rief Reni. «Nein, so was. Leben Sie auch noch?»
«Nein», sagte Dan. «Ich hatte einen schweren Verkehrsunfall und bin gestern meinen Verletzungen erlegen. Wie geht es, Star aller Mannequins?»
«Prima.»
«So. Und was tun Sie mitten in der Nacht im Park?»
«Ich führe meinen Hund aus.»
«Geht er nicht mehr aufs Töpfchen?»
«Seit gestern entwöhnt. Und Sie?»
«Sie meinen, ob ich auch noch . . .»
«Nein!» Sie schüttelte entrüstet den blonden Scheitel. «Was Sie hier suchen!»
«Einen geduldigen Stuhl», sagte Dan. «Einen Tisch davor und darauf ein Bier.»
«Puh. Wie kann man jetzt Bier trinken!»
«Puh. Was wollen wir denn trinken?»
Sie schielte ihn schräg von unten an.

«Ach, ich weiß nicht . . . vielleicht . . .»
«Vielleicht einen Whisky. In der Palastbar.»
«Sie sind aber ein Säufer.»
«Ich bin aber ein Säufer. Kommen Sie. In diesem Park macht die Sittenpolizei Kontrollen.»
«Sie . . .» fauchte Reni, aber Dan hatte sie schon am Arm, und sie ging mit. Na, denn Prost. Ich schlackerte neben Topsy her und überlegte, wie das ausgehen würde.
Nach einer Weile sagte Reni: «Ich hab Blasius gesehen.»
«Blasius», sagte Dan, «sie hat dich gesehen inzwischen.» Er war ausgesprochen zum Blödeln aufgelegt. «Wo denn?»
«In einem Kaufhaus.»
«Was hat er gekauft?»
«Er war nur mit. Fotografieren.»
Dan schwieg.
«Mit so einer Schwarzen, Feschen. Kennen Sie die?»
«Ja, ja», sagte Dan. «Doch. In der Tat.»
Jetzt war Reni still. Aber lange hielt sie es nicht aus. «Mögen Sie Schwarze?»
«Ich mag auch Schwarze.»
«Warum?»
«Ich hab gehört, sie halten, was die Blonden versprechen.»
«Ich kenne es umgekehrt.»
«Tatsächlich? Immer bringe ich alles durcheinander. Heute weiß kein Mensch mehr, ob die Mädchen ihre echte Farbe tragen.»
«Meine ist echt.»
«Das macht die Sache bedeutend billiger für Sie.»
Unter solchen heiteren Reden erreichten wir den Hotelpalast. Funkelnde Wagen standen in langer Reihe davor, und die Drehtür sauste ununterbrochen im Kreis herum. Diesmal nahm ich meinen Schwanz besser in acht und

kam unbeschädigt durch. Drinnen war es wohlig warm. Ich sank wieder in den Teppich und bestaunte die ungeheuren Troddeln an den Vorhängen. Ein paar lässige Leute in den Klubsesseln hoben die Köpfe und musterten uns zwei schöne Paare. Dann lasen sie ihre Börsenberichte weiter.
Der Portier faßte uns scharf ins Auge und rang sich ein kurzes Lächeln ab, als er Dan erkannte. Wir schritten nach links hinüber und betraten die Bar aus Blau und Silber. Sie war halbvoll. Einige Leute hingen an der Stange der Bar, andere garnierten die Tische. Zum Teil waren auch sie halbvoll, aber sie hatten Übung im Benehmen. Rechts hinten spielten drei fröhliche Burschen mit Schnürsenkelbindern auf einem Flügel und einer großen und einer kleinen Geige. Daneben, auf der gläsernen Tanzfläche, bewegten sich vier Paare mit ernsten Gesichtern, als hätten sie nasse Füße. Es roch diskret nach Whisky, Filterzigaretten und Parfum von zwanzig Mark an aufwärts.
Bob, der Mixer, verbeugte sich hinter dem Tresen.
«Nehmen wir erst mal einen bei ihm», sagte Dan.
Wir steuerten auf das linke Ende des Fragezeichens zu.
«Fräulein Reni», sagte Bob. «Herr Kommissar, Topsy, Blasius. Ich habe die Ehre, Sie im Namen der Gewerkschaft Bier und andere Flüssigkeiten zu begrüßen.»
Reni und Dan erklommen die Stühle. Topsy und ich kamen zusammen auf einen, um nicht zuviel Platz wegzunehmen. So konnte sie nicht von mir abrücken, ohne herunterzufallen, und ich nutzte es aus und quetschte ihre Locken zusammen. Die Whiskies wurden alsbald serviert.
«Auf unsere Hunde», sagte Dan. «Sie haben's verdient.»
Auch in Renis Glas blieben nur die Eisstückchen übrig. Man konnte sehen, daß sie oft eingeladen wurde.

«Hat Blasi eigentlich eine Frau?» fragte sie.
«Wollen Sie ihm Topsy verkuppeln?»
«Bewahre! Ein Spitz und so was.»
«Könnte seiner Rasse nur gut tun», erwiderte Dan.
«Sie sind frech! Er sollte ruhig heiraten. Er könnte bestimmt eine Dackelin glücklich machen.»
Wie nett von ihr. Ich hatte aber den Eindruck, daß sie eher Dan meinte als mich. Die Arme.
«Warum nur eine?» fragte Dan und bestellte neuen Whisky. «Soll er es wegen einer mit allen verderben? Hab ich recht, Bob?»
«Vollkommen», erwiderte dieser. «Sicher macht er die am glücklichsten, die er nicht nimmt.»
«Männer!» rief Reni. «Sie müssen natürlich zu ihm halten!»
«Er bezahlt.»
Das wollte sie nicht in Frage stellen. Sie trank rasch den größten Teil ihres Glases, um der Verdunstung vorzubeugen.
Die Kapelle begann ein mittelheißes Stück.
«Tanzen Sie nicht?»
«Wenn Sie die Füße rechtzeitig wegnehmen.»
Sie verließen uns und wanderten zur Tanzfläche. Wir wollten uns umdrehen und zusehen, aber es ging nicht. Einer wäre bestimmt heruntergefallen. Bob war so nett, uns mit dem Drehstuhl herumzuschwenken.
Unsere Besitzer hüpften über das Glas wie Kinder auf einem Hof. Sie hielten sich an den Händen und warfen die Hacken und Ellenbogen nach außen. Die indirekte Beleuchtung funkelte in Renis Haar, und ihre Beine waren erfreulich anzusehen. Sie lachte Dan an, und der zog sie an den Armen herum, als wäre sie seine kleine Schwester. Ringsum warfen die Leute interessierte Blicke. Die Mäd-

chen taxierten Renis Kleid, und die Männer überlegten, wer der Mann sein könnte.
Es folgte etwas Langsames. Jetzt quetschten sie sich eng aneinander und machten wiegende Schritte. Dan hatte seine Pranke auf Renis Wirbelsäule, und sie kitzelte ihn mit dem echtblonden Haar unter der Nase.
Neben Topsy und mir hatte sich ein wohlgenährtes Ehepaar niedergelassen. Er versuchte erfolglos, mit uns ein Gespräch zu beginnen. Sie bot uns Zucker an, ebenso erfolglos. In diesen Dingen kann ich glashart sein.
Das Tanzpaar kam zurück. Dan hatte feinen Schweiß auf der Stirn. Auch Reni war heißgetanzt und aufgedreht.
«Sie können es doch ganz gut!»
«Ich hatte Nachhilfestunden», sagte Dan.
«Gute Lehrerin?»
«Operettentheater. Das Ballett.»
«Sie geben nur an!»
Sie schien aber doch eifersüchtig auf das Ballett zu sein. Ich hatte den Eindruck, daß Dan es bei ihr geschafft hatte, und ich war gespannt, was für Wellen er noch in den Fußboden lügen würde. Auch Topsy schien sich an meinen Körper gewöhnt zu haben. Sie knurrte und meckerte nicht mehr, sondern blieb brav liegen und hielt sich mit sanftem Druck an meiner Seite.
Selbstverständlich dachte ich bei alledem häufig an Loni und Eva, und ich hoffte dasselbe von Dan. Aber wir taten ja nichts Böses, und hier war es so nett, und unsere Begleiterinnen machten unserer Familie keine Schande. Man wird doch noch ausgehen dürfen.
Im weiteren Verlauf des Abends wurden etliche Gläser geleert und Tänze getanzt. Reni amüsierte sich und war zufrieden, und Dan war es auch, denn sie sah hübsch aus und strengte nicht an. Auch Topsy und ich fühlten uns

wohl. Wir kamen auf dem Stuhl gut zur Geltung und wurden bestaunt und hörten Komplimente. Ein Hund ist auch nur ein Mensch.

Als es auf Mitternacht ging, dachte Dan aber doch an das Büro, in dem er am nächsten Morgen aufrecht und mit heiterer Miene sitzen sollte. Auch Reni mußte am Vormittag einen frischen Eindruck machen, wenn sie vor den Kundinnen herumstolzierte. So hatte sie nichts dagegen, die Sitzung zu schließen. Bob schüttelte uns die Hände und Pfoten, und die Kapelle spielte zum Abschied: «Wenn ich mit meinem Dackel . . .»

Wir durchschritten die Halle, vorbei am Nachtportier, und die Drehtür wirbelte uns ins Freie.

Nach dem Dunst in der Bar tat die kühle Luft wohl. Wir durften los von den Leinen und waren froh, unsere steifen Ständer schütteln zu dürfen. Dan und Reni wanderten mit hochgeschlagenen Kragen und im Gleichschritt unter dem bläulichen Licht der Bogenlampen. Ich hörte, was sie sprachen.

«Haben Sie viel bezahlt?» fragte Reni mit geheuchelter Anteilnahme.

«Ich bin ruiniert», antwortete Dan.

«Oh, fein. Was tun Sie nun ohne Geld?»

«Mir bleibt nur die Kugel.»

«Nein, nicht!»

«Nicht? Was kümmert Sie mein Leichnam?»

«Ich will ihn lieber lebendig», sagte Reni leise. Ein schüchternes Jungfräulein, das konnte man wohl sagen. Es war sicher auch der Whisky. «Und was soll aus Blasius werden?»

«Verhungert», sagte Dan kurz. «Oder er springt von der Großhesseloher Brücke.»

Nicht schlecht. Die war ziemlich hoch. Ich würde flach wie ein Pfannkuchen sein.

«Kommen Sie doch am Sonnabend zu mir zum Essen.»
Aha. Jetzt nahm die Sache Gestalt an. Obwohl ich Dans Gesicht nicht erkennen konnte, merkte ich, wie er nachdachte. Am Sonnabend würde Eva noch nicht zurückkommen. Es blieb nur ein Junggesellenmahl mit unaufgewaschenen Tellern oder das Wirtshaus.
«Eigentlich würde ich mich doch lieber erschießen, als an Fleischvergiftung . . .»
Reni puffte ihn in die Seite.
«Ruhig! Ich kann sehr gut kochen.»
«Gibt es lebende Zeugen?»
«Ich lebe ja auch.»
«Von Grapefruitsaft und Joghurt», sagte Dan. «Da kann nicht viel passieren. Aber ich bin kein Mannequin, und Blasi ist kein Vegetarier. Wie wollen Sie uns sattkriegen?»
«Sie werden schon sehen.»
«Die Lende», dozierte Dan, «muß mindestens drei Wochen abgehangen sein. Sonst schmecken die Steaks wie getrocknete Kuhfladen. An Schoten nehme man ruhig die größeren, billigeren, denn die kleinen sind zu süß. Dagegen bleibe man bei den Büchsenchampignons unbedingt bei der ersten Wahl. Ein paar handgemachte Eierspätzle runden die Zutaten ab. Kartoffeln sind völlig nutzlos, hindern nur die Aufnahme von mehr Fleisch. Als Vorspeise genügen Kaviarschnittchen und echter Lachs. Artischocken halten nur auf und Suppen sind überflüssig, da ohnehin von Anfang an Getränke gereicht werden. Man könnte an einen Pernod als Aperitif denken, später Bier, Pils Urquell oder eine ähnliche Qualität, zum Schluß und als Überleitung ins Nachtleben Bacardi Rum, ein guter Armagnac, irgend so was. Nachspeisen, Käse und dergleichen sind Ballast, wenn der Hauptgang reichlich genug war. Außerdem ißt Blasi keinen Käse wegen seiner Nase. Na ja, so etwas. Sagten Sie etwas?»

Reni sagte nichts. Sie mußte erst mal die Eleganz verdauen, mit der ihr Dan die Speisenfolge beigebogen hatte. Sie würde den ganzen Tag zu tun haben, um das alles heranzuschleifen und zuzubereiten.

«Sicher ist Ihre Küche zu klein», fuhr Dan fort. «Sie haben völlig recht. Gehen wir ins Palasthotel . . .»

Reni protestierte energisch.

«Nein, nein! Ich hab nur nachgedacht, wie Spätzle gemacht werden. Kommen Sie also?»

«Wir kommen also. Was meinst du, Hund?»

Ich schwieg. Was sollte ich anderes machen.

Wir bogen in eine Seitenstraße ein und landeten vor einem Bienenstock von Haus. Die Klingeltafel an der Tür war groß wie ein Waschbrett.

«Hm, hm», machte Dan. «Appartement, was? Schlafnische, Müllschlucker, Gemeinschaftsantenne? Zuschlag für Heizung und Lift?»

«Genau.»

«Passen wir da zu viert rein?»

«Bestimmt, wenn ich das Fenster zumache.»

«Machen Sie es zu. Wann?»

«Um sechs?»

«Um sechs. Sie Essen und Bier. Ich Schnäpse. Einverstanden?»

«Ja.»

«Wir hungern drei Tage. Nacht, Reni.»

«Gute Nacht.»

Sie fingerte mit dem Schlüssel herum. Ich verabschiedete mich von Topsy. Sie wackelte leicht mit dem Schwänzchen, und ich tat desgleichen. Dann ging sie mit Frauchen durch den matt erleuchteten Gang. Vor dem Lift winkte Reni noch mal, und Dan hob die Hand. Dann machten wir, daß wir heimkamen.

Warum sollten wir nicht bei ihr essen, dachte ich, bevor ich einschlief. Essen war noch nie eine Sünde. Eva soll froh sein, wenn wir sparsam leben.

Am Sonnabend, kurz nach sechs, standen wir vor der Junggesellenkaserne. Dan drückte auf einen von den zahllosen Knöpfen.

Wir waren fein angetan, Dan mit Wochenendanzug, ich mit Extrahalsband. Vielleicht kam doch heraus, daß wir verheiratet waren, und dann durften wir unsere Frauen nicht blamieren. Nein, wie die Frau den Mann herumlaufen läßt, und so. Meine Loni war wieder beim Schwiegervater in Wasingers Villa. Abends sollten sie alle beide mit zu Bekannten genommen werden. So war mein Gewissen leidlich rein, weil ich sie versorgt wußte.

Der Türöffner summte. Der Lift hob uns in den zweiten Stock. Durch eine Flügeltür gelangten wir in einen langen Gang. Fast am Ende trat Reni in Erscheinung und winkte uns entgegen.

Ich sauste los, um sie zu begrüßen. In der Eile vergaß ich, mit dem glatten Steinfußboden zu rechnen. Als ich bremsen wollte, schlitterte ich an Reni vorbei und bumste gegen die hintere Schwingtür, daß es dumpf durchs Gelände schallte. So was Dummes.

Dan kam heran und wünschte guten Abend. Ich begrüßte Reni aufrecht stehend. Dabei sah ich ihr Türschild.

Renée Reinhardt.

Aha. Renée. Das machte sich besser als Bildunterschrift. Reni für die Freunde und Renate auf dem Taufschein. Bei uns Dackeln hat man das auch oft.

Wir traten ein. Der Vorraum hatte die Größe einer besseren Besenkammer. Ich geriet zwischen Dans Füße und

konnte nur schwer wieder herausfinden. Nach rechts und links gingen Bad und Küche ab. Auch die Küche war eine winzige Angelegenheit. Dagegen war das Wohnzimmer groß genug für uns alle. Ein grobfaseriger Teppich lag darin, und in der Mitte saß Topsy mit frisch gekämmten Seidenlocken und begrüßte mich huldvoll. Ich versuchte eine Art Kratzfuß, aber es klappte nicht, wie es sollte.
Die Einrichtung sah aus wie Reni selber. Zierlich und keß. Vor dem großen Fenster hing ein grellbunter Vorhang, der fast die ganze Wand einnahm. Davor stand ein Tisch mit dünnen Beinen und geformt wie eine Cognacbohne, daneben ein Stuhl, der bestimmt nicht wußte, wie er zu diesem Namen gekommen war. Er bestand aus stoffbespannten Stahlröhren und schien sein eigenes Gewicht nicht tragen zu können. Es waren aber noch zwei normale Stühle da. An der rechten Wand hing ein gleichfarbiger Vorhang wie der am Fenster, die andere Hälfte war ein Schrank mit mehreren Abteilungen. Links stand eine Mischung aus Bücherregal und Schreibtisch, die zum Schreiben durchaus ungeeignet war, helles Holz mit goldenen Knöpfen. Auf einem ebensolchen Plattenschrank stand das Radio und jaulte leise vor sich hin. Neben der Tür in einer Vitrine drängten sich Gläser, Vasen, Geschirr, Stoffpuppen und Gummitiere. Die Beleuchtung war so raffiniert, daß man nicht erkennen konnte, ob Staub gewischt war oder nicht.
Reni und Dan kamen herein. Sie war diesmal in Dunkel, in einem leinenen Cocktailgewand, unten weit und oben eng und offenherzig. Die Brosche über dem Ausschnitt gab sich Mühe, aber ganz schaffte sie es nicht.
Reni deutete auf den unmöglichen Stuhl.
«Dort sitzen Sie.»
«Ist das Ihr Ernst?» fragte Dan.

«Mein voller.»
Dan ließ sich vorsichtig nieder. Ich wartete darauf, daß er die Mißgeburt zu einem Drahthaufen zusammendrücken würde, aber es passierte nichts dergleichen. Nur hochkommen würde er nicht mehr.
Reni brachte Gläser und eine Kanne und Dan hebelte den Korken aus der ersten Flasche. Das Zeug war knallrot, und es fing an zu riechen wie in einer Drogerie.
«Es lebe die Kemenate», sagte Dan. «Prost!»
Sie tranken mit wonneglänzenden Augen.
«Prima», sagte Reni. «Das macht Appetit.»
Dan erwiderte, daß er mehr Appetit eigentlich nicht brauche. Sie tranken aber doch noch ein paar Gläser. Dann band Reni eine aparte Schürze um ihre Figur und fing an zu arbeiten. Während sie in der Liliputküche klapperte, spielte Dan schnelle Platten, um ihren Eifer zu fördern. Ich kugelte mit Topsy auf dem Teppich herum, aber gemessen und ohne Übermut.
Aus der Küche wälzten sich Wohlgerüche. Reni flitzte ins Zimmer und deckte den Tisch. Tatsächlich, es gab Lachs und Kaviar als Vorspeise, wie bestellt. Dan quälte sich ächzend aus seinem Stuhl, weil er mit dem Kinn kaum die Tischplatte erreichte, und setzte sich auf einen anderen. Sie tranken Bier zum Essen. Topsy und ich waren noch nicht sehr interessiert, weil wir mit Fisch wenig im Sinn hatten.
Dann kamen die Lendensteaks, knusprig, duftend, wohlgarniert. Reni kaute den ersten Bissen und verzog entsetzt das Gesicht.
«O Gott! Zu salzig!»
Dan aß tapfer vor sich hin.
«Nicht der Rede wert», sagte er. «Ich danke für Ihre Zuneigung.»

Er reichte mir einen Brocken herunter. In der Tat. Elend salzig. Ein schöner Brand stand uns bevor für die Nacht. Ich fraß es trotzdem, und auch Topsy zierte sich nicht. Reni ärgerte sich ein bißchen, aber Dan tröstete sie und aß alles restlos auf. Ich half ihm, so gut ich konnte. Schließlich kostete es nichts. Der Durst stellte sich prompt ein. Ich trank einen Waschtrog voll Wasser, und Dan räumte unter den Flaschen auf, wie ein Bierfahrer im Sommer. Später saßen wir in trauter Runde zwischen Gläsern und Zigarettenqualm. Reni erzählte von sich selber. Sie gab dabei ein bißchen an, als hätte sie Dior und Schuberth zu Verwandten und Goethe unter den Ahnen. Eigentlich hätte sie ja Kunstgeschichte studieren wollen, aber man käme so spät ans Verdienen, nicht wahr, so wäre es doch, und Dan sagte, natürlich, so wäre es, aber trotzdem sei es schade, daß die Kunst ohne ihre Begabung auskommen müsse. Dann sah er sich mit ungeheurer Geduld Renis eigene Entwürfe an und fand sie einmalig. Anschließend kamen die Bilder. Topsy und ich saßen auf dem dritten Stuhl und konnten zusehen.

Reni im Abendkleid, Gesicht wie eine Millionärstochter. Reni im Strandanzug, freundlich in die Sonne und zur Linse blinzelnd. Reni im Auto, das Mädchen Rosemarie war nichts dagegen, im Gebirge mit Skistock und in der Bar mit Sektglas, auf dem Markt, wo die Gemüsefrau viermal so dick war wie sie, und Reni im Wasser, und den Bikini konnte man in einer Puderdose verstecken. Zum Schluß wurde die Ausrüstung immer spärlicher. Reni in Unterwäsche, Nachthemd und Schlafanzug, Träume aus Nylon und Seide, je teurer desto durchsichtiger. Und endlich, wenn auch keusch und künstlerisch fotografiert, Reni mit nichts, um nicht zu sagen überhaupt nichts, nicht mal mit Watte im Ohr.

«Das dürfen Sie eigentlich gar nicht sehen», sagte sie, und hielt Dan das Album vor die Nase.
«Fabelhafter Stoff, dieses Kleid», murmelte er. «Und nicht teuer. Wo kriegt man das?»
Reni antwortete nicht, sondern sah ihm über ihr Glas hinweg tief ins Auge, und mir wurde klar, wo man das kriegen konnte. Noch machte Dan einen standhaften Eindruck, aber die Zeit verging, und die Flüssigkeiten schwanden dahin. Er tanzte mit Reni zur Plattenmusik, hielt sich an ihr fest, keine Spielkarte hätte man zwischen sie zwängen können. Nach einigen weiteren Schnäpsen bot er ihr das brüderliche Du an, und sie willigte verschämt ein und küßte ihn dann, bis er keine Luft mehr bekam. Gleichzeitig fing Topsy an, mit mir zu schmusen und meine Grundsätze zu unterhöhlen. O Loni und Eva! Wohin sind wir geraten!
Zunächst hielt es Dan noch mit dem Schnaps und wurde langsam aber sicher blau. Reni tat nichts, um diese Entwicklung zu stoppen. Sie wußte, daß es völlig verfehlt ist, einem Mann gleich zu Anfang den Alkohol wegzunehmen. Damit muß man warten. Sie setzte sich auf seinen Schoß und versorgte ihn in regelmäßigen Abständen mit Bacardi-Rum, und zwischendurch verteilte sie den kußechten Lippenstift in seinem Gesicht. Der neue Tag war längst angebrochen. Im Radio klimperte ein einsamer Pianist. Die Bude war verqualmt wie ein Bahnhof. Ich lag träge auf dem Teppich, das Haupt an Topsys Brust. Dan hing mit Glasaugen in seinem Stuhl. An den Heimweg war unter diesen Umständen nicht zu denken. Reni ergriff entsprechende Maßnahmen.
Sie öffnete das große Kippfenster, um uns neuen Sauerstoff zuzuführen. Sie zog den Vorhang neben dem Schrank zurück. Die Bettnische wurde sichtbar. Ein Dop-

pelbett war nicht darin. Unter dem Bett lag ein Fell, etwa so eins, wie Topsy es trug. Ohne Zweifel ihr Nachtlager und meine Bewährungsprobe.
Ich mußte zusehen, wie mein armer Herr seiner Kleidung beraubt wurde. Seine Abwehrbewegungen waren nur schwach, und gegen Renis Branchenkenntnisse kam er nicht an. Nur wenig durfte er anbehalten. Sie schleifte ihn herüber zum Bett. Er geriet in die Horizontale, und gleich darauf war er weg. Die Vollnarkose war eingetreten.
Reni räumte den Tisch ab. Dann lief sie ins Bad. Als sie zurückkam, sah sie aus, wie das drittletzte ihrer Albumbilder. Wenig Nylon und viel Figur. Na dann gute Nacht.
«Los, ihr beiden», flüsterte sie. «Unters Bett. Marsch!»
So wurde ich gezwungen, mit Topsy ins Bett zu gehen. Der Himmel ist mein Zeuge, daß ich nicht mit diesem Vorsatz hergekommen war. Was blieb mir übrig. Meinen Herrn hatte es auch erwischt. Sollte ich allein gegen zwei Frauen kämpfen?
Ich machte es mir auf dem Fell bequem. Es war sehr weich und warm. Topsy quetschte sich dicht an mich. Natürlich. Der Apfel fällt nicht weit vom Pferd.
Oben raschelte Reni mit den Decken herum. Dann klickte es. Das Licht erlosch, und die Finsternis breitete sich über uns Lotterbuben. Vom Fenster her kam frische Luft und vertrieb den Hecht allmählich. Im Haus war es still. Nur von der Straße klang manchmal das Surren eines späten Autos. Mir wurde wohlig warm. Die Müdigkeit kam mit Macht und benebelte mich. Ich dachte noch nach.
Da lagen wir nun, wir Ehemänner aus Leidenschaft. Dan auf dem Bett, ich darunter. Bei fremden Mädchen. Verein der Eigenbettschoner e. V. Wir betrogen unsere Frauen nicht gerade – Dan schnarchte, und bei Topsy und mir wären noch technische Schwierigkeiten dazugekommen –

aber immerhin, unsere Situation war lausig eindeutig, und wer glaubt einem hinterher noch, wenn man sagt, es wäre doch gar nichts passiert. Die lahmste aller Ausreden. Ebensogut könnte man sagen, man wäre in die Bank eingebrochen, um morgens der erste am Schalter zu sein. Und die Nacht war noch gar nicht herum. Wer wußte, was sie in ihrem Schoße barg. Was würde Dan tun, wenn er plötzlich erwachte und ein Mädchen neben sich vorfand, das nicht unbedingt beabsichtigte, ins Kloster zu gehen? Hoffentlich hielt die Betäubung lange genug vor.

Meine Gedanken gerieten durcheinander wie Spielkarten. Loni, dachte ich. Eva. Sie dürfen nichts merken. Es soll nicht wieder vorkommen. Nur nichts merken. Und der Landgerichtsdirektor! O Himmel! Der Schlag würde ihn treffen, wenn er sehen könnte, wie meilenweit wir vom rechten Pfade abgekommen waren. Wir können nichts dafür. Habt Mitleid mit uns. Sie haben uns in ihre Netze gezerrt. Vergewaltigt.

Dann schlief ich ein.

Ich träumte Verschiedenes. Ein Elefant verfolgte mich und trat mir in die Weichen. Ich rannte ununterbrochen und hatte furchtbaren Durst dabei. Der Elefant kam immer näher. Ich wollte gerade in mein Körbchen, da erscholl neben mir entsetzliches Wolfsgeheul. Mit einem ungeheuren Satz erreichte ich den Korb, schmiegte mich an Loni und wachte auf. Es war nicht Loni, sondern Topsy. Sie war im Traum auch gelaufen und hatte mich in den Bauch getreten, und es heulte auch kein Wolf, sondern Dan war erwacht und gähnte. Ich sah die fremden Möbel. Die Farben des Vorhangs leuchteten schon matt im Morgenlicht.

Ach so. Wir waren ja gar nicht zu Hause.

Ich hörte Renis Stimme.

«Ausgeschlafen?»
«Nein. Wie kommst du in mein Bett?»
«Du warst ganz betrunken, mein Lieber.»
«Kaum zu glauben. Wo ist Blasi?»
«Drunter.»
Die Federn knirschten.
«Ooh», sagte Dan.
«Kopfschmerzen?»
«Gar kein Ausdruck.»
«Willst du eine Tablette?»
«Zwei. Und einen Topf Wasser.»
«Sofort, mein Herr.»
Ihre nackten Beine erschienen vor unserem Lager. Sie kroch in ein paar Pantöffelchen mit Fellbesatz und trippelte zur Tür. Ich riß mich von Topsy los und folgte ihr. In der Küche sah ich an ihrer leichtbekleideten Erscheinung empor.
«Nanu? Auch Durst?»
So war es.
«Du hast doch gar nichts getrunken.»
Es ist dein Steak, dachte ich. Das Salz der Liebe.
Sie gab mir Wasser, und es tat wohl. Dan schluckte seine Pillen und goß den Krug hinterher. Topsy kam unter dem Bett vor und streckte sich ausgiebig. Was für ein heiterer Morgen.
«Wie spät ist es?» fragte Dan.
«So spät noch nicht.» Reni machte keine Anstalten aufzustehen. Sie schlenkerte die Fellpantoffeln fort und legte sich mit Anmut wieder neben Dan. Noch war die Gefahr nicht gebannt. Ich beschloß zu handeln. Ich nahm Anlauf quer durch das Zimmer und drückte mich mit Macht ab. Ich segelte über Renis reizende Gestalt, landete auf Dans Bauch und rollte herunter, zwischen die beiden. Reni

konnte gar nicht so schnell folgen. Ich rappelte mich auf, küßte Dan auf die Nase, bis er mich an den Ohren erwischte. Dann machte ich mich lang und blieb liegen. Es war vollbracht. Nur über meinen Leichnam sollte sie sich an meinem Herrn vergreifen, die blonde Schlange.

«Macht er das immer?» fragte sie.

«Er kann gar nicht anders. Betten sind seine Leidenschaft.»

«Nicht nur seine.»

Jetzt packte Topsy die Eifersucht. Sie stellte sich jaulend am Bettrand hoch. Reni faßte sie um den Brustkorb und legte sie auch in die Anstandsritze. Da waren wir denn alle. Dan mußte an die Wand rutschen.

«Eng, was?» fragte Reni.

«Volk ohne Raum. Kommt noch Besuch?»

«Heute nicht.»

«Gott sei Dank. Hast du mich ausgezogen?»

«Ja. Meine Zofe hat Urlaub.»

«Nett von ihr.»

So verbrachten sie die nächste halbe Stunde auf Renis Bett. Sie alberte mit Dan herum, aber richtig zur Entwicklung kam sie nicht, weil wir hindernd dazwischen lagen. Wie gut, daß Dan mich mitgenommen hatte.

Mit der Zeit schien sein Kopfweh zu schwinden und das Gewissen ihn zu plagen.

«Noch Durst?» fragte Reni.

«Nein, Hunger. Ist das Zimmer mit Frühstück?»

Sehr vernünftig. Wir waren einmal hier, versackt, gestrauchelt am Wege. Warum dann nicht noch das Frühstück mitnehmen?

«In Ausnahmefällen mit», antwortete Reni.

«Kann ich mir solange den Hals waschen?»

«Du kannst sogar baden.»

«Mein Körper wird staunen.»
Reni hüpfte aus dem Bett und zog einen rassigen Morgenrock an. Sie lief ins Bad.
«Hinaus mit euch, ihr Anstandswauwaus», sagte Dan und schubste uns über die Bettkante. Er kam hinterher. Dann sah er zur Uhr, warf kopfschüttelnd einen Blick auf mich und stakste hinaus. Wir hörten das Wasser rauschen. Später plätscherte er vernehmlich, aber er vermied den üblichen Badegesang, um die Nachbarn nicht auf unseren Fehltritt zu stoßen. Währenddessen tilgte Reni die letzten Spuren des Gelages und stellte zerbrechliche Tassen auf den Tisch. Kaffeeduft quoll durch die Räume, und Spiegeleier knisterten im Fett. Wie ich Dan kenne, hätten wir diese Hausfrau bestimmt behalten, wenn wir nicht verheiratet gewesen wären. Er trat ein, rosig wie ein Marzipanferkel.
«Heu! Ist das ein Heiligenschein?»
«Es ist deine Babyseife. Nur der Bart . . .»
«Ich habe einen Rasierer.»
«Für solche Fälle?»
«Für meine Beine!»
Als der Bart ab war, setzten sie sich zur Tafel. Dan aß mit bestem Appetit, als hätte das Abendbrot nie stattgefunden. Der konnte essen.
«Gut der Kaffee», sagte er. «Kann vor Kraft nicht aus der Kanne. Mein Hut wird nicht mehr passen.»
«Das liegt am Schnaps. Schieb's nicht auf den Kaffee.»
Das Frühstück ging zu Ende. Sie rauchten eine Zigarette und redeten Unsinn. Es wurde langsam Zeit, den Abendbrotbesuch zu beenden. Dan schien auch dieser Ansicht zu sein. Außerdem mußte ich runter.
«Tja, Reni», sagte Dan und zerquetschte seinen Stummel. «Ich glaube, wir müssen von hinnen weichen, Graf Ernst, sprach also von Gleichen.»

«Schon?»
«Schon ist gut. Wir sind viel zu lange da. Noch länger, und du verlangst Miete.»
Sie strich über sein frischgewaschenes Haupt.
«Von dir würde ich keine Miete verlangen.»
«Das ist nett. Wo man so viel liest von raffgierigen Wirtinnen. Ich werde einen Leserbrief schreiben.»
«Seh ich euch einmal wieder?»
«Warum sollst du uns nicht mal wiedersehen. Die Palastbar ist allen Durstigen geöffnet.»
Reni stand auf, trat dicht vor ihn und faßte ihn an den Revers des Wochenendanzuges.
«Du – eigentlich könnt ihr uns auch mal einladen! Geht das nicht? Ich mache das Essen . . .»
Dan schwieg und sah sie an. Ich war gespannt, was kommen würde. Mal mußte es doch heraus. Lieber gleich als später. Viel zu lange hatte er schon gewartet. Zum Belügen war sie eigentlich zu nett. Warum schlecht denken von ihr? Sie hatte uns nun mal gern.
«Ich fürchte, Reni», sagte Dan, «es geht nicht.»
Sie ließ ihn los. «Nicht? Warum nicht?»
Einen Augenblick zögerte er noch. Dann sagte er: «Meine Frau wird was dagegen haben.»
Sie wurde nicht blaß, aber sah so enttäuscht aus, daß sie mir leid tat.
«Deine Frau? Du bist verheiratet?»
Er nickte. «Ich bin. Mit der feschen Schwarzen, die dich geknipst hat.»
«Ja und . . .»
«Sie ist verreist. Bis Montag.»
Reni schien es nicht zu fassen.
«Blasius ist auch vergeben», sagte Dan. «Seit ein paar Monaten hat er eine Frau, und sie lieben sich sehr. Wir haben

euch besucht, und wir waren gern hier. Wirklich. Aber nun müssen wir wieder. Bist du böse?»

Sie war nicht böse. Sie machte auch kein Theater. Nur traurig sah sie aus. Dan zog sie an den Ohren heran und küßte sie mit Anstand und nett.

«Ärgere dich nicht, Reni. Wir sind ein verwahrloster Haufen, ich weiß. Ich liebe Eva. Wenn ich dein Mann wäre, würde ich dich auch nicht betrügen.»

Sie nickte und fingerte nach einer neuen Zigarette. Dan gab ihr Feuer.

«Nehmen wir noch einen Bacardi», sagte er. «Auf dein schönes Wohl.»

Sie tranken, und ich verabschiedete mich von Topsy. Hatte sie ganz gerne, die kleine Spitzmaus, trotz ihrer Angabe und ihres Getues. Wahrscheinlich dasselbe wie bei Reni und Dan.

Dann gingen wir. Wir machten es kurz. Nichts ist so scheußlich, wie in die Länge gezogene Abschiede.

«Alles Gute, Reni», sagte Dan. «Ich wünsche dir einen Modesalon, so groß wie das Saargebiet. Wiedersehen.»

Er gab ihr noch einen Kuß, und ich hopste an ihr hoch und bedankte mich für alles. Dann wanderten wir auf dem glatten Korridor dem Ausgang zu.

Auf der Straße sagte Dan: «Jetzt ist Schluß damit, hörst du? Reiß dich zusammen, denk an dein Weib!»

Er hatte völlig recht. Wir hatten unseren Ausflug ins Laster elegant überstanden und näherten uns wieder dem rechten Weg. Niemand würde etwas merken, und in Zukunft würden wir allen Anfechtungen aus dem Wege gehen. Und schließlich – was war schon passiert. Nichts. Wenn Eva Dans Abschiedsworte gehört hätte, könnte sie gar nichts sagen.

Leider hatte sie nichts gehört.

Wir traten in den heimatlichen Hausflur. Im Lift witterte ich einen Geruch, der mir den Kreislauf zusammenschnürte. Als wir vor der Wohnungstür standen, wußte ich, was es war, und mir wurde übel vor Angst.
Eva war da.
Ich versuchte, Dan zu warnen, indem ich ihn am Hosenbein zog. Er hielt es für dummen Ulk und achtete nicht darauf. Er sah Eva, als er die Wohnzimmertür mit Schwung aufstieß. Sein Unterkiefer sank ihm auf die Krawatte.
Sie saß im Erker, mit dem Gesicht zur Tür. Obwohl sie schön war wie immer, verhieß ihr Gesicht Sturm, und die Luft rundherum war dick.
Dan zog seine Kinnlade hoch und sammelte sich.
«Eva!» rief er. «Mädchen! Das ist ein Ding! Ich denke, du kommst morgen!»
«Ich habe es gemerkt.»
Oh. Sie war sauer wie eine Dose Rollmöpse. Dennoch eilte Dan auf sie zu und umarmte sie. Kuß und Umarmung nahm sie hin mit der Teilnahme einer steinernen Brunnenfigur.
Ich hatte inzwischen Loni erspäht. Eva hatte sie von Wasingers abgeholt, und sie kam aus dem Körbchen heraus und mir entgegen, ganz liebende Gattin. Aber dann roch sie an mir, und ihre Wiedersehensfreude erstarb. Sie erschnupperte Topsys Geruch und Renis Parfum. Beides war merkbar in mein Fell übergegangen. Ich war sozusagen imprägniert, nur ich selbst roch es nicht mehr.
Loni hörte auf zu wedeln und zog die Nase kraus. Dann machte sie kehrt, stolzierte zum Körbchen zurück und knallte sich hinein. Da hatte ich den Salat. Dan erging es nicht besser.
«Wo warst du?» fragte Eva mit einer Stimme wie ein Tiefkühlfach.

Dan faßte sich an die nunmehr freiliegende Krawatte. «Ich – wir – ich – wir waren eingeladen.»
«Bis jetzt?»
«Nicht gerade bis jetzt . . . es wurde etwas später.»
«Etwas früher? Wo?»
Die Katastrophe nahte gleich einem Schnellzug. Dans lügnerische Begabung war wie weggeblasen, trotz seines täglichen Umganges.
«Ach . . . Bekannte . . .»
An dieser Stelle eines Dramas findet die Heldin beim Helden grundsätzlich ein verräterisches Haar auf dem Anzug. So auch bei uns. Eva stand auf und nahm ein solches von Dans Schulter. Es hatte im Sonnenlicht gegleißt, denn es war weißblond und stammte nicht gerade aus einem Bürstenhaarschnitt.
«Bekannte. Entfernte, wie? So entfernt, daß sie Haare auf deinem Anzug lassen. Und parfümiert waren sie auch. Guerlain. Das neueste Herrenparfum.»
Dan wollte stottern. Nicht einmal das schaffte er mehr. Eva stellte auf Grund der zwei Symptome die Diagnose messerscharf.
«Fräulein Reni, was?»
Dan nickte mit hängender Birne. Leugnen war zwecklos. Eva ließ das Haar fallen. Sie ging vor zur Tür und öffnete sie. «Bitte! Geh gleich wieder hin. Sie wird noch nicht angezogen sein.»
Dan sah sie an mit dem Blick eines sterbenden Hundes. «Eva – ich schwöre dir, es ist nichts gewesen. Absolut nichts! Ich war blau. Habe geschlafen und bin wieder gegangen . . .»
«Das darfst du jetzt auch tun. Bitte.»
Na ja, es war verständlich. Sie hatte uns überraschen wollen, hatte sich gefreut, wollte mit uns erzählen und feiern.

Und wir waren weggeblieben, die ganze Nacht und den halben Vormittag. Sicher machte sie es zu dramatisch, sie hätte erst zuhören sollen, aber sie war wütend und Verhandlungen abgeneigt. Hätte ich bloß reden können!
Und nun kam der Kurzschluß auch bei Dan. Er hatte noch etwas Sprit im Blut, und anstatt schön und artig zu sein, blies er sich auf und machte auf Haushaltungsvorstand.
«Willst du hier mit aller Gewalt ein Theater inszenieren?» fragte er scharf. «Was soll der Unsinn?»
«Ich will, daß du gehst. Und zwar sofort!»
«Das ist zur Hälfte meine Wohnung!» brüllte Dan. «Und sie war ruhiger, solange du Urlaub hattest . . .»
Eva holte aus. Ich schloß die Augen.
Peng! Einen Schlag hatte das Mädchen wie eine Domglocke. Ich öffnete schüchtern die Lider. Eva stand kampfbereit vor ihrem mißratenen Ehemann. Ihre Augen funkelten. Über seine frisch rasierte Wange zogen sich fünf rote Streifen. Der Orden für schlechtes Betragen. Dan starrte sie ein paar Sekunden an mit angespannten Kaumuskeln und Stielaugen. Dann drehte er sich auf dem Absatz. «Blasi! Komm!»
Was sollte ich machen? Der Hund gehört zu seinem Herrn. Dan hatte mich in die Ehe eingebracht. Auch mein Weib hatte mich mit Verachtung geschlagen und sich von mir gewendet. Ich folgte Dan.
Er riß Hut und Mantel vom Garderobenhaken und rannte hinaus. Ich kam gerade noch durch die Tür. Er ballerte sie zu, wie es sich für die echte Tragödie gehört. Im Flur fiel ein Bild herunter. Kein Wunder. Dan hatte es angenagelt. Wir stürmten auf die Straße. Dann erst zog er seinen Mantel an.
Anschließend liefen wir in irgendeine Richtung. Nur fort von der Stätte unserer Demütigung. Dan hatte die Fäuste in

den Taschen und den Kopf vorgeschoben, wie ein Stier in der Arena. Er sah nicht nach rechts und links. Einmal lief er gegen eine Gaslaterne und sagte: «Verzeihung» zu ihr. Als wir etwa fünf Kilometer marschiert waren, wurde es ihm langweilig. Er hob sein Haupt und spähte nach Wirtshausschildern. Ich atmete auf. Das war das erste Zeichen der Krampflösung.

Ich wußte, daß unser Stammlokal sonntags geschlossen war. Wir entdeckten in einer Reihe von pompösen Wohnhäusern mit teuren Geschäften eine Kneipe mit dem schönen Namen «Ithaka».

«Das ist die Zuflucht der Umherirrenden», sagte Dan. «Odysseus hat sie auch gesucht.»

Wer war Odysseus? Sicher hatte sein Weib ihn ebenfalls geohrfeigt und rausgeschmissen. Wir traten ein. Es war die übliche, moderne Ausweichdiele für vergrämte Untermieter und Liebespaare ohne eigenes Auto. Zwei Spielautomaten, eine Musikbox, an der rechten Wand eine lange Theke, links einige Nischen mit traulichen Bänken und Nachttischlampen. Am Tresen lärmten drei junge Burschen mit Lederjacken und Niethosen über den unruhigen Gliedmaßen. Sie hatten schon allerhand zu sich genommen. In der hintersten Nische saß ein älterer, mildlächelnder Herr hinter einer Weinkaraffe und blätterte in der Sonntagsausgabe. Aber in der zweiten Nische, da war jemand, den wir kannten, und ich sauste auf ihn los und tapste auf seine Bügelfalten.

Eugen, unser Wirt aus der Bierklause, die am Sonntag die Pforten verrammelt hatte.

Er hatte das Haupt in die Hände gestützt. Mit tieftraurigen Augen starrte er auf die Schaumreste in seinem Glas. Er sah aus, als hätte er gerade den Offenbarungseid geleistet. Jetzt entdeckte ihn auch Dan und kam heran.

«Ja, Eugen!» sagte er. «Alte Fischhaut! Was hat dich vom heimatlichen Herd vertrieben?»
«Rosel», sagte Eugen mit Begräbnisstimme. Rosel war die zukünftige Wirtin. Die übten ihren Ehekrach schon vor der Hochzeit, damit es nachher besser ginge.
«Grüß dich, Dan. Grüß dich, Blasi.»
Dan zog sich aus und setzte sich.
«Rosel? Sieh einer an! Dich auch!»
«Wieso auch?»
«Uns hat Eva rausgeworfen.»
Eugens Interesse erwachte. Er war nicht allein auf der Welt mit seinem Schmerz.
«Ist der Teufel in die Weiber gefahren? Was ist los?»
Dan bestellte zwei große Biere und fing an, unsere Geschichte zu erzählen. Weil ich sie schon kannte, sah ich mich kurz im Lokal um. Dabei bemerkte ich, daß die Lederjünglinge am Tresen kühne Blicke auf unsere Nische warfen und dämlich feixten. Ich kümmerte mich nicht um sie, kehrte zur Nische zurück und hopste auf die Bank neben Dan. Er hatte gerade geendet und zeigte auf seine Backe, wo die Abdrücke von Evas zarter Hand noch immer sichtbar waren.
«Kreuz Kapuziner», sagte Eugen. «Dasselbe wie bei mir! Haut mir doch eine hinein, wegen so einem Schmarren, so einem blöden! Die Erika, weißt, die blonde Langbeinige. Die kommt immer am Sonnabend. Macht mir die Rosel einen Krach, daß die Wände zittern! Ich schaute immer so auf die Erika! Ich schau immer auf alle Gäste! Hast du je gesehen, daß ich auf Erika geschaut hab?»
«Ach», sagte Dan, «du hast schon immer mal auf sie geschaut. Aber du hast nur an den Umsatz gedacht dabei.»
«Natürlich. Die Rosel denkt, ich mach mir was aus der.»
«Die Blonden sind unser Unglück.»

«Na, ich hab die Tür zugeschmissen und bin fort. Das kannst du dir vorstellen.»
Dan nickte. «Trifft sich ausgezeichnet. Warum sollen andere Wirte nichts verdienen. Wie geht's Geschäft sonst?»
«Wie immer. Vormittags kommt keiner, und am Nachmittag läßt es dann wieder nach.»
Dafür kam der Ober mit dem Bier. Ich sah mit Erstaunen, daß er Dan nur ein halbvolles Glas brachte. Der Nachwuchs am Tresen war verstummt und fixierte uns scharf.
«So ein feiner Witz», sagte Dan. «Hahaha.»
«Verzeihung, der Herr.» Der Ober sah etwas furchtsam aus. Er war schmächtig und schien keine Tapferkeitsmedaillen zu besitzen. «Der eine von den dreien da vorn hat daraus getrunken. Der Große in der Mitte. Er hat gesagt, ich soll ausrichten, er trinkt immer vom ersten Bier, wenn ein Gast fremd ist.»
Dan schleifte sein Auge über den Kellner und hinüber zu den Jünglingen und heftete es auf den in der Mitte. Der grinste frech und hob sein Glas gegen uns. Er hatte schiefe Augen und glattes, klebriges Haar.
«Noch minderjährig», sagte Dan vernehmlich. «Nun passen Sie auf, mein Teurer. Nehmen Sie das Glas, bringen Sie mir ein volles, schreiben Sie es dem Herrn mit auf die Rechnung, und richten Sie ihm aus, mir wäre heute nicht witzig. Ein andermal gern. Also.»
Der Ober machte ein Gesicht, als ahnte er kommendes Unheil und wollte seine Hände schon vorher in Unschuld waschen. Er ging zur Theke zurück. Eugen hatte gar nicht richtig mitgekriegt, was los war. Er war wieder zusammengesunken und dachte an Rosel und die Schmach, die ihm widerfahren war. Auch Dan achtete nicht mehr auf die Vorgänge an der Theke, bis der Ober zum zweitenmal kam.

Wieder war das Glas angetrunken.
«Na schön», sagte Dan.
Er schnallte seine Armbanduhr ab und steckte sie in die Manteltasche. Dann stand er auf. Er faßte das Glas und ging langsam und lächelnd zum Tresen hinüber.
Vor dem Schiefäugigen blieb er stehen. Dessen Grinsen ließ etwas nach.
«Na, Opa?» quetschte er zwischen den Zähnen heraus.
«Grüß Gott, Frühgeburt», sagte Dan. «Ich höre, Sie trinken immer erst vom Bier eines Fremden. Warum so bescheiden? Nehmen Sie alles!»
Er machte eine kurze Bewegung. Ein halbes Glas guten Exportbieres klatschte dem Antrinker ins Gesicht.
«Sehr zum Wohle», sagte Dan.
Die Augen des anderen wurden noch schiefer. Er schoß von seinem Barschemel herunter und warf sich gegen Dan. Aber der war auf plötzliche Angriffe trainiert. Er wich aus. Seine rechte Faust krachte unter die Kinnlade des bierbenetzten Gesichtes. Aller Zorn des Morgens saß hinter dem Schlag. Den Schiefäugigen hob es hoch. Dann setzte er sich wie ein Sandsack auf seinen Niethosenboden. Ende der ersten Runde.
«Bitte, ein neues Bier», sagte Dan zum Kellner. Er wollte zu uns zurückgehen. Da sprang ihn der an, der ihm im Rücken gesessen hatte, und umklammerte ihn von hinten. Gleichzeitig erhob sich der Große wutentbrannt, und auch der dritte wollte sich einmischen.
Das war für Eugen, den Traurigen, das Angriffssignal. Bei dem Knall des Kinnhakens hatte er aufgeblickt, wie ein Gefangener in der Zelle, wenn die Schlüssel rasseln. Jetzt sah er die willkommene Gelegenheit, auch seinen Ärger loszuwerden. Er sprang hoch, war mit ein paar Sätzen drüben, faßte den rückwärtigen Angreifer am Kragen und

zwirbelte ihm den zusammen. Das störte die Luftzufuhr erheblich. Der Bursche ließ Dan los, drehte sich halb um, und da setzte ihm Eugen die Faust aufs Auge, daß ich die Sterne bis zu meinem Platz sehen konnte.
Jetzt wurde es interessant. Ich sprang vor Aufregung auf den Tisch, obwohl mir das sonst streng untersagt ist. Hier saß ich dicht am Ring. Der alte Herr in der letzten Nische legte die Zeitung weg und setzte eine andere Brille auf. Er schien äußerst zufrieden mit der Abwechslung. Der Kellner ließ seine Serviette fallen und floh durch die rückwärtige Tür. Inzwischen wollte der dritte der Lederfreunde seinem luftknappen Kumpel zu Hilfe kommen. Er rückte vor und schlug Eugen aus einiger Entfernung in den Bauch. Er traf offenbar nur eine beachtliche Speckschicht, steigerte aber Eugens Grimm. Eugen schleuderte den zweiten zur Seite, daß er taumelnd gegen die Musikbox bumste. Sie fing an zu spielen, einen bayrischen Ländler. «Sonntagsfrieden.»
Dann schnappte sich Eugen den, der ihm den Speck massiert hatte. Er war der kleinste von den dreien. Das war sein elendes Pech. Es ballerte zweimal kurz und trocken. Dann hatten die vertriebenen Ehemänner nur noch zwei Gegner. Der Kleine lag lang und schlief. Von nun an konnte ich kaum mehr folgen. Der Große hatte sich aufgerappelt und auf Dan gestürzt. Eugen wandte sich dem zu, der den «Sonntagsfrieden» ausgelöst hatte. Die vier Herren schlugen mit beträchtlicher Fertigkeit aufeinander los. Auch meine Freunde fingen einiges ein, und einmal warf es Dan in unsere Nische. Er stieß den Tisch um und mich herunter. Eugens Bierglas zerbrach. Ich bellte aus voller Lunge. Es war ein Krach wie auf dem Oktoberfest. Der alte Herr in der Ecke freute sich unbändig und schlug sich auf die Schenkel.

Eugen wischte mit einem verfehlten Hieb etliche Gläser und Flaschen von der Theke. Zwei Barstühle und ein Tisch wurden zu Feuerholz. Es war großartig. Von mir aus hätte es stundenlang so weitergehen können.
Aber die Ledermänner waren im Nachteil. Sie hatten geringere Erfahrung, und sie mußten gegen den aufgespeicherten Groll kämpfen, den Dan und Eugen seit dem Morgen mit sich herumtrugen. Hinter jedem Schlag saß die Erinnerung an die Ohrfeigen.
Die schiefen Augen des Großen waren kaum mehr zu sehen. Seine Nase dafür um so mehr. Er schlug blind in die Gegend, und Dan stellte sich ihn zurecht und schmierte ihm eine, daß ihm die Ohren flatterten. Er stolperte hintenüber, krachte gegen einen Spielautomaten und blieb unten. Ein Wasserfall von Groschen rauschte heraus und kühlte ihm die geschwollene Birne. Auch Eugen war mit seinem zu Ende. Nach einem bildschönen Schwinger wankte der Gegner mit weichen Knien zur Tür. Er öffnete sie, Eugen gab ihm einen Tritt, und er war draußen – die Straße hatte ihn wieder. Sie griffen sich zu zweit den Großen und warfen ihn hinterher. Der dritte war schon getürmt, unbemerkt und ohne seine Anschrift zu hinterlassen. Die Zithermusik des bayrischen Trios brach ab. Urplötzlich war es still wie in einer Speisekammer. Nur der alte Herr lachte weiter.
Dan schüttelte Eugen die Hand und bedankte sich für seine Mitwirkung. Sein Sonntagsanzug war nur noch für das Büro zu gebrauchen. Auch Eugen glich einem Niederbayern nach der Kirchweih.
Sie sahen sich um.
«Schöner Schaden», sagte Dan.
«Warten wir auf den Ober», entgegnete Eugen. «Eine Halbe brauch ich sowieso.»

Sie hoben die Möbel und Splitter auf. Dan sammelte die Groschen ein und steckte sie wieder in den Spielautomaten, ohne etwas zu gewinnen. Ich kam heran, um alles genau anzusehen. Der Mann in der Ecke war schon fast erstickt vor Lachen. Dann hörten wir schleunige Schritte. Die Tür hinter der Theke flog auf. Ein Mann stürzte herein, im Morgenrock, mit Bettfrisur und Triefaugen. Es war der Pächter.

Er fing ohne Verzug an, lästerlich zu schimpfen, in Ausdrücken, die ein Krokodil hätten erröten lassen. Dann hörte er das Lachen in der Ecke und brüllte: «Sie, finden S' des so lustig? Wollen Sie des zahlen?»

Der alte Herr kicherte und gluckste noch eine Weile. Endlich konnte er aufstehen. Hinter seiner Brille klebten die Tränen und sickerten über das Gesicht.

«Des will i», sagte er keuchend. «Des war's wert.»

Der Pächter bekam runde Augen.

«Oh – der Herr Brauhuber – hab Sie gar nicht gesehen, Herr Brauhuber – Grüß Gott, habe die Ehre, Herr Brauhuber – ja, was sagen Sie zu so einer . . .»

«Nix. Räumen S' des weg, Obermeier. Des zahl i. Und bringen S' uns Bier. Und einen Sekt. Die haben's verdient. Und angefangen haben die anderen. Kommen S' mit zu mir, meine Herren. Du auch, Hunderl.»

Wir verstanden nichts. Dan und Eugen gingen mit. Ich trottelte hinterher. Sie stellten sich und mich vor. «Sehr erfreut», sagte der Herr Brauhuber. «Mei, war das eine Gaudi. Ich hätt so gern mitgetan. 's geht halt nimmer. Hab i eine Freud gehabt, als Sie die Hallodris aussig'schmissen ham, die lumperten!»

Er klemmte sich ächzend auf seinen Sitz.

«Mir gehörn nämlich die Häuseln da. Und des Lokal auch. Der Herr Obermeier ist mein Pächter. Ja.»

Etwas begann Eugen zu dämmern.
«Ach, von der Brauerei Brauhuber . . .»
«So is. Daher der Name.»
Wir hatten einen ausgewachsenen Millionär am Tisch, obwohl er nicht so aussah. Die Kämpfer redeten keinen Ton mehr von dem angerichteten Schaden. Das hätte Herrn Brauhuber beleidigt. Hatten die ein Glück.
Es kam viel Bier und auch Sekt. Die müden Helden blühten wieder auf. Herr Brauhuber schilderte Kampfszenen, die ihn besonders begeistert hatten und brach dabei in neues Gelächter aus. Nach etlichen Runden waren Dan und Eugen soweit, dem netten Gastgeber ihr Herz auszuschütten und zu erzählen, aus welchen fatalen Gründen sie hier zusammengetroffen waren.
«Ja, gibt's des aa?» sagte Herr Brauhuber. «Des wer ma glei hab'n. Haben S' Ihre Telefonnummern?»
Sie hatten sie. Einspruch war zwecklos. Der Boxmäzen ging zur Theke ans Telefon. Er erzählte zweimal dieselbe Geschichte.
Brauereibesitzer Brauhuber. Streit in einem seiner Lokale. Blutbad ohnegleichen. Einrichtung vollständig zertrümmert. Kosten noch gar nicht abzusehen. Nein, nicht schwer verletzt, nur seelisch. Ob vielleicht irgendein Grund . . . ja, die Adresse wäre Ithaka. Ja. Ende. Er ließ noch eine Flasche kaltstellen und kam vergnügt grinsend zurück.
«Gleich san s' do», sagte er.
Und so geschah es. Knapp zehn Minuten vergingen. Dann rauschten Eva und Rosel gleichzeitig über die Schwelle, gefolgt von Loni, meiner bei weitem besseren Hälfte. Die Begrüßung war so, als hätte es nie einen Krach gegeben, und als wären wir von einer Südpolexpedition zurückgekommen. Von Ohrfeigen war keine Rede mehr. Welch ein Wandel.

Herr Brauhuber wurde den Damen vorgestellt. Er lobte ihre Männer in höchsten Tönen.
Einen pfundigen Schlag hätten sie am Leib. Und hart im Nehmen. Manchmal fehlte es an der Beinarbeit, aber die Deckung wäre gut, und Luft hätten sie auch für eine längere Distanz.
Die Mädchen hörten mit offenem Mund zu und schüttelten die Köpfe. Sie waren erstaunt, was für Raufbolde sie sich eingehandelt hatten.
Es kam noch eine dritte Flasche, und es wurde sehr lustig. Beim Abschied mußten wir Herrn Brauhuber versprechen, am nächsten Sonntag zum Frühschoppen zu kommen.
«Hoffentlich san die andern aa wieder do!» rief er uns nach. Der hatte Nerven.
Wir trennten uns von Eugen und Rosel und fuhren nach Hause. Ich war jetzt ziemlich müde, und auch Dan sah aus, als käme er vom Nachtdienst. Zu Hause badete er. Ich ging mit Loni in unser Körbchen und war froh, alles überstanden zu haben.
Aber es kam noch etwas nach.
Als Eva und Dan schlafen gingen, hopsten wir zu ihnen ins Bett, um gute Nacht zu wünschen. Wir lagen am Fußende, wärmten ihnen die Sohlen und hörten sie sprechen in der Dunkelheit.
«Bist du mir noch böse?» fragte Dan.
«Nein.»
«Es war nichts, Eva. Überhaupt nichts. Nur gepennt. Ich mach es nie wieder.»
Pause.
«Glaubst du mir?»
Sie glaubte ihm. Ich versprach mir selber, es auch nie wieder zu machen. Loni war viel schöner als so ein selbst-

gehäkelter Spitz. Dann sagte Eva leise: «Ich hätte mich nicht so aufgeführt, Dan. Aber . . .»
«Was aber?»
«Rat mal.»
Dan riet. Wir spürten, wie er sich anstrengte. Plötzlich fuhr er hoch. «Eva!»
Wir hörten einen Kuß, einen ganz sanften.
«Eva . . . ist das wahr? Wirklich?»
«Ja.»
«Na, das ist doch . . . raus mit euch, ihr Ungeziefer! Verschwindet!»
Wir machten, daß wir fortkamen. Ich wußte, was es war, bevor wir das Körbchen erreicht hatten.
Wir bekamen ein Kind.
Eva bekam ein Baby.

In der nächsten Zeit waren wir abgemeldet. Dan hatte nur Eva im Kopf. Er nahm ihr alles ab, machte Sachen, die ihm vorher nicht im Traum eingefallen wären. Es strengte ihn sichtlich an, Vater zu werden. Er wurde dünn und blaß. Ich bedauerte ihn, hatte aber plötzlich keine Zeit mehr dazu, weil Loni krank wurde.
Sie wurde matt, lief nicht mehr so schnell, spielte kaum mehr mit mir. Manchmal war sie direkt feindlich, aber ich sah darüber hinweg und steckte es ein. Sie mußte krank sein. Ich machte mir große Sorgen. Sie blieb immer häufiger bei Wasingers, und ich saß allein herum und grübelte, was ihr fehlen könnte.
Eines Tages, als wir zum Kaffeebesuch kamen, lag sie auf ihrem Fell. Ich lief hin und wollte sie aufmuntern, aber sie beachtete mich gar nicht. So ging es nicht weiter. Es mußte ein Machtwort gesprochen werden. Ich setzte mich vor

sie hin, faßte sie ernsthaft ins Auge und bellte sie dann kurz und kräftig an. Sie erschrak sehr und kroch weiter fort. Ich sah im Kreise herum, um die Bestätigung zu erhalten, daß so ein Benehmen unglaublich wäre. Schließlich waren wir verheiratet. Da nahm Frau Wasinger mich auf den Schoß.

«Tja, Blasi», sagte sie. «Darfst dich nicht wundern. Loni kriegt Kinder. Kleine Dackel. Herzlichen Glückwunsch.»

Ich saß wie vom Donner gerührt. Hat man Worte? Das Nächstliegende von der Welt, und ich Trottel war nicht darauf gekommen! Bestimmt hatten alle es längst gewußt, nur ich, ich hatte keine Ahnung. Ein schöner Vater. Na ja. War ja auch das erste Mal.

Eva lächelte. Dan feixte voller Hohn. Der hatte es nötig! Fortan behandelte ich Loni genauso rücksichtsvoll wie Dan Eva und hatte genau solchen Dampf wie er.

An einem heißen Sommertag mußte Eva fort in die Klinik. Wir brachten sie im Auto hin. Loni war bei Wasingers. Wir kamen zurück, waren allein in unseren Mauern und restlos mit den Nerven runter. In der Nacht schliefen wir saumäßig. Der nächste Tag verging und noch einer. Ich hatte zu nichts Lust, und Dan griff häufig zur Flasche. Ein Hundeleben.

Der Sonntag kam. Nichts war gebessert. Draußen brannte die Sonne, aber wir saßen im Qualm der unzähligen Zigaretten, die Dan rauchte. Ich lag auf einem Sessel und fuhr bei jedem Geräusch zusammen. Scheußlicher Zustand.

Dann schrillte das Telefon. Dan stürzte hin und riß den Hörer herunter. Eine Stimme quäkte.

«Sofort!» brüllte Dan. Er warf den Hörer hin, ergriff den riesigen Strauß, der schon seit dem Vortag in Papier in der Vase herumlungerte, stülpte seinen Hut auf und rannte zur

Wohnungstür. Dort stieß er mit Resi zusammen, Wasingers Mädchen.

«Jessas!» rief sie. «Der Blasi muß kommen! Loni hat Junge 'kriegt!»

«Gratuliere, Herr Kollege!» rief Dan und polterte die Stufen hinunter. Resi warf die Tür zu, wir polterten hinterher. Als wir die Straße erreicht hatten, saß er schon im Wagen, und die Reifen quietschten.

Im Laufschritt bewegten wir uns zur Villa. Die Familie war in heller Aufregung. Der Tierarzt war da, der mir meine Krallen beschnitten hatte. Ich bekam Herzklopfen. Loni war in einem kleinen Zimmer im zweiten Stock. Frau Wasinger nahm mich auf den Arm. Behutsam traten wir ein.

In einem großen, deckengepolsterten Wäschekorb lag Loni. Sie sah sehr matt aus und regte sich nicht. Nur ihre Augen folgten unseren Bewegungen. Am liebsten wäre ich zu ihr gegangen und hätte sie gewärmt und getröstet. Ich durfte nicht. Vor ihr, dicht an ihrem Leib, lagen unsere Kinder. Vier Stück. Ich mußte zweimal hingucken, bevor ich sie erkannte. Junge, Junge, sahen die aus!

Klein, klebrig, blind. Wie, in aller Welt, sollten daraus jemals vernünftige Dackel werden?

Aber es waren meine. Eines Tages würden sie so aussehen wie ich, ganz egal, wie sie jetzt aussahen.

Frau Wasinger beugte sich etwas herunter und hielt mich näher heran. Loni paßte das nicht. Sie zog die Nase kraus und ließ ein leises, hohes Knurren hören. So was! Nicht mal seine eigenen Kinder darf man besichtigen und wird noch beknurrt für die Leistung. Weiber!

Dann gingen wir. Die Familie brauchte Ruhe. Ich auch. Im Wohnzimmer wurde das Ereignis gebührend besprochen. Herr Wasinger trank mit dem Tierarzt Portwein.

Dan hatte ich bei dem Trubel vollständig vergessen. Plötzlich klingelte es fürchterlich.
Er war es. Er war bleich, verschwitzt, zerknittert. Aber sein Gesicht leuchtete wie die Sonne am Himmel. «Wir haben einen Jungen», sagte er und sank in den nächsten Stuhl.
Zuerst war es mäuschenstill. Dann brach allgemeiner Jubel los. Seine Hände und Schultern wurden ziemlich mitgenommen. Ich sprang auf seinen Schoß und stupste meine Nase an seine.
«Sie haben drei Jungs», sagte Frau Wasinger. «Loni hat zwei Jungen und zwei Mädchen.»
Auf diese Weise erfuhr ich auch einmal, was es eigentlich war. Dan war platt. Er ging hinauf und sah sich die Bescherung an. Auch ihn beknurrte Loni, als er sie streicheln wollte. Das freute mich sehr. Ob Eva das auch gemacht hatte?
Aus dem Keller kam der Sekt. Alles stieß an.
«Meine Lieben», sprach der Landgerichtsdirektor, «obwohl einige grundsätzliche Unterschiede bestehen, auf die ich hier nicht näher eingehen will, wird mir doch verstattet sein, unter den obwaltenden, besonderen Umständen meine Glückwünsche zusammenzufassen. Wir haben zwei junge Väter in unserer Mitte. Sie haben sich als solche bewährt. Die Familie ist die Keimzelle des Staates. Mögen beide Familien glücklich werden für alle Zeit!»

Nach einer Woche kam Eva zurück. Zum erstenmal sah ich das Baby.
Es glich in diesem Alter ebensowenig Dan, wie unsere Kinder Loni und mir glichen. Das befriedigte mich. Es hatte ein ganz altes, zerknittertes Gesicht, schlief den gan-

zen Tag und war zu nichts zu gebrauchen. Es konnte noch nicht laufen, als meine Burschen längst in der Bude herumruderten. Aber mit der Zeit wurde es besser. Es bekam Dans Gesicht und Evas Augen, setzte sich aufrecht und erkannte mich, wenn Dan mich hochhielt. Man soll eben die Hoffnung nicht aufgeben. Mit meinen Sprößlingen war es auch schwierig am Anfang. Dauernd waren sie fort, und wenn ich einen am Kragen gefaßt und wieder herbeigeschleppt hatte, fehlte der nächste. Überall trat man in etwas, wo man es nicht vermutete. Und nagen konnten sie wie eine Herde Biber. Gottlob waren sie die meiste Zeit bei Wasingers, und deren Teppiche waren Kummer gewohnt. Daneben fraßen die süßen Kinderchen einen kompletten Hausschuh von Dan, ein Stück aus Evas Sommermantel, zerstörten zahllose Troddeln, Gardinenschnüre und Schuhbürsten und zerlegten ihren Korb in seine Urbestandteile. Wenn es so weiterging, würden sie ziemlich teuer kommen. Dan beschimpfte mich, aber ich zuckte bedauernd die Achseln. Nach einem halben Jahr, als der kleine Daniel erst sitzen konnte, waren sie schon richtige Langhaardackel. Stolz wanderten Loni und ich mit ihnen durch den Park, und hinter uns schob Dan den Kinderwagen, ebenso stolz, aber etwas verlegen. Jeder Tag brachte neuen Spaß. Man hat als Familienvater eine Menge Sorgen und Aufregungen. Trotzdem möchte ich mit keinem tauschen. Dan geht es genauso. Jedes von meinen vieren habe ich gleich gern. Mir graust vor der Zeit, wo sie vielleicht fortmüssen, so wie ich fortmußte, als meine Geschichte begann. Eva hat uns alle geknipst, einzeln und zusammen. Wenn man alt ist, weiß man dann, wie es früher war.

Und so grüßen wir Sie, liebe Leser und Dackelfreunde. Wenn wir auch nur ein kleines Leben führen, es ist für uns mit aller Freude und allem Schmerz genauso wichtig wie Ihres für Sie. Ich bedanke mich, daß Sie mir bis hierher zugehört haben, und ich nehme jetzt Abschied von Ihnen. Aber wenn Sie mich mal sehen auf irgendeiner Straße, dann winken Sie mir zu.

Kleine Geschenke erhalten die Freundschaft

Herausgegeben von Meike Wolff.

Oh, bin ich glücklich!
Das geheime Buch für Verliebte (5721)

Oh danke, ich mach das schon selbst!
Das Buch für starke Frauen (5722)

Oh, Mann!
Kleine Stärkung für Adams neuen Mut zum Schwachwerden (5723)

Oh, die Katz ist weg!
Über das aufregende Leben mit eigensinnigen Samtpfoten (5725)

Oh, schon Mittag?
Aufgeweckte Geschichten für Langschläfer und Morgenmuffel (5726)

Oh, ist das komisch!
Geschichten und Späße für fröhliche Leute (5728)

Oh, das tut gut!
Geschichten für Genießer (5729)

Oh, Tor!
Doppelpässe und Abseitsgeschichten für Fußballer und Fans (5730)

rororo

C 2179/3

Eric Malpass

Und doch singt die Amsel
Roman
rororo 5684

Schöne Zeit der jungen Liebe
Roman
rororo 5037

Lampenschein und Sternenlicht
Roman
rororo 12216

Als Mutter streikte
Roman
rororo 4034

Liebe blüht zu allen Zeiten
Roman
rororo 5451

Und der Wind bringt den Regen
Roman
rororo 5286

Hör ich am Glockenschlag der Stunden Gang
Ein Roman um William Shakespeares letzte Lebensjahre
rororo 5194

Thomas Cranmer oder Die Kraft der Schwäche
Ein historischer Roman.
Deutsch von Susanne Lepsius.
352 Seiten. Gebunden

ro ro ro
C 759/4 a

Lesefutter

John Barth
Der Tabakhändler
rororo 5621

Barbara von Bellingen
Die Tochter des Feuers
rororo 5478

Barbara Taylor Bradford
Deutsch von Sonja Schleichert
Bewahrt den Traum
Roman
640 Seiten. Gebunden (Wunderlich Verlag) und als rororo 12794
Und greifen nach den Sternen
Roman
528 Seiten. Gebunden (Wunderlich Verlag)
Wer Liebe sät
Roman
496 Seiten. Gebunden (Wunderlich Verlag) und als rororo 12865

Fanny Deschamps
Jeanne in den Gärten
rororo 5700
Jeanne über den Meere
rororo 5876

Robert S. Elegant
Sturm über Schanghai
Roman
Deutsch von Alfred Hans
816 Seiten. Gebunden
Die Dynastie
rororo 5000
Mandschu
rororo 5484
Mandarin
rororo 5760

rororo

C 2271/4